Jenseits des Äquators

Der Autor Ferdinand Emmerich war ein deutscher Forscher, Abenteurer und Reiseschriftsteller. Er verfasste überwiegend Romane im Stil von Expeditions- und Abenteuerberichten, die er in Ich-Form schrieb. Dabei verarbeitete er seine eigenen Erlebnisse.

In der Buchreihe „Historical Diamond" werden die Juwelen bedeutender klassischer Autoren in einer qualitativ hochwertigen, aber preiswerten Buchausgabe in ungekürzter Fassung neu herausgegeben. Das Themenspektrum umfasst spannende Romane, u. a. historische Romane, Krimis, Fiktion, Abenteuer und Entdeckungsreisen.

HISTORICAL DIAMOND

Ferdinand Emmerich

Jenseits des Äquators

Abenteuerroman

Herausgeber
Klaus-Dieter Sedlacek

Band 3

Bibliografische Information Der Deutschen Bibliothek:
Die Deutsche Bibliothek verzeichnet diese Publikation
in der Deutschen Nationalbibliografie; detaillierte
bibliografische Daten sind im Internet über
http://dnb.ddb.de
abrufbar.

Herstellung und Verlag: BoD – Books on Demand, Norderstedt.
ISBN: 9783752886863

Erstes Kapitel

Die Nacht in der Totenkammer

Unheimliche Gesellschaft. – Werden die Indianer uns entdecken? Flucht vor den Toten. – Mit unseren Nerven am Ende.

Würden wir diesmal Glück haben? – Diese Frage spannte all unsere Sinne. Wir, der peruanische Forscher und Kollege Dr. Perez und ich, zogen schwer bepackt dem Ziel unserer brennendsten Sehnsucht entgegen.

Ganz unversehens hatten wir es gestern entdeckt, dieses augenscheinlich völlig unversehrte altindianische Grabmal, das eine herrliche wissenschaftliche Ausbeute versprach. Als wir das erste mal eine solche »Chulpa« durchforschen wollten, hatten uns die Indianer einen bösen Strich durch die Rechnung gemacht und uns gezwungen, unverrichteter dinge abzuziehen. Unsere Auftraggeber aber, ebenso wie wir, legten besonderen Wert auf die Funde solch letzter Überreste der uralten Vor-Inkakultur, und unser eigener Ehrgeiz und Forschertrieb spornten uns besonders an, die Erwartungen noch zu übertreffen.

Gern hätten wir uns sofort in die Arbeit gestürzt. Leider aber hinderte uns die zwar liebenswürdige, aber reichlich unbequeme Gesellschaft, die seit einigen Tagen mit uns reiste, am sofortigen Beginn.

Eine eben in Peru ausgebrochene Revolution hatte nämlich den derzeitigen Staatspräsidenten veranlaßt, sich mit einiger Geschwindigkeit zurückzuziehen.

Mit der gesamten Umgebung, deren Damen und einem großen Troß von Beamten, Bedienten und Gepäck wollte man versuchen, die Grenze zu erreichen.

Natürlich hatte keiner von ihnen von den Gefahren und besonderen Anforderungen einer Urwaldreise über das Gebirge eine richtige Vorstellung.

Heilfroh war die ganze Gesellschaft, als sie nach der ersten »Fühlungnahme« – Gewehr im Arm, Finger am Abzug – feststellte, daß wir nicht nur keine Wegelagerer, sondern Forscher waren, deren Erfahrungen dem ganzen »Hofstaat« von größtem Nutzen waren.

Um sie überhaupt wieder loszuwerden, hatten wir ihnen für ihren weiteren Weg, von den Höhen des bolivianischen Gebirges hinab zum Titicacasee, unsere drei Diener als Führer und Beschützer mitgegeben, und heute früh waren sie mit erheblichem Aufwand von Dankesbezeugungen und Freundschaftsversicherungen endlich abgeritten. Felipe, mein getreuer Helfer und Freund, sollte zusammen mit Carlos, dem Diener des Dr. Perez, unten in dem kleinen Uferdorf Maiquia für uns Quartier machen und uns dann wieder bei der Chulpa treffen.

Da lag nun das alte Grabmal!

Der mit Ranken und Schlingpflanzen überwucherte, durch seine Einfachheit imponierende Bau hatte den Grundriß einer Ellipse. Das Gemäuer bestand auch hier aus mächtigen, gut behauenen Trachyt- und Porphyrblöcken, die bis zu einer Höhe von acht Meter aufeinander getürmt lagen. Als Dachverschluß diente eine einzige, riesige Porphyrplatte von vielleicht dreißig Zentimeter Dicke. Sie war in geneigter Lage über das etwa zwei Meter im Durchmesser haltende Grabmal gebettet. – Ein tatsächlich für die Ewigkeit bestimmter Bau!

Zuerst suchten wir die an jeder Chulpa befindliche Öffnung nach Osten zu entdecken, aus der, nach dem Glauben der Indianer, die Seelen der Toten emporsteigen sollen. Wir fanden sie, unter Brombeeren versteckt, genau an der Stelle, wo die ersten Strahlen der aufgehenden Sonne sie in jeder Jahreszeit treffen mußten. Sie befand sich vier Meter über dem Erdboden und war rechteckig – groß genug, um einem Menschen das Eindringen zu ermöglichen. – Gegenseitig unterstützten wir uns bei der Überwindung der trennenden, durch Stacheln und Dornen geschützten Höhe. Noch eine letzte Anstrengung, dann konnten wir einen ersten Blick in das geheimnisvolle Halbdunkel des Grabes werfen.

Ein Gefühl der Unsicherheit beschlich mich, als wir uns anschickten, das Innere der Chulpa zu betreten. Ich hatte das Empfinden, etwas Ungehöriges zu tun. Es war weder Furcht noch Abscheu, sondern wohl Scheu und Ehrfurcht vor dem Heiligtum eines fremden Volkes. Ähnlich erging es meinem Begleiter. Doch kurz entschlossen warf ich die Strickleiter in den Raum und stieg langsam hinunter.

Die eindringenden Sonnenstrahlen schufen dort ein ziemlich helles Zwielicht. Der innere Boden der Chulpa lag etwa ein und einen halben Meter tiefer als der äußere. Durch geschickte Lagerung der Blöcke waren an der Innenwand Stufen geschaffen, die wohl dazu dienen sollten, den Bestatteten dereinst das Verlassen des Grabes zu erleichtern. Diese Toten fesselten natürlich zuerst unsere Blicke. Auf dem aus verwittertem Kalkstein bestehenden Boden saßen im Kreise, die Füße dicht aneinander gestellt, vierzehn Mumien, von denen drei vornüber gefallen waren. Quer über den Füßen lag ausgestreckt ein weiterer mumifizierter Körper, den wir auf den ersten Blick für die Überreste eines Kindes ansahen. Neben jeder einzelnen Mumie standen in Körbchen und Näpfchen die Opferbeigaben, aus denen sich unschwer das Geschlecht der Toten feststellen ließ. Wir fanden eingeschrumpfte Maiskolben, dann Keulen, Schleudern, einen Köcher, Fischhaken und Messer aus Knochen, ferner Bastschnüre, die wohl den Männern mitgegeben wurden, während die fein gearbeiteten Binsengeflechte, die Wolle und einige lange Dornen Beigaben für die Frauen darstellten. Wir unterschieden hiernach die Mumien von elf Männern und drei Frauen. –

Im Hintergrunde der fast drei Meter weiten Halle standen, der Öffnung abgekehrt, auf einem glatt geschliffenen Steine neun verschlossene Töpfe aus gebranntem Ton. Drei davon zeigten Verzierungen. Sie hatten die Form unserer Teekannen, waren aber ohne Schnabel. Daneben, säuberlich angeordnet, standen zehn flache Tonschüsseln mit dunkelbraunen Körnern, die wir später als Mais erkannten.

Wir betrachteten lange Zeit wortlos die irdischen Reste von Angehörigen eines Volkes, über dessen Leben und Treiben uns fast gar keine Überlieferungen zur Kenntnis gekommen sind und das doch auf einer so hohen Kulturstufe stand. Wie viele Jahrhunderte mochten verflossen sein, seit liebevolle Hände den hier Versammelten die letzte Ruhestätte errichteten? Diese feste Burg hatte eine jahrhundertelange Regierungszeit des ebenfalls verschwundenen Volkes der Inka unversehrt überstanden. Sogar die alles vernichtende Habgier der spanischen Eroberer war an der Ruhestätte vorübergegangen ... und jetzt stand ich, der kultivierte Sohn eines hochkultivierten Volkes, hier vor den eingetrockneten Leichen, um mit rauher Hand zerstörend in den Frieden des Grabes einzugreifen! – In diesen Betrachtungen fiel es uns ganz besonders auf, daß sich weder Fledermäuse noch sonstiges Getier in der Chulpa befanden. Das erhöhte noch das Unbehagen, das wir kaum zu bannen vermochten. Wir zögerten beide, Hand an die Mumien zu legen.

Allein, was half das alles. Die Wissenschaft verlangte von uns die Erforschung solcher Stätten verschollener Kultur, und ihr mußten wir gehorchen. Mit solchem zwecklosen Nachdenken war eine kostbare Stunde verstrichen, und die Uhr mahnte zur Aufnahme der Arbeit.

Die Sonne hatte inzwischen ihre Strahlen verschoben und ein tiefes Halbdunkel über die Stätte gelegt. Wir mußten unsere Kerzen anzünden. Beim Aufflammen des Zündholzes fiel mein Auge auf eine etwas verblichene Wandmalerei, die einen Sonnenball mit menschlichem Gesichtsausdruck darstellte. Der in das Antlitz gelegte Ausdruck zeigte so viel Leben, daß mir war, als würde unser Tun von einem Wächter beobachtet.

Wir waren beide Männer, die keine Furcht kannten. Aber als die flackernden Strahlen des matten Kerzenlichtes über den stummen gespenstischen Kreis huschten und die gähnenden Augenhöhlen in den leeren Totenschädeln zu beleben schienen, konnte ich ein Gefühl des Unbehagens doch nicht unterdrücken. Ich glaube, wenn ich schon vorher gewußt hätte, was uns bevorstand, ich hätte auf die Untersuchung verzichtet. Dem Doktor ging es nicht besser. Es ist eben doch etwas anderes, einem Toten an gewöhnlichen Orten gegenüberzustehen oder ihn aus seiner letzten Ruhestätte zu reißen und gezwungen zu sein, ihn in seine einzelnen Teile zu zerlegen.

Die erste Mumie, die wir in Angriff nahmen, war in ein Bastgeflecht eingewickelt, das man über dem Schädel sackartig zusammengebunden hatte. Eine Öffnung für das Gesicht, das uns unheimlich entgegen grinste, war freigelassen. Beim Aufheben der Mumie rutschten die Knochen der beiden Füße mit dumpfem Klappern zur Erde. Das prasselnde Geräusch brach sich in schwachem Echo in den konisch zulaufenden Wänden und fand in allen Winkeln des Baues einen klagenden Widerhall,

Wir versuchten, den Schädel durch die Öffnung herauszuziehen, mußten es aber aufgeben, weil sie zu eng war. Der Doktor trennte nun das Geflecht vorsichtig auf, wobei ich ihm leuchtete. Als der Sack dann in seinem oberen Teil offen vor uns lag, sahen wir ein Gebilde, das an ein riesiges schwarzes Ei erinnerte, auf dessen Spitze gähnende Höhlungen die Stelle von Augen, Nase und Mund bezeichneten.

Bei näherer Betrachtung strahlten wir über den seltenen Fund. Wir hatten einen jener Schädel vor uns, die zu Lebzeiten des Menschen auf künstliche Weise in die Eiform gebracht worden waren, und zwar derart, daß das Gesicht auf die spitze Seite des »Eies« gedrängt wurde. – Aus früheren Funden war bekannt, daß sich diese Kopfform bei den alten Aymaras aus der Vor-Inkazeit fand. Das Alter dieser Grabstätte konnte also mit ziemlicher Gewißheit bestimmt werden.

Als wir den Schädel vorsichtig aus dem Geflecht herausholten, fiel mit metallischem Klirren ein Gegenstand in den unteren Teil des Sackes. Das schwache Kerzenlicht erlaubte jedoch keine eingehende Untersuchung an Ort und Stelle. Wir trugen die Mumie daher an die treppenartigen Stufen, die zum Eingang hinaufführten, um den Inhalt bei Tageslicht genauer zu prüfen.

Eben hatte der Doktor den oberen Rand der Türplatte erreicht, da traf uns der Schall von Stimmen, die draußen unmittelbar zu unsern Füßen laut wurden: Indianer! – Nun drängte sich uns die eine Frage auf: Kannten diese die Bedeutung der Chulpa? Wenn ja, dann durften wir uns auf eine böse Viertelstunde gefaßt machen, falls sie uns hier entdeckten. –

Besorgt sah ich meinen Gefährten an. Zunächst mußten wir jedes Geräusch vermeiden. Leider befanden wir uns gerade in der denkbar unbequemsten Stellung. Der Doktor stand mit einem Fuß auf dem oberen Vorsprung und hielt sich mit der linken Hand an den Quadern, die den Eingang säumten. In der rechten Hand trug er den Mumiensack. Ich stand auf einem tiefer gelegenen Vorsprung und stützte mit einer Hand den unteren, lockeren Teil des Sackes. So hingen wir bewegungslos an der Wand und lausch-

ten auf das Gespräch der Indianer, dessen sorgloser Inhalt verriet, daß sie von unserer Nähe keine Kenntnis hatten.

Im Innern des Sackes schienen sich einige Verbindungen zu lockern. Ein Zucken ging durch das Gewebe. Es glitt langsam durch meine Hand und drückte mit zunehmender Stärke auf die krampfhaft geschlossenen Finger. Der Inhalt schien Leben zu gewinnen ...

Mechanisch muß sich die Umklammerung meiner Hand unter dem zwingenden Druck der toten Materie gelöst haben: ein Knöchelchen fiel mit hellem Klingen zu Boden. Ich erschrak. – Und dann rieselte, wie eine Kette klingenden Metalls, Knochen auf Knochen über meine machtlosen Hände in die Tiefe. Ohne mein Zutun löste sich mein Griff – ein dumpfes Gepolter folgte, und bebend standen wir mit leeren Händen und warteten! – Die Toten hatten sich gerächt. Würden die lebenden Rächer erscheinen?

Wie mit einem Schlage waren die Stimmen draußen vor der Chulpa verstummt. Dann drang ein lauter Ruf des Erstaunens zu uns herauf. Eiliges, hastiges Scharren an den Wänden. Die Ranken zitterten und warfen einige Blüten auf uns herab. Werden sie kommen?

Nein, die Indianer zogen schleunigst ab! Unsere Toten hatten sie in die Flucht geschlagen. Erleichtert konnten wir mit unserer Untersuchung fortfahren.

Der die Leiche umhüllende Sack wurde nun aufgetrennt und der Inhalt genau betrachtet. – Unter der äußeren Geflechthülle fanden wir einen durch das Alter gebräunten, ursprünglich jedenfalls weißen Webstoff, der mit Malerei verziert war. Leider zerfiel der Stoff, als wir ihn auseinander wickelten Unter dieser zweiten Hülle lagen Baststreifen. Sie waren mit einer harzähnlichen Masse zusammengekittet und bestimmt, den Körper zusammenzuhalten. Die Rippen, Wirbelsäule und kleinere Knochen mußten bei der ersten Berührung bereits aus dem Zusammenhang gelöst worden sein, sonst wären sie kaum so leicht herausgefallen.

Interessant war der erwähnte metallische Gegenstand, ein kleiner napfartiger Becher aus reinem Gold. In einer eingebohrten Öffnung hing noch ein Stück Bastschnur, die darauf schließen ließ, daß der Gegenstand um den Hals getragen wurde. –

Von der Öffnung der übrigen Mumien nahmen wir vorerst Abstand. Das, was wir wissen mußten, hatten wir bei diesem einen Leichnam schon gesehen. Nur die kleine Leiche, der die Basthülle fehlte, wollten wir noch untersuchen und dann den Rückweg antreten. Die Überführung der irdischen Überreste dieser tausendjährigen Aymaras in die Museen der Alten Welt sollte später in die Wege geleitet werden. – Ich will hier gleich bemerken, daß ich die Mumien zum Teil später als »alte Bekannte« in Brüssel wieder begrüßen konnte. Unsere kaiserlich deutschen Museen hatten leider niemals Geld für derartige Stücke.

Das als »Kindesleiche« bezeichnete Skelett erwies sich bei genauerer Prüfung als der eingetrocknete Körper eines Hundes. Wir prüften dann noch den Inhalt der Tongefäße. Aus der Öffnung der Krüge strömte uns ein widerlich-süßer Geruch entgegen. Eine zähe, dickflüssige Masse von dunkelroter Farbe und beißendem Geschmack lag unter einem fingerdicken Schimmelbezug. Es handelte sich wahrscheinlich um ein damals übliches Getränk, das fast allen Gräbern aus jener Zeit beigegeben wurde.

Die Untersuchung hatte uns Hunger, Durst und Zeitrechnung vergessen lassen. Erst als wir bemerkten, daß unser Kerzenvorrat zu Ende ging, machten wir die unangenehme Entdeckung, daß die Nacht hereingebrochen war. – Nun blieb uns nichts anderes übrig, als den nächsten Morgen hier unten, in der Gesellschaft der abgeschiedenen Aymara, zu erwarten. – Die Müdigkeit, die uns im Eifer der Arbeit geflohen war, stellte sich jetzt mit zwingender Gewalt ein. Wir konnten uns buchstäblich nicht mehr auf den Beinen halten. Wie leere Säcke sanken wir zusammen. Ich fand in meinen Taschen einige Stücke getrocknetes Fleisch, die wir in den Mund steckten, um dem Magen etwas Nahrung zuzuführen, aber die Erschöpfung war zu stark. Nicht einmal kauen konnte ich mehr.

Natürlich waren unsere stummen Gesellschafter nicht auf Besuch eingerichtet. Es fehlte an jeglicher Sitzgelegenheit und ebenso an Platz, uns auszustrecken. Wir setzten uns also Rücken an Rücken neben die Mumien auf den Boden und schlossen die Augen.

Trotz der Erschöpfung floh uns der Schlaf. Die Umgebung und nicht zuletzt das immer noch beunruhigte Gewissen peitschten unsere Nerven auf. Gar oft zuckten wir zusammen, wenn von der Außenwelt her jene unerklärlichen Geräusche zu uns hereindrangen, an die wir im freien Walde gewöhnt waren, das uns jetzt aber zwang, unsere Nerven aufs höchste anzuspannen.

Einmal schrie Dr. Perez leise auf. Wir waren eingenickt und hatten, wie sich herausstellte, beide das Gefühl, als ob sich außer uns noch jemand in der Gruft befände. Ein Schlürfen, wie von leisen Tritten, durcheilte den Raum und machte bei den Tonkrügen halt, die wir gleich darauf leise, kaum vernehmbar klirren hörten.

Dr. Perez griff nach meiner Hand und fragte mich im Flüsterton, ob ich etwas sähe. Ehe ich noch antworten konnte, preßte er plötzlich meine Finger fest zusammen und stieß einen Schrei aus: »Mira!« – Ich blickte um mich und sah nun eine unheimliche Erscheinung. Aus dem Innern der aufgebrochenen Mumie leuchtete uns ein phosphoreszierendes Licht entgegen, das in seinen Umrissen eine ganz bizarre Figur darstellte. Es schien aus dem toten Leibe ein seltsames Etwas emporzuwachsen, das sich langsam auf uns zu bewegte. Dann blieb die Erscheinung plötzlich stehen und zog sich wieder langsam zurück.

Es ist dies eine altbekannte Erscheinung bei überreizten Nerven. Auf mich wirkte sie indes so stark, daß ich bei ihrem jedesmaligen Herannahen auch noch das Wort »Leichenräuber« zu hören vermeinte. – Obgleich wir beide genau wußten, um was es sich bei den Leuchterscheinungen handelte, machten sie unsere Nerven vollkommen rebellisch. Viel, viel zu langsam vertropften die Stunden dieser Nacht. Immer wieder zuckten Dr. Perez oder ich zusammen, so einer den anderen immer nervöser machend. Was nützte alle Vernunft gegen die Vorstellungskraft der überreizten Nerven?

Endlich, endlich verrieten uns die allmählich sichtbar werdenden Umrisse der Öffnung den nahenden Tag. Ganz selten habe ich den aufdämmernden Morgen so dankerfüllt begrüßt wie an diesem Tage.

Zweites Kapitel

Der große Häuptling Karuwaho

Dr. Perez meistert eine gefährliche Lage mit einer brennenden Zigarette. – Militärpatrouille als wirkungsvolle Tarnung. – Felipe kommt wieder einmal zur rechten Zeit.

Sobald das erste Tagesgrauen durch die Mauerlücke schimmerte, kletterten wir eilig aus der Chulpa heraus. Eine innere Unruhe, wie die Vorahnung kommender Gefahr, hatte uns befallen. Als wir draußen auf festem Boden standen, verwischten wir, so gut es ging, die Spuren unseres Einstiegs und liefen dann dem nächsten Hügel zu. Dort warfen wir uns erschöpft zu Boden. Das Land unter uns war noch in leichten Dunst gehüllt, und die aufsteigenden Nebel flatterten unter den ersten Sonnenstrahlen wie künstliche Schattenbilder hin und her. Sie zerflossen und liefen wieder in wirbelndem Reigen zusammen ...

Gedankenverloren blickte ich in dieses luftige Spiel. Meine Augen verfolgten eben ein Dunstbündel, das sich in schillernden Regenbogenfarben über den Berg wälzte und in dem Einschnitt drunten neben der Chulpa sich zu einer dunklen Masse zu verdichten schien. Aber – was war denn das? – die Masse nahm auf einmal feste Formen an. Arme, Köpfe wurden erkennbar ...

Jäh fuhr ich auf. »Alle Wetter, Doktor, sehen Sie mal dorthin, dort sind doch Indianer – sehen Sie sie? – Dort unten – neben der Chulpa!«

»Wahrhaftig, Sie haben recht! Vorsicht, daß sie uns nicht entdecken!«

Wir ergriffen unsere Waffen und schmiegten uns so eng wie möglich unter die Sträucher. Sechs Indianer zählten wir, die, mit Bogen und Keulen bewaffnet, da unten aus dem Nebel sich lösten. Sie blickten suchend umher, merkwürdigerweise aber nicht zu uns hinauf. Dann warfen sie mitgebrachtes Reisig auf einen Haufen und machten Feuer, indem sie zwei Hölzer aneinander rieben

Wir waren so in die Beobachtung der Gruppe da unten vertieft, daß wir unserer näheren Umgebung keine Aufmerksamkeit geschenkt hatten, und erschraken daher einigermaßen, als uns plötzlich eine Stimme in gebrochenem Spanisch anredete. Ein großer, bunt bemalter Indianer stand neben uns, betrachtete uns mit unmutig gerunzelter Stirn und wartete sichtlich auf eine Antwort. Das konnte gefährlich werden!

Was er sagte, hatten wir nicht verstanden, aber Dr. Perez war der Lage gewachsen.

»Warum steht der große Häuptling, wenn seine Gäste schon sitzen?« fragte er.

Der Angeredete mochte auf so viel Höflichkeit nicht gerechnet haben, denn auch er wurde nun liebenswürdiger.

»Meine Gäste wurden noch nicht erwartet, darum hat Karuwaho noch nicht für Speise und Trank sorgen können. Die fremden Gäste mögen das nicht übelnehmen!«

»Dann raucht wohl der große Karuwaho einstweilen eine Papyros mit seinen fremden Gästen?« erwiderte der Doktor, der rasch drei Zigaretten hervorgeholt hatte. Ehe der andere antworten konnte, brannte die eine schon, die er dem braunen König reichte, nachdem er selbst einen Zug daraus getan hatte. Der Indianer schien die Überrumpelung zu ahnen, denn er besann sich ein wenig. Schließlich atmete er aber doch einen Zug ein und gab mir die Papyros. So unappetitlich die Geschichte war, durfte ich doch nicht ablehnen.

Damit war unsere Freundschaft mit dem Braunfell besiegelt.

»Meine Freunde werden mit mir zum Lager hinuntergehen und dort das Mahl der Comanites teilen. Sind die Weißen allein hier?«

»Unsere Leute werden uns eingeholt haben, wenn die Sonne auf dem Wasser steht«, antwortete der Doktor, der so wenig wie ich Lust hatte, noch mal zur Chulpa abzusteigen.

»Ua! Habt ihr denn hier nicht die Nacht verbracht?« fragte der Häuptling rasch.

»Sieht mein großer Freund eine Feuerstelle? Sieht er Decken und Rancho? Nein, er sieht sie nicht. Also müssen die weißen Männer an anderer Stelle geruht haben.«

Lange sah uns der Häuptling stumm an. Was in seinem Innern vorging, konnte ich nicht wissen. Daß er uns aber im Verdacht hatte, mit dem gestrigen Spuk in irgendeiner Verbindung zu stehen, sah ich ihm an. Nur wußte er nicht recht wie. Er forderte uns nochmals auf, mit ihm zu seinen Begleitern zu gehen. Wahrscheinlich hoffte er, uns zu einer Unvorsichtigkeit verleiten zu können, wenn er uns erst dort unten hatte. Das fürchteten wir aber auch. – Die Einladung war jedoch zu bestimmt gegeben, als daß wir sie hätten rundweg ablehnen können, und es blieb nun unserm Scharfsinn überlassen, wie wir uns um die Rückkehr zur Chulpa drücken konnten.

Ich setzte meine Hoffnung auf das Erscheinen Felipes. Wenn der rechtzeitig eintraf, waren bald Gründe gefunden. Um einen Vorwand zur Verzögerung unseres Abstiegs zu haben, griff ich das Fernglas auf und stieg den nächsten Hügel hinan. Aufmerksam suchte ich das ganze vor mir liegende Gelände ab. Von meinen Leuten aber fand sich keine Spur. Wenn sie nicht schon im Gebirge oder im Walde zu meinen Füßen waren, mußten noch Stunden bis zu ihrer Ankunft vergehen.

Ich setzte mißmutig das Glas ab und wandte mich zum Gehen. Aber, wie man bei getäuschten Erwartungen meistens zu tun pflegt – ich drehte mich doch noch einmal um, und nun wurde mein Auge durch eine dunkle Gruppe von Menschen gefesselt, die um die Vorberge in die Ebene einbog. Ich unterschied deutlich blinkende Waffen und einige goldverzierte Käppis. – Militär! dachte ich und machte den Doktor aufmerksam, um seine Ansicht zu hören.

Der hatte kaum die Streifpatrouille erkannt, als er auch schon die gute Gelegenheit ausnutzte. Er stieß einen lauten Freudenruf aus, packte den überraschten Karuwaho bei der Hand und deutete hinunter auf die Soldaten.

»Wie werden sich meine Freunde dort unten freuen, daß sie den großen Häuptling der Comanites hier begrüßen können!« rief er schmunzelnd. »Aber das Fleisch wird knapp werden beim Mahl deiner Leute, wenn soviel fremde Männer mit ihnen essen. Wir wollen deshalb noch rasch ein paar Schafe schießen. Komme rasch, Karuwaho, damit wir zurück sind, wenn die Soldaten anlangen!«

Der große Karuwaho schien aber – wie der Doktor richtig gerechnet hatte – wenig Lust zu einer Begegnung mit der Patrouille zu verspüren. Die beiden Rassen vertragen sich schlecht. Immerhin war der Häuptling nach indianischem Recht an die ausgesprochene Einladung gebunden und durfte nicht ablehnen, ebensowenig wie wir versuchen durften, uns von dem Mahle der Indianer zu drücken, wenn wir sie nicht schwer beleidigen wollten. Wir saßen also beiderseits in einer Zwickmühle und blickten uns in dieser Erkenntnis mit einem unterdrückten Lächeln an.

Unsere Lage war natürlich jetzt die vorteilhaftere. Allerdings nur dann, wenn die Indianer nicht etwa die Absicht hatten, uns sofort die Hälse abzuschneiden. Unter dem Eindruck der nahenden Soldaten würden sie aber kaum einen offenen Angriff gegen uns unternehmen. Darum glaubte ich, ruhig den Vorschlag machen zu sollen, der unsere Lage retten konnte.

»Laß uns schnell einige Bissen an deinem Feuer essen, großer Häuptling«, sagte ich, ihn und den Doktor mitziehend, »dann gehen wir auf die Jagd. Wir nehmen unsere Büchsen gleich mit, und du beauftragst deine Leute, uns das Wild suchen zu helfen.«

Wenn der Häuptling auf den Vorschlag einging, konnten wir seine Leute teilen. Daß sie dann vor meinem Lauf blieben, dafür wollte ich schon sorgen.

Er ging aber nicht darauf ein. So schlau war er auch. Sogar noch viel schlauer. Denn er sagte weder ja noch nein. Vielmehr rief er durch einen Pfiff die Indianer herbei und befahl ihnen, unser Gepäck an das Feuer zu tragen, während er selbst – die Gewehre umhängen wollte! Seine Gäste dürften keine Arbeit leisten. Das durften wir uns aber nicht gefallen lassen! Wir widersprachen höflich, aber bestimmt gegen diese »Ehre«, doch hörte der Mann gar nicht auf unsere Worte. Er griff mit der größten Seelenruhe nach meiner guten Doppelbüchse und betrachtete aufmerksam die Teile beim Schloß. Hinterlader dieses Systems kannte er nicht. Da kam mir ein rettender Gedanke. Mit einem Ruck, der den Indianer zornig aufblicken ließ, nahm ich die Waffe an mich und sagte, die Sicherung einrückend: »Laß mich das Gewehr erst laden, großer Häuptling. Wir könnten es plötzlich gebrauchen müssen. Mit den fünf Kugeln meines Revolvers« – dabei schlug ich den Rock zurück, daß die Waffe sichtbar wurde – »können wir kein Wild schießen. Die töten nur Menschen«, fügte ich hinzu.

Unwillkürlich entfuhr ihm ein erstauntes: »Ua.« Dann flogen seine Blicke zum Doktor, der eben seinen Revolver in die Hand genommen hatte und die Kugeln in der Trommel wechselte. Wenn der Häuptling Böses im Sinn hatte, dann war ihm jetzt die Freude daran bedeutend gemindert.

Er schien das auch einzusehen, denn er änderte plötzlich seine Taktik. Um unsere Waffen kümmerte er sich nicht mehr, sondern sprang mit großen Sätzen den Hügel hinab und rief seinen Leuten einen Befehl zu. Darauf griffen sie in die Asche und holten einen halbverbrannten Fleischklumpen hervor. Der Häuptling riß ihn in drei Teile, schlang das größte Stück hastig hinunter und schickte einen Mann – ich glaube, er hatte den schmutzigsten ausgesucht – mit den andern beiden Stücken zu uns. Der Bursche brachte uns das Fleisch ohne Unterlage in der Hand und leckte unterwegs das von den Stücken herabtropfende Fett sorgfältig ab. Kein Wunder, daß wir unserseits uns mit dem Hineinbeißen nicht sonderlich beeilten.

Als wir unten am Feuer anlangten, sahen wir, daß unsere Felleisen ganz hinten in dem engsten Winkel des Platzes lagen, wo uns die Gesellschaft vollkommen in der Falle hatte, sobald wir uns dort setzten. Der Doktor warnte mich. Ich aber vertraute auf meinen Revolver und ging trotzdem in die Ecke, von der ich gute Aussicht über das Gelände hatte und vor allem mir gegenüber den Hügel, von dem her Felipe und Carlos kommen mußten. Der Doktor setzte sich neben den Häuptling.

Kaum hatte ich meinen Sitz bequem hergerichtet, da fragte mich der Häuptling, warum ich im Kreise seiner Leute Waffen trüge.

»Ein Alemano gibt seine Waffe niemals ab, großer Häuptling«, erwiderte ich. »Mein Stamm ehrt seinen Gastgeber dadurch, daß er nur bewaffnet zu ihm kommt, damit er ihn immer mit seinem Leben verteidigen kann, wenn er angegriffen werden sollte.«

Ein Murmeln der Mißbilligung ging durch den Kreis. Die Kalebasse, die uns den Willkommensgruß – oder den Gifttrank, wer weiß es – kredenzen sollte, wurde zur Seite gestellt, und mein Nachbar rückte auffällig von mir ab.

Ich erhob mich.

»Wenn du es denn willst, großer Häuptling, dann gebe ich meine Waffen auch ab. Dort ist ein Teil meiner Leute, die...«

Der Rest meiner Rede erstarb in dem gleichzeitigen Rufe aus sieben Kehlen.

Felipe und Carlos waren eben auf dem Hügel erschienen. Sie führten drei leere Maultiere mit sich, wodurch der Eindruck einer größeren Truppe hervorgerufen wurde.

»Darf ich, großer Häuptling, meine Soldaten an dein Feuer kommen lassen...«

Aber die Indianer warteten erst gar nicht das Ende meiner Worte ab. Wie die Gemsen kletterten sie an den Felsen hinauf und verschwanden, während der Häuptling dem Doktor die Hand reichte und sagte: »Die Comanites und die Soldaten lieben sich nicht. Der Häuptling folgt seinen Leuten. Lebe wohl, großer Medizinmann, lebe wohl, Alemano.« Und langsam, aber leichtfüßig sprang er den felsigen Hang hinauf.

Ich drückte meinem Getreuen dankbar die Hand.

»Du kamst einmal wieder zur rechten Zeit, Felipe. Unsere Unterhaltung mit den Indianern fing gerade an, auf das strittige Gebiet hinüberzuspielen. Der Häuptling hätte eben gern unsere Waffen in sichern Gewahrsam genommen.«

»Ich habe ja immer gesagt, daß ich Sie nicht allein lassen darf, Don Fernando!« war die verschmitzte Antwort.

»Na, diesmal hättest du dich aber über den ›Señor Alemano‹ gewundert, mein guter Felipe. Ich war fest entschlossen, den ersten, der mir zu nahe kam, niederzuschießen. Das hat auch der Häuptling sehr gut gewußt, sonst säßen wir jetzt nicht mehr hier!«

»Dem Himmel sei Dank, Don Fernando, daß Sie nun endlich gelernt haben, in Südamerika zu reisen. Lieber einen Schuß zu viel als zu wenig, und jedenfalls immer den ersten! Wer Ihnen im wilden Gebirge begegnet, den müssen Sie so lange für Ihren Feind halten, bis er Ihnen das Gegenteil beweist. Dann haben Sie wenig zu befürchten!«

»Ich danke dir, Felipe! Sei sicher, daß ich es von jetzt ab so halten werde. Der ›große Karuwaho‹ und seine Leute haben mir gründlich beigebracht, wie man mit ihresgleichen verkehren muß!« –

Drittes Kapitel

Der »Leichenraub« rächt sich an uns

Ein ungemütlicher Nachtmarsch. – Am gefährlichen Engpaß. – »Wartet, ihr Teufel, noch habt ihr mich nicht!« – Ich stürze ab... in eine Chulpa. –

»Ob Don Fernando schon tot ist?«

Felipe berichtete, daß er unten in dem kleinen Fischerdorf Maiquia ein Häuschen für uns gemietet und unser Gepäck der Obhut eines Zollbootsmanns anvertraut hatte.

Ich wäre am liebsten sofort dorthin abmarschiert. Wie lange schon ersehnte ich einen ruhigen Tag und die Gelegenheit, meinen äußeren Menschen wieder einmal richtig in Ordnung zu bringen. Auch in meinen Tagebüchern war vieles nachzuholen, was nicht in Vergessenheit geraten durfte. Aber ich mußte mich schon gedulden, bis die kostbare Ausbeute des eben bestandenen Abenteuers wohlgeborgen war. Noch einmal selbst in die Chulpa hinabzusteigen – dazu konnte ich mich denn doch nicht entschließen. Ich übernahm also die Wache, während Dr. Perez mit unseren beiden Begleitern den »Leichenraub« besorgte.

Fünf volle Stunden vergingen, ehe alles wohlverpackt zum Abtransport bereitstand. Es begann schon zu dunkeln, als wir das von mir inzwischen bereitete Mahl verzehrt hatten und zum Aufbruch bereit waren. Sollten wir nun doch lieber die Nacht hier zubringen? Ich selbst drängte fort. Die andern drei aber wollten wenigstens einige Stunden ruhen und dann mit dem Mondaufgang den Marsch antreten.

In diesem Meinungsstreit entschied ein – Indianer!

Ich hatte den Blick über die Hänge schweifen lassen, an denen die letzten Strahlen der sinkenden Sonne ihr Spiel trieben. Da begegnete ich den starr auf uns gerichteten funkelnden Augen eines Indianers, der den Bogen vor sich auf den Stein gelegt hatte und augenscheinlich bemüht war, auf Pfeildistanz an uns heranzukriechen. Ohne meine Stellung zu verändern, hob ich wie spielend die Büchse und feuerte eine Schrotladung auf den Gegner.

Erstaunt fuhren meine Begleiter herum.

»Aber warum schießen Sie denn, Don Fernando?« rief es wie aus einem Munde.

»Um uns den Weg an den See freizuhalten, amigos«, antwortete ich. »Siehst du dort in den Steinen das Braunfell, Felipe? Dem bin ich zuvorgekommen!«

»Bravo, Don Fernando!« – »Aber der Kerl lebt ja noch!« riefen Felipe und der Doktor.

»Hoffentlich! Es waren nur Schrote im Lauf, aber sie scheinen doch ihren Zweck zu erfüllen. Seht nur, wie er davonschleicht. Der kommt in dieser Woche nicht wieder.«

»Quien sabe! Nun komme ich selbst zu der Ansicht, daß wir besser abrücken. Lange wirkt der Schwindel mit den Soldaten nicht mehr. Die Indianer werden längst ausgekundschaftet haben, daß die Truppe mit uns nichts zu tun hat.«

Es war ein unangenehmer Nachtmarsch, den wir mit den geraubten Leichen durch die wilden Berge machten. Wir wußten uns von nichts weniger als freundlichen Indianern verfolgt, deren Pfeile uns aus jedem Busch bedrohten. Auf baumlosen Ebenen sahen wir die gespenstischen Schatten der Verfolger blitzschnell über die freie Fläche gleiten. Wenn wir auch, um unsere Wachsamkeit zu beweisen, in solchen Fällen ein paar Schrotschüsse abfeuerten, so erhöhte das unsere Sicherheit keineswegs. Am gefährlichsten wurde unsere Lage, als der aufgefundene Saumpfad in einen Flußlauf auslief. Dort zwängten sich die Felsen bis auf kaum zwei Meter Breite aneinander und bildeten so einen Engpaß, in dem wir leicht durch hinabgeworfene Steine vernichtet werden konnten. Zum Unglück trat auch der Mond hervor und überflutete die Enge mit fast tageshellem, silberweißem Licht.

Felipe riet von der Fortsetzung des Marsches ab. Alles deutete darauf hin, daß wir hier abgefangen werden sollten. Einige herabfallende Steinchen hatten uns verraten, daß uns die Indianer folgten und droben in den Felsen größere Blöcke lockerten, mit denen wir zerschmettert werden sollten. Etwaige Nachforschungen der Behörden konnten in dem Falle nur den »Unglücksfall« feststellen. Die Eingeborenen hatten also kaum einen Mordverdacht zu befürchten.

Kurz vor dem Engpaß sammelten wir uns. Ringsum waren die Berge terrassenförmig aufgebaut. Jeder Stein bot hier dem Feinde gute Deckung; es konnte kein geeigneterer Platz für einen Überfall gefunden werden. Allerdings kam auch uns diese Terrainunebenheit zugute, und ich schlug vor, die Feinde, wer es auch sei, von hier aus im Rücken anzugreifen. Während des dann entstehenden Kampfes sollte einer von uns die Maultiere durch den Paß treiben und schnell die Ebene zu erreichen suchen. Das Los traf Carlos. Wir andern verteilten uns über die Hänge zu beiden Seiten der Schlucht und krochen langsam aufwärts. Beim dritten Schuß sollte Carlos den Durchbruch wagen. Mir war eine steile, steinige Böschung zugefallen. Im unteren Teile fand ich gar keine Deckung. Der blanke Mond schien hell auf mich und mein blitzendes Gewehr. Ich lag zwar flach auf dem Bauch und schob mich so rasch als möglich vorwärts, aber ein einigermaßen wachsamer Mensch mußte mich sehen. Dies wurde mir auch dadurch bestätigt, daß plötzlich ein Stein in großen Sprüngen den Abhang hinuntersauste und nur wenige Zentimeter von mir vorbeischoß. Gern hätte ich dem Kerl dort oben eins aufgebrannt, aber ich fürchtete, zu früh das Signal für Carlos zu geben. –

Ein zweiter und dritter Stein kam. Nun wurde mir die Sache zu bunt. Ich sprang auf, hob die Büchse und zielte. Das half. Sofort hörten die Steinwürfe auf. Für die Pfeile war ich noch zu weit von den Schützen entfernt. Etwa zwanzig Meter höher sah ich größere Blöcke, die mir Deckung bieten würden. Wenn ich die erreichte! Ich versuchte es, immer die Büchse schußfertig gehoben.

Auf einmal schwirrte ein Pfeil von rechts. Er traf den Schaft meines Gewehres, fiel aber kraftlos zu Boden. Noch war die Entfernung zu groß, ich aber war gewarnt. Ging der Schütze einen Schritt vor, dann war es um mich geschehen.

Ich machte einen Sprung vorwärts und hörte auch in demselben Augenblick, wie ein Pfeil dicht an mir vorbeischwirrte. – Jetzt machte ich eine Bewegung, als ob ich getroffen wäre, und ließ mich in die Steine fallen, den Blick scharf auf die Stelle gerichtet, wo ich den Schützen vermutete. Unmittelbar darauf hoben sich zwei dunkle Gestalten aus den Steinen und liefen auf mich zu. Ich zielte langsam und drückte ab. Auf den Schuß sank der eine in die Knie, während der zweite seinen Bogen hob und auf mich anlegte. Ich kam ihm um den Bruchteil einer Sekunde zuvor. Im Fallen noch mußte er den Pfeil abgeschossen haben, der dicht über meinem Kopf ins Leere ging.

Von meinen Kameraden hörte ich noch immer nichts. War ich jetzt gezwungen, auch den dritten Schuß abzufeuern, dann konnte Carlos in eine böse Lage kommen. Ich mußte also den Aufstieg auf den Felsen erzwingen, ohne zu schießen. Rasch entschlossen lief ich in die Deckung. Kaum lag ich da, da sah ich, wie die Indianer eiligst den Berg wieder hinunterkletterten. Halt, dachte ich, die wollen Carlos überfallen. Jetzt galt es. Noch sah ich einige Schatten vorbeihuschen, dann feuerte ich den dritten und vierten Schuß ab.

Dann knallte es auch auf der andern Seite. Gottlob, nun ist Carlos durch, dachte ich und stürmte auf die Kuppe. Sie war leer! Große Massen von Steinen deuteten darauf, daß unsere Vernichtung im Engpaß geplant war. Jenseits des Spaltes tauchte nun auch der Doktor auf. Er rief mir zu, daß Carlos in Sicherheit sei, am Passe unten wimmele es aber von Indianern.

»Dann will ich ihnen den Durchgang mit ihren eigenen Waffen versalzen!« rief ich und begann einen Hagel von Steinen in die Tiefe zu schleudern. Mitten in der besten Arbeit tauchte drüben Felipe auf, während der Doktor verschwunden war.

»Haben Sie viel Munition, Don Fernando?« rief er.

Ich zählte die Patronen.

»Sechzehn Schrote und zehn Kugeln für den Revolver! Aber warum fragst du? Brauchst du welche?«

»Nein, das nicht. Aber ich fürchte, wir sind abgeschnitten, und die Munition wird kaum genügen, die Bande zu verjagen. Es müssen mindestens fünfzig Mann sein, die den Paß besetzt halten.«

»Hm, das ist schlimm. Können wir denn nicht zurück?«

»Wir hier auf dieser Seile vielleicht. Ihnen aber dürfte es schwer werden, denn an der andern Seite fällt die Wand steil ab. – Aber wir werden Ihnen Luft machen. Versuchen Sie nur, so schnell als möglich von dort fortzukommen. – Glück zu, Don Fernando!«

Das waren reizende Aussichten. Wieder einmal saß ich in der Mausefalle. Ich lief auf die andere Seite des Felsens und blickte hinunter. Eine graue, felsige Masse grinste mir aus unergründlicher Tiefe entgegen und ließ mich zurückweichen. – Mit großen Sprüngen eilte ich den Abhang wieder hinunter. Ich trachtete den Einstieg zu gewinnen und dann...

Ein teuflisches Geheul bannte meinen Fuß. Da – dreißig Meter etwa vor mir hielt eine Masse dunkler Gestalten, bereit, mich einzusaugen, wenn ich in ihre Nähe käme.

Zähneknirschend hemmte ich den Schritt.

»Wartet, ihr Halunken, noch habt ihr mich nicht!«

Ein Busch und dahinter ein großer Stein boten mir Deckung. Kniend zielte ich und gab Schnellfeuer mitten in den Haufen. Zwei Schüsse mit je zwölf Rehposten und fünf Revolverkugeln rissen ein gewaltiges Loch in die Schar. Auf eine derartige Verteidigung waren die Indianer sichtlich nicht vorbereitet. Ich benutzte die Verwirrung und lief bis an den Rand der Wand, im Laufe wieder ladend. – Ein kurzer Blick belehrte mich, daß auch hier noch keine Rettung möglich war. Die Indianer kannten ihre Falle!

Wieder kniete ich nieder und feuerte dieselbe Ladung in die Richtung der Feinde, die nun in sichere Deckung flohen. – Als ich von neuem geladen hatte, stürmte ich weiter den Abhang hinunter, bis eine neue Steigung mich zwang, den nächsten Hügel zu erklettern. – Vorher prüfte ich nochmals die Höhe der Wand. Ich schätzte sie auf acht Meter, doch verbargen Dornen mir den Grund der Schlucht.

Drüben fielen jetzt ebenfalls Schüsse. Dem Schall nach über mir am jenseitigen Hang. Ich überlegte, ob ich durchbrechen und den Kameraden Entsatz bringen oder ob ich doch den Sprung in die Tiefe wagen sollte. Während ich, an einen schwankenden Strauch geklammert, noch einen Blick in die Schlucht warf, knackten plötzlich vor mir die Büsche. Ich wollte einen Satz zurück machen, glitt aber aus, und bei der unwillkürlichen Bewegung nach einem Stützpunkt fiel mir das Gewehr aus der Hand und die steile Wand hinunter in die Tiefe. Jetzt riß ich den Revolver aus dem Gürtel und feuerte die Trommel ab. Noch sehe ich die wutverzerrten Gesichter der Indianer, wie sie langsam zurückwichen und die Getroffenen fortschafften. Rasch wollte ich wieder laden. Mit dem linken Arm umklammerte ich den dünnen Stamm und griff in die Tasche – da wich plötzlich der Boden unter mir, und ich stürzte die steile Wand hinunter in die Schlucht. Mit mir fielen ein gewaltiges Stück Erdreich und Steine, die mir wie Geschosse um die Ohren sausten. Krachend und splitternd wich das Buschwerk unter mir. Spitze Dornen drangen mir ins Fleisch – dann schlug ich dumpf auf.

Finstere Nacht umgab mich. Als ich mich von dem Sturz erholt hatte, tastete ich meine Glieder ab. Jeder Knochen brannte wie Feuer, gebrochen aber hatte ich, Gott sei Dank, nichts. Bei jeder Bewegung fühlte ich aber das empfindliche Stechen kleiner Dornen, und ich konnte nicht mehr daran zweifeln, daß ich nicht nur in einem Dickicht, sondern in einer Art Brunnen oder Schacht lag, dessen Wandungen ich ringsum wahrnehmen konnte. Wie tief der Schacht war, wußte ich natürlich nicht. Da kein Lichtstrahl bis zu mir drang, obgleich der Mond fast taghell leuchtete, mußte ich auf große Tiefe schließen.

Meine Gedanken nahmen wieder eine bestimmte Richtung an. Ich griff nach dem Revolver. Die Tasche war leer. Das Messer fühlte ich jedoch unter mir. In dem Bestreben, es aus der Scheide zu ziehen, machte ich eine Drehung. Sofort rieselte eine ganze Ladung modrigen Schutts über mich und drang mir in Mund und Augen. Ich hatte aber das Messer in der Hand. Vorsichtig, um nicht noch weiter verschüttet zu werden, schnitt ich nun die Zweige über meinem Kopf weg. Jede Zerrung einer Ranke löste einen feinen Nieselregen aus. – Endlich hatte ich mich so weit freigeschnitten, daß ich mich auf die Knie stemmen konnte. Die aber waren dermaßen zerschunden, daß ich zurücksank. – Nach einer Weile wagte ich es noch einmal. Und diesmal kam ich sogar auf die Füße.

Weiter und weiter schnitt ich in die zähen Dornen. Um mich her türmte sich das stachlige Gewirr zu dichtem Haufen. Aber immer noch drang kein Lichtstrahl in meine Finsternis. Auf einmal fand mein Arm über mir einen Widerstand. Ich fühlte mit der Messerklinge durch die Dornen und stellte fest, daß ein Stein über mir lag. – Nun beschlich mich ein unheimliches Gefühl. Wenn der Stein nachgab, war es möglich, daß er mich unter seiner Last zerquetschte.

Ich begann nun seitlich die Dornen zu lichten. Nach der einen 35 Seite stieß das Messer bereits nach wenigen Stößen auf eine harte Wand.

Vorsichtiger setzte ich nun meine Arbeit nach der andern Seite fort. Jetzt mußte ich ganz langsam schneiden, denn ich lief Gefahr, bei einem starken Ruck das rieselnde Erdreich ins Rollen zu bringen.

So hieb ich mir denn in mühevoller Arbeit einen Wall von dornigen Ästen um mich herum frei. Ich drückte sie, trotz der wahnsinnigen Schmerzen, zu einem Haufen zusammen und setzte die Füße darauf. – Da stieß mein Tritt auf einen Widerstand. Ich ließ die Hand an meinem Bein hinuntergleiten und hob den Gegenstand auf. Er war hart und rund, merkwürdig glatt. Da kein Lichtstrahl eine Prüfung des Fundes erlaubte, stieß ich ihn seitwärts in die Büsche und schnitt weiter.

Plötzlich wurde es licht über mir. Eine dünne Pflanzenschicht hob sich gewebeartig von einem bleigrauen Himmel ab. Sie war rasch durchschnitten, und ich sah, daß der Morgen dämmerte.

Ich blickte um mich. Zunächst sah ich über mir eine hohe, glatte Wand. Wohl dieselbe, an der ich abgestürzt war. In einem zusammengeschlagenen Schacht unterschied ich ringsum Mauerwerk. Über mir den Rest eines bearbeiteten Steines. Suchend irrte mein Auge durch den Raum und haftete überrascht auf dem gefundenen Gegenstande – einem Schädel, und zwar einem Aymaraschädel! – Kein Zweifel, ich saß in einer halbzerstörten Chulpa.

Fast hätte ich aufgelacht. Tücke des Zufalls! Die Stücke, um die wir mit Blut gekämpft, fielen mir hier ohne mein Zutun in den Schoß.

Ich machte nun alle Anstrengungen, um dem Schacht zu entrinnen. Gegen Osten, wo der Eingang zu sein pflegt, war das Grab verschüttet. Ich wand mich nun dem Schuttgerinnsel zu und fand dort zuerst mein Gewehr, an einem Zweige hängend. Dann suchte ich festen Fuß zu fassen, was mir aber erst nach unzähligen Versuchen gelang. Langsam, Schritt für Schritt, erkletterte ich den Erdhügel, und dann sah ich auch die Stelle, an der ich oben abgerutscht war.

Dieser Anblick rief mich in die rauhe Wirklichkeit zurück. Wo waren meine Kameraden? Ich sprang vollends aus meinem »Grabe« und lief trotz meiner Schmerzen durch das Dickicht auf eine Stelle, die mir freien Ausblick bot. Eben hob sich in hehrer Pracht das Tagesgestirn aus dem See und tauchte den Sonnentempel in flüssiges Gold.

Tiefe Stille umgab mich. Nirgends regte sich ein Lüftchen. Ich öffnete mit frohem Rufe weit die Arme. Hell schallte das Echo in den Felsen hundertfach zurück.

Ich erschrak, warf mich zu Boden und untersuchte mein Gewehr. »Esel«, schimpfte ich im stillen, »wenn hier Indianer versteckt lägen.«

Minutenlang wartete ich mit angehaltenem Atem, dann erhob ich mich und steuerte der Ebene zu, die sich weit vor mir öffnete. An den Büschen prangten rote Himbeeren, die ich hungrig verschlang. Wachteln flohen ängstlich rufend in das schützende Gras. Ich wagte aber nicht zu schießen. Hinter jedem Busch konnte mich eine unliebsame Überraschung erwarten.

Ein letzter Ausläufer des Berges stieß einen harten Arm in die saftige Wiese. Den wollte ich ersteigen, um einen Überblick zu gewinnen. Halb hatte ich den Hang bereits bezwungen, da trug mir der leichte Luftzug Rauch in die Nase. Rasch warf ich mich auf den Bauch und schob mich lautlos die Höhe hinan. Ein Feuer knisterte. Ich vernahm das Zischen bratenden Fleisches. Noch hörte ich keinen Laut menschlicher Wesen. Ich wagte es, meinen Kopf über den scharfen Rücken zu heben, und...

»Guten Morgen, Freunde!«

Dort lagen in friedlichem Schlummer Dr. Perez und Felipe – beide über und über blutig, zerrissen und sichtlich erschöpft.

Sie antworteten nicht auf meinen Gruß. Wie die Toten lagen sie am Feuer hingestreckt. Ihre Lage deutete darauf hin, daß sie mitten in ihrer Arbeit einfach vor Müdigkeit umgefallen waren.

Ich ging leise an die Feuerstelle und wendete das Fleisch, das ich dadurch gerade noch vor dem Verbrennen rettete. Dann trank ich beide Flaschen leer und verschlang den ganzen Vorrat an Schokolade, den ich in den Satteltaschen fand. Sie schmeckte entsetzlich bitter, denn die Küstenindianer kennen unsere verfeinerte Art der Herstellung nicht. Aber ebendarum ist die sogenannte Indioschokolade das wertvollste Zahlungsmittel, weil sie sich sehr leicht verdaut und gut zu verpacken ist.

Als der Braten die richtige Bräune ansetzte, stellte ich die Becher an das Feuer und rührte Mehl und Wasser an. Bald war der Kuchen gar, und der Kaffee verbreitete seinen würzigen Duft. Nun mußte ich die Schläfer wecken. Ich schüttelte zuerst den Doktor – vergebens! Dann zupfte ich Felipe am Ohrläppchen. Wie von der Viper gestochen fuhr er in die Höhe, und im gleichen Moment blitzte auch schon das Messer.

»Guten Morgen, Felipe! Das Frühstück ist fertig, komm, iß und trink!« sagte ich möglichst gleichmütig.

Ganz verstört blickte er mir ins Gesicht. Er rieb sich immer wieder die Augen, als ob er seinen Sinnen nicht traue. Dann sprang er auf mich zu und umarmte mich.

»Sie leben wirklich, Don Fernando?« jubelte er.

»Ich habe so den Eindruck, Felipe! Allerdings fehlte nicht viel, und die Indianer hätten mich erwischt. Aber erst komm mit mir zum Essen, dann erzählen wir. – Hallo, Doktor! Kommen Sie, der Kaffee ist fertig.«

Der arme Kerl war jedoch nicht zu erwecken. Er murmelte nur ein paar Worte und schlief weiter.

Beim Mahle erzählten wir.

»Der Leichenraub ist uns schlecht bekommen, Felipe! Sind wenigstens unsere Tiere in Sicherheit? Ist Carlos gesund?«

»Carlos ist vor einigen Stunden schon nach Maiquia geritten. Er holt Lebensmittel und Arzneien, denn der Doktor ist ernstlich verletzt. Auch mein Fell ist böse durchlöchert.«

»Wie seid ihr denn mit den Indianern auseinandergekommen?«

»Durch einen Zufall! Gerade in der höchsten Bedrängnis trafen die Soldaten ein, die wir gestern bemerkten. Das unausgesetzte Schießen hatte sie herbeigerufen. Der Doktor lag schon gefesselt am Boden, und mich hätten die Braunen in der nächsten Minute überwältigt. Es war die höchste Zeit! – Jetzt ist eine Patrouille hinter den fliehenden Indianern her, die Sie retten soll. Ich versprach ihnen eine gute Belohnung, wenn sie Erfolg hätten.«

»Nun, die sollen sie haben. Ich bin nur froh, daß ich dich und den Doktor wiederhabe. Ich hatte schon an eurer Rettung gezweifelt, denn der Wald wimmelte ja von den Burschen. Was die Menschen wohl so aufgebracht hat gegen uns? Vorher waren sie doch noch ganz manierlich?«

»Sicher der Raub der Toten!« meinte Felipe. »Es ist undenkbar, daß die hier umherstreifenden Wilden nicht wissen, was in dem Bau steckt. Sie halten die Mumien jedenfalls für Überreste ihrer Vorfahren und wollten deshalb den Raub rächen.«

»Das kann ich ihnen schließlich nicht verdenken!«

Jetzt regte sich der Doktor und verlangte Wasser. Er streckte den Arm aus, um nach der Flasche zu greifen, traf dabei aber auf meine Hand, die er fest umklammerte. Seufzend flüsterte er mit schwacher Stimme: »Armer Kerl, armer Fernando! Ob er schon tot ist?«

»Gewiß nicht, lieber Doktor«, antwortete ich. »Stehen Sie nur auf! Der Braten wird kalt.«

Sein Haupt sank wieder auf den Arm und blieb sekundenlang regungslos liegen. Mit einem Male schien ihm aber die Wirklichkeit zu dämmern. Ruckweise hob sich sein Körper, bis er aufrecht saß. Die halb geschlossenen Augen, von der Sonne geblendet, irrten suchend über uns, dann streckte er beide Arme von sich und rief mit abgewendetem Gesicht: »Nein, bitte, keine Scherze! Laßt mich sterben, o Gott, sterben.« Und schwer sank der Leib auf die Seite.

Erstaunt blickten wir uns an. Eine furchtbare Ahnung packte mich. Ich faßte den willenlosen Doktor um den Hals, flößte ihm heißen Kaffee ein und sprach ihm eindringlich zu. Sein Kopf sank an meine Brust. Ein inneres Schluchzen durchschüttelte ruckweise den ganzen Körper. Die Nerven des Armen mußten schwer gelitten haben. – Nach einer Weile schlug er die Augen auf. Langsam kam ihm das Bewußtsein zurück. Er schob mich langsam von sich und sagte freudig lächelnd: »Don Fernando!«

Dann sank er wieder in tiefen Schlaf.

Nun machte sich auch bei mir das Bedürfnis nach Ruhe geltend. Ich bettete mein Haupt auf einen Packsattel und schlief, bis mich eine Unterhaltung weckte.

Carlos war zurückgekommen. »Grüß' Gott, Carlos! Fein, daß du wieder da bist«, rief ich ihn an. Der Doktor saß am Feuer und verband eben Felipes Wunden. Er selbst war halb entkleidet und voller Pflaster. Während ich nochmals meine Erlebnisse erzählte, sagte ich beiläufig: »Sie, Doktor, ich habe wieder eine Chulpa entdeckt. Mein Revolver liegt noch da. Auch einen Aymaraschädel habe ich schon auf die Seite gebracht. Ein herrliches Stück!«

Nun sahen mich alle drei an, wie man einen Menschen anblickt, der im Kopfe nicht richtig ist.

»Reden Sie denn im Ernst?« fragte nach langer Pause der Doktor. »Sie saßen in einer Chulpa, während uns die Indianer umzingelt hatten? Wie ist so etwas nur möglich?«

Nun erzählte ich ausführlich meine Landung in der Grabkammer. Ich bestand auch darauf, noch mal dahin zurückzukehren, denn es interessierte mich, den Ort genauer zu betrachten. Aber nur Carlos ritt mit mir.

Das erste, was uns auffiel, als wir an der über und über mit Dornen überwucherten Chulpa ankamen, waren eine Anzahl von Pfeilen, die man mir nachgesandt hatte. Ich sammelte sie zur Erinnerung an den denkwürdigen Tag. Leicht fand ich auch die Stelle, an der ich, von oben kommend, wie eine Granate in den Dornbusch gesaust war. Ich stieg über das Geröll und glitt nochmals in das Loch. Gleich oben in dem Zweiggewirr lag der Revolver. Unten stieß mein Fuß auf eine glatte Steinplatte. Es war die Hälfte des Dachabschlusses der Chulpa. Man hatte

bei diesem Grabmal zwei aneinandergelegte Steinplatten zum Verschluss der Kammer verwendet. Die Folge davon war, daß sie den Jahrhunderten keinen Widerstand geleistet hatten. Vor wer weiß wie langer Zeit war die eine Hälfte hinuntergestürzt, und die Zeit hatte ihr Zerstörungswerk nahezu vollendet. Außer dem Schädel und ein paar wertlosen Knochen fand ich nichts von Bedeutung.

Noch eine Nacht mußten wir an der gleichen Stelle zubringen. Nach einem erquickenden Bade in dem schäumenden Fluß, in dem wir auch noch einen Zitterrochen fingen, fielen wir in tiefen Schlaf, über den der treue Carlos sorgsam wachte.

Am nächsten Abend aber – o Wonne! – durften wir endlich einmal in einem regelrechten Bett auf einer weichen Matratze aus Lamawolle schlafen! – Was kümmerte es uns, daß diese primitiven Bettstellen so ziemlich das einzige Mobiliar des von Felipe gemieteten Häuschens darstellten?! Sich ausstrecken! Weich und warm zugedeckt schlafen! Keine Wache ausstellen müssen! Keinem Indianerpfeil ausgesetzt sein! – – Schlafen, schlafen, schlafen!

Drei Tage verbrachten wir so in süßem Nichtstun. Die ankommenden Soldaten erinnerten uns erst wieder an den Zweck unseres Hierseins. Sie bekamen natürlich reichlich die ihnen von Felipe für meine Rettung versprochene Belohnung und verabschiedeten sich mit überschwenglichen Dankesworten.

Viertes Kapitel

Eine Fahrt zur Sonneninsel

Ernste Zwischenfälle. – Der Zollkutter kommt zur rechten Zeit.

Als wir Erkundigungen über die Ruinen auf der Sonneninsel zogen, begann das alte Lied. Ohne genügenden militärischen Schutz könne man jetzt in der Revolutionszeit keine Nacht auf der Insel zubringen. Sie sei der Schlupfwinkel von Piraten und allem lichtscheuen Gesindel – na ja. Das Lied kannte ich schon auswendig. – Aber auch der Kapitän des Dampfers, der sonst den Verkehr auf dem See vermittelt, weigerte sich, uns jetzt, wo es keine ordentliche Regierung in Peru gäbe, zur Sonneninsel zu bringen. Gesindel, Räuber und so weiter! Dieselbe Warnung, nur in verstärktem Maße.

Nach Rücksprache mit dem Zollbootsmann mieteten wir endlich zwei größere Segelboote. Wir versahen sie mit genügend Proviant für einige Tage, packten unser Werkzeug hinein und segelten eines Morgens mit frischem Winde ab. Der Doktor saß mit Carlos in dem einen, Felipe bei mir in dem zweiten Boote.–

Schon nach wenigen Stunden unterschieden wir deutlich die gewaltigen Ruinen des sagenumwobenen Sonnentempels. Das Fernglas zeigte mir auch eine ungewöhnlich große Anzahl von Ruderbooten, die halb auf den Strand gezogen waren. Es seien Fischer, behauptete unser braunhäutiger Bootsmann. Gleich darauf gellte sein Schrei über den See, und er tauschte uns unverständliche Zeichen mit dem andern Boote. Beide hißten daraufhin eine große weiße Flagge.

War mir diese geheimnisvolle Botschaft schon auffällig, so steigerte sich nun mein Erstaunen, als ich bemerkte, daß man von der Insel aus mit unsern Bootsleuten Flaggensignale austauschte, und daß sich der Strand immer mehr mit Menschen belebte. Eine große Aufregung schien sich derselben bemächtigt zu haben.

Plötzlich warf mein Bootsmann das Segel los und griff mit seinem Knechte zum Ruder. Der bisher gesteuerte Kurs wurde verlassen und der Steven unserer Barke auf eine weit vorspringende Landspitze gerichtet. Das Boot des Dr. Perez hielt jedoch seinen alten Kurs unter Segel bei.

Die Geschichte schien mir nicht sauber. Ich machte Felipe aufmerksam und befahl dem Bootsmann, das Segel zu setzen und wieder zu dem andern Boote zu steuern. – Der Kerl grinste nur und ruderte ruhig weiter. – Da griff Felipe ein. Ohne ein Wort zu verlieren, riß er dem Bootsführer das Ruder aus der Hand und warf es in den See. Darauf setzte er das Segel und nahm das Steuer.

Durch diesen unvermuteten Eingriff und den auf ihn gerichteten Lauf meines Revolvers war der Kerl zunächst sprachlos. Dann aber stieß er eine Flut von Verwünschungen gegen uns, sprang wutschäumend auf, riß sein Messer aus der Scheide und stürzte sich auf Felipe. Ich saß vorn im Boot und war durch das Segel behindert. Doch da kam unerwartete Hilfe durch den Knecht des Bootsführers. Der junge Indianer hatte bisher völlig teilnahmslos dagesessen. Jetzt warf er plötzlich gleichfalls sein Ruder ins Wasser und sprang wie ein Panther auf seinen Herrn. Ein kurzes erbittertes Ringen – dann stürzten die beiden über Bord und kämpften im Wasser weiter.

Mittlerweile hatte sich unser Boot dem andern genähert. Der Doktor hatte die Vorgänge bei uns an Bord beobachtet und schrie herüber, ob er uns helfen solle. Aber sein Bootsführer schien genau so widerborstig zu sein wie der unsrige. Heftiger Wortwechsel drang zu uns herüber. Da warf Carlos plötzlich das Segel los, und das Boot scherte aus seinem Kurs. In wenigen Minuten waren wir längsseit und befestigten beide Fahrzeuge aneinander. Mit verbissenem Grimm ließen das des Doktors Bootsführer geschehen.

Während sich diese Szenen bei uns abspielten, hatte sich die Menge am Strande vergrößert. Mit lebhaftem Gebärdenspiel begleitete man die Bewegungen unserer Barken. Einige Ruderboote stießen ab und kamen hastig auf uns zu; andere hielten Kurs auf die im Wasser Treibenden.

Auf mein Geheiß setzten wir Segel und steuerten der Mitte des Sees zu. Das schien jedoch nicht nach dem Sinne der Bootsleute zu sein. Der Führer sprang auf und wollte mir das Steuer entreißen. Doch er kam nicht dazu, seine Absicht auszuführen. Im Handumdrehen lag er gefesselt auf dem Boden seiner Barke. Seinen Knecht ereilte dasselbe Schicksal.

Das Geschrei hinter uns kam immer näher. Immer größer wurde die Zahl der Verfolger. Wir setzten nun noch die Focksegel und machten rasche Fahrt landwärts. Da tauchte hinter der Landspitze ein Segler auf. Pfeilschnell schoß er durchs Wasser. Er suchte uns den Weg zu verlegen. Durch das Fernglas zählte ich sechs Mann Besatzung.

»Der holt uns ein, Felipe!« rief ich. »Leute, packt auch die Reservewaffen aus. Jetzt geht es hart auf hart.«

Beim Erscheinen des Seglers strebten die Ruderboote wieder dem Lande zu. Der kleine prächtige Schoner flog nur so durch das Wasser. Es war ein schön gebautes Fahrzeug, eine Augenweide für jeden Seemann. Für uns allerdings war dessen Anblick in diesem kritischen Moment kein Hochgenuß. Zusehends kam er näher, und ich konnte genau berechnen, wann er uns einholen würde.

Felipe kniete nieder, um dem Verfolger ein paar Kugeln unter die Wasserlinie zu schießen. Das Leck mußte ihn dann von der Jagd auf uns abhalten. Ich hinderte ihn aber.

»Wir wollen die Feindseligkeiten nicht beginnen. Wo man Holz hackt, da fliegen Späne, und wahrscheinlich können die drüben auch schießen.«

Der Segler war jetzt herangekommen. Er lief parallel mit uns. Plötzlich änderte er seinen Kurs und schien uns im spitzen Winkel treffen zu wollen. Nun war er entschieden im Vorteil.

»Carlos, wirf dein Boot los. Suche des Seglers andere Seite zu gewinnen, dann haben wir ihn in der Mitte. Er besinnt sich dann schon mit seinem Angriff.«

Wirklich schien das Manöver den andern zu überraschen, er behielt aber seinen Kurs bei. Gleich darauf brüllte eine Stimme über das Wasser. Den Sinn der Worte verstanden wir jedoch nicht. Wohl aber schien der Gefangene sie verstanden zu haben, denn er begann erneut zu fluchen.

Carlos hatte sein Boot inzwischen in den Kurs des Seglers gebracht. Wir sahen, daß er mit der Besatzung verhandelte. Dann schwenkte er ein Tuch, während gleichzeitig am Maste des Schoners – die bolivianische Flagge aufstieg. – Wir hatten einen Zollkutter vor uns! Das war wesentlich angenehmer.

Als der Tatbestand aufgenommen war, bekamen unsere Boote je einen Mann Wache, und nun wurden wir nach dem Hafen von Hachacacha geleitet. Die Behörden dort schienen sich über den Fang unserer beiden Bootsleute sehr zu freuen. Wir selbst wurden freigelassen, durften aber den Ort nicht verlassen.

Am nächsten Morgen schon rief man uns zum Polizeiamt. Dort saßen die beiden Gefangenen gefesselt auf der Anklagebank. Jeder von uns mußte seine Aussagen beschwören und ein Protokoll unterschreiben. Hierauf verlas der Richter ein langes Sündenregister der Angeklagten. Ein Advokat machte einen schwachen Versuch, die Bösewichte

zu verteidigen, gab es aber bald auf. Die Brüder mußten zuviel auf dem Kerbholz haben.

»Zehn Jahre Zwangsarbeit!« lautete das Urteil. Der Schmied, der den Verurteilten die Ketten an die Arme und Beine schmieden sollte, schien schon auf seine Arbeit gewartet zu haben, denn wir waren noch in lebhafter Unterhaltung mit dem Richter, als schon die Hammerschläge ertönten, die zwei Verbrecher auf zehn Jahre unlöslich miteinander verbanden.

Diesmal waren also die Warnungen berechtigt gewesen. Die miteinander im Komplott stehenden Bootsführer sollten die Greenhorns den Burschen auf der Insel ans Messer liefern. Unsere Waffen und unsere Vorräte hatten die Halunken gereizt.

Die Fahrt nach der Sonneninsel unternahmen wir kurze Zeit später unter dem Schutze eines Regierungsfahrzeugs. Sie brachte weit weniger wissenschaftliche Ausbeute, als wir gehofft hatten. Die Herren Beamten konnten uns nicht allzuviel Zeit für unsere Forschungen lassen und waren anderseits zu gewissenhaft, um uns, wie wir vorschlugen, allein auf der Insel zu lassen und später wieder abzuholen. Sie wußten, daß wir uns durch den Ausgang unseres Abenteuers den Haß und die Rachsucht sämtlicher Bootsführer zugezogen hatten, und zwangen uns liebenswürdig, aber energisch, wieder mit zurückzufahren – »höhere Gewalten«, gegen die wir machtlos waren, wie der Seemann gegen den Taifun. Überhaupt schien man behördlicherseits dringend unsere Abreise zu wünschen. Es war nicht sehr angenehm für die Beamten, Fremde im Ort zu wissen, deretwegen man jeden Augenblick Scherereien haben konnte, wenn sie wieder einen »leichtsinnigen Streich« aussheckten. Also wurden wir nach allen Regeln herausgegrault. Da wir ohnehin von dieser Seite des Sees genug hatten und überdies die Nachricht kam, daß in Puno wieder Ruhe herrschte, beschlossen wir unsere Abreise. Dr. Gußfeld wartete wahrscheinlich schon in Puno auf mich, und außerdem würde es dort ja wohl einen Gasthof geben, der uns mehr Behaglichkeit für unsere Ruhetage bot als das höchst primitive Dorfquartier in Maiquia. Das Weitere würde sich finden.

Fünftes Kapitel

Ein überflüssiger »Luxus«

Dr. Güßfelds Auftrag. – Antonio ist anderer Meinung. – Gewitter zwischen Dornen und Klapperschlangen. – Spuk in der Nacht. – »Mensch, Sie können noch lachen?!«

Als unser kleiner Dampfer im Hafen von Puno anlegte, winkte uns Dr. Güßfeld schon von der Landungsbrücke aus lebhaft zu.

»Endlich, Gott sei Dank!« das war seine erste Begrüßung, und er schüttelte mir fast den Arm aus dem Gelenk. »Ich fürchtete schon, daß Sie sich durch unser Revolutiönchen ganz und gar hätten abschrecken lassen, und das wäre mir aus verschiedenen Gründen sehr schmerzlich gewesen! Aber nun kommen Sie rasch, in meinem Gasthof sind Sie sehr gut untergebracht, und wir können die wenigen Tage meines Hierseins noch gründlich ausnutzen!«

Das geschah denn auch. In ausgiebigen Sitzungen, die teils ernsten wissenschaftlichen Problemen galten, teils beim Glas Wein alte Erinnerungen zurückriefen, verliefen die nächsten Tage nur allzu schnell. Erst am Abend vor seiner Abreise kam Dr. Güßfeld auf eine Angelegenheit zu sprechen, die ihm viel Kopfschmerzen bereitete. »Ich bin aus der Heimat gebeten worden«, so erzählte er, »hier nach einem jungen Deutschen zu forschen, der zwecks geologischer Studien an den Titicacasee gereist ist, und von dem man nun schon sehr lange keine Nachricht mehr erhalten hat. Ich habe Ost-, Süd- und Westufer des Sees durchforscht, bin aber nirgends auf eine Spur gestoßen. Nach dem Nordufer komme ich nicht mehr, und deshalb wollte ich Sie bitten, dort Ihrerseits nach Möglichkeit Umschau zu halten. Ich fürchte allerdings...«

»Was fürchten Sie? Daß alles vergebens ist?«

»Jedenfalls, daß Sie ihn nicht mehr am Leben finden. Ich glaube, der eigentliche Zweck seiner Reise war weniger wissenschaftlicher Natur. Gerade in den letzten Jahren spuken wieder die vergrabenen Schätze der alten Inkas in den abenteuernden Köpfen. Überall stößt man in Peru und Bolivien auf ›Geologen‹, ›Bergingenieure‹ und wie sie sich sonst nennen. Es sind meist Individuen, die vor keinem Mittel zurückschrecken, wenn sie sich irgendwelche Hindernisse – oder Konkurrenten aus dem Wege räumen wollen, und wenn der junge August Berckmüller auch vom Goldfieber ergriffen worden und etwa in solche Hände geraten ist, dann dürfte er wohl endgültig verschollen sein.«

»Wir wollen jedenfalls unser möglichstes tun«, versprach ich. »Es trifft sich günstig, daß wir gerade nach Norden wollen.«

»Welchen Weg werden Sie nehmen?«

»Wir wollen zunächst an der Nordküste entlang segeln. Mein Freund Perez studiert die Geschichte seiner längst vergangenen Vorfahren, der Aymara, und ich schließe mich dem an. Wir haben bereits ein unversehrtes altes Grabmal gefunden und möchten nun auch die Gebirgsschluchten im Norden daraufhin untersuchen. Beim Dorfe Huancane wollen wir den Landweg wieder aufnehmen und einstweilen bis zum Axapasee vordringen.«

«Hm – das klingt auch so, als ob...«

»Wir ebenfalls nach goldenen Schätzen suchen wollten?« rief ich lachend. »Nein, Doktor, unsere Schätze bestehen aus alten Knochen und deren Beigaben. Wenn wir davon recht viel finden, sind wir vollkommen zufrieden.«

»Aber gerade am Axapasee vermutet man vergrabene Schätze.«

»So? Davon wußten wir nichts, und danach werden wir dort auch nicht suchen.«

»Sie könnten dort oben aber vielleicht Spuren von dem jungen Berckmüller finden.«

»Wir werden selbstverständlich die Augen offenhalten für jedes Anzeichen, und ich würde mich von Herzen freuen, wenn wir ihn finden würden. Vielleicht sehen Sie doch zu schwarz und der junge Mensch ist nur zu weit abseits von allen Verbindungsmöglichkeiten.«

»Hoffen wir es –«, aber Dr. Güßfeld sah nicht sehr hoffnungsvoll aus, als er uns nun gute Nacht sagte.

Am nächsten Morgen reiste er mit dem Dampfer ab. Dr. Perez und ich hatten eine Segelbarke gemietet, für deren Führer, einen wettergebräunten Mischling namens Antonio, unser Gastwirt in großem Wortschwall alle möglichen Garantien gegeben hatte. Uns gefiel er nicht so ganz unbedingt. Aber die Auswahl war nicht groß, und schließlich war kaum anzunehmen, daß er uns drei kräftigen, gut ausgerüsteten Männern einen heimtückischen Streich in der Art seiner Kollegen von Maiquia spielen würde.

Vor unserer Abreise hieß es noch, von unserem braven Carlos Abschied nehmen, der uns nicht weiter begleiten konnte. Jetzt, in der Stunde der Trennung, merkten wir erst, wie sehr uns der brave Bursche ans Herz gewachsen war. Lange, lange sahen wir ihn noch am Ufer stehen und erwiderten seine Abschiedsgrüße mit herzlichem Winken.

Unsere erste Landung in einer wildromantischen Bucht diente nur einem Jagdzug. Aber während wir in dem zerklüfteten Gelände auf Rehe pirschten, stießen wir unversehens auf eine Chulpa. Sie lag in den spitzen Winkel zweier Feldgrade eingebettet, war über und über mit Gesträuch bewachsen, und es bedurfte schon des geschulten Auges eines Fachmannes, um hier ein Werk von Menschenhand zu entdecken.

Sofort beschlossen wir, in das Innere der Chulpa einzudringen. Wir wußten nur nicht recht, wie wir unser Vorhaben vor den Schiffern verbergen konnten. Da beide anscheinend Abkömmlinge der Aymara waren, würden sie uns kaum bei einem Besuche der Grabstätte unterstützt haben. Sie betrachteten unsere Instrumente und die Sammelgerätschaften übrigens schon lange mit argwöhnischen Augen. Auch ließen die hartnäckigen Fragen des jungen Burschen darauf schließen, daß unsere Angabe, wir seien »Naturalistas«, nur geringen Glauben fand. Der junge Mann begriff ebensowenig wie mancher unserer Landsleute im lieben Vaterland, daß es wirklich Menschen gibt, die jahrelang in der Welt umherreisen, sich den größten Entbehrungen aussetzen, täglich ihr Leben wagen, einzig und allein, um »ein paar alte Knochen und Scherben« heimzusenden, oder gar, um »einige Schachteln voll Schmetterlinge, Fliegen und Käfer auf Nadeln zu spießen, die daheim dann von den Schaben gefressen werden«. Antonio fand sich übrigens bald damit ab. Er erklärte uns kurzerhand für »verrückt« und befolgte glücklicherweise den Grundsatz, daß man dieser Sorte von Zweifüßern ihren Willen lassen müsse.

Bei der Landung hatte uns Antonio dringend ans Herz gelegt, recht bald wieder an Bord zu kommen. Er befürchtete, daß die absteigende Sonne uns den gestrigen Sturm zurückführen könne, und in dem Falle war unser Segler gerade an dieser klippenreichen Küste allerdings schwer gefährdet.

Perez und ich versuchten uns daher in dem bekannten Selbstbetrug:

»Was halten Sie vom Wetter, Doktor?« fragte ich den Gefährten, als Felipe mit dem erlegten Rehbock verschwunden war. »Glauben Sie, daß der Sturm in zweiter Auflage erscheint?«

Da der Gefragte die Gegend genau so lange kannte wie ich selbst, also etwa drei Wochen, konnte auch die Antwort nur so lauten, wie ich sie selbst gegeben haben würde:

»Ich glaube, daß Antonio die Ausrede nur gebraucht hat, um schneller heimzukommen. Er stammt aus Huancane und freut sich, die Seinigen auf unsere Kosten einmal wiederzusehen. An eine Rückkehr des Sturmes glaube ich nicht!« sagte Dr. Perez mit dem Tone vollster Überzeugung.

»Dann muß Antonio einfach hier auf uns warten. Er kennt die Ufer genau und wird schon eine geschützte Stelle finden, wo er die Nacht verbringt. Wir gehen einfach nicht an Bord zurück, dann muß er wohl warten.«

»Und wenn er es nicht tut? Wir haben weder genügend Munition noch Lebensmittel, um im Notfalle am Lande zu lagern.«

»Aber, bester Doktor, wozu brauchen wir denn das alles?« rief ich. »Wir steigen in der Nacht in die Chulpa ein. Dabei würde uns größeres Gepäck nur hinderlich sein, und Munition werden wir hoffentlich nicht brauchen. Die Eingeborenen streifen nachts nicht gern um die alten Gräber.«

Unschlüssig wiegte mein Freund das Haupt. »Wir brauchen mindestens Wachslichte und die Strickleiter«, sagte er. »Haben Sie denn schon vergessen, wie es uns in der letzten Chulpa erging?«

»Wenn Antonio uns einmal an Bord hat, segelt er auch ab«, gab ich zurück. »Er wird sich dann kaum durch unsere Reden zum Bleiben bewegen lassen – und, Doktor, offen gestanden, ich tät' es auch nicht! Es ist eine verteufelt kitzlige Bucht, in der die 'Misericordia' liegt, und ich kann es dem Schiffer nachfühlen, daß er drängt, aus den Klippen herauszukommen.«

»Wenn wir aber erst einmal abgesegelt sind, werden wir kaum je wieder hierher zurückkommen. Und gerade diese Chulpa sieht so verlockend aus. Die ist sicher noch unberührt. Denken Sie nur an die Ausbeute...«

»Gut, bleiben wir hier!« unterbrach ich den Doktor. »Gehen Sie an den Strand hinunter und versuchen Sie, das nötige Gerät heraufzuschaffen. Felipe muß aber an Bord bleiben, denn sonst sehen wir unsere Habe in diesem Leben nicht wieder. Ich erwarte Sie unterdessen hier zwischen den Myrtenbüschen, wo ich mir die Zeit mit Insektensammeln vertreibe. Solange ich nicht aufzufinden bin, wird der Schiffer wohl oder übel warten müssen!«

Die Worte waren noch nicht verhallt, als uns ein lustiger Gesang die Ankunft des Bootsmannes meldete.

»Aha! Der soll uns holen!« rief ich. »Also auf Wiedersehen, Doktor! Bleiben Sie nicht zu lange aus und bringen Sie mir ein tüchtiges Stück Rehbraten mit herauf.«

Dann tauchte ich in den Büschen unter und beobachtete die angeregte Unterhaltung zwischen dem Doktor und dem Schiffsknecht. Letzterer schien bestimmte Aufträge in bezug auf meine Person zu haben, denn immer wieder machte er den Versuch, seine Nachforschungen weiter fortzusetzen. Ein paarmal schrie er auch aus Leibeskräften sein »Ohé! Don Fernando!« über den Hang. Wohlweislich blieb ich ihm die Antwort schuldig.

Als die beiden meinen Blicken entschwunden waren, richtete ich meine Schritte gegen das alte Grabmal. Es lag inmitten einer starren Mauer von gewaltigen Dornbüschen, die derart mit stachelbewehrten Schlingpflanzen durchwuchert waren, daß ich anfangs ganz ratlos vor diesem grünen Panzerwall stand. Bevor ich den ersten Schlag gegen die Wand führte, umging ich den Platz, in der Hoffnung, an anderer Stelle leichteren Zugang zu finden. Aber an den Seiten hinderten brüchige Felsen jede Annäherung an das vollständig unter der ungewöhnlich üppigen Vegetation vergrabene Bauwerk.

Also zurück! An der Dornenmauer begann ich ohne langes Besinnen mit der Arbeit des Durchbrechens. Ich beabsichtigte, einen Kanal durch den grünen Wall zu treiben. Er brauchte nur so weit zu sein, daß er ein Durchkriechen ermöglichte. Fanden wir später reiche Beute, so konnte der Gang entsprechend erweitert werden.

Mit wuchtigen Hieben legte ich Bresche in die äußere, ziemlich brüchige Pflanzenschicht. Schon nach einer Viertelstunde war das Loch so tief, daß ich mich bis zum Gürtel in den Kanal hineinschieben konnte. Jetzt wurde die Arbeit mühsamer. Auf dem Bauch liegend, konnte ich mit dem schweren Messer nicht so weit ausholen. Die immer stärker werdenden Stämme der Sträucher ließen sich auch nicht so leicht abhauen. Anstatt, wie bisher, zu schlagen, mußte ich hacken. Dabei traf ich mehrmals auf sogenannte Ameisenbäume, die mir dann auch prompt ihre Bewohner, die großen, bissigen, braunen Ameisen, über den Kopf schütteten. Um die wütenden Tiere loszuwerden, war ich gezwungen, den Rückzug anzutreten und mich zu entkleiden.

Als mir das zum dritten Male zustieß, benutzte ich die Gelegenheit, um nach meinem Freunde Ausschau zu halten. Er war noch nicht an der verabredeten Stelle, obwohl Zeit genug verstrichen war, um bis zum See und wieder zurückzulangen.

Ein wenig verärgert kehrte ich zu meinem Arbeitsplatz zurück. Beim Überschreiten eines Hügels wandte ich zufällig den Blick und sah nun, daß das tiefe Blau des Sees einer glasigen, grauen Farbe gewichen war. Sofort dachte ich an den Sturm. Aber der Himmel wölbte sich in seinem azurnen Glanze über mir, so daß ich den Gedanken wieder fallen ließ.

Beim Hineinschlüpfen in den Gang hörte ich das warnende Rasseln der Klapperschlange. Ich sah sie eben noch in dem Dickicht vor mir verschwinden. Um ihr Zeit zum Rückzug zu lassen, blieb ich eine Weile liegen und bewegte mit dem Büchsenlauf die Büsche. Dann setzte ich die mühselige Arbeit fort. Strauch auf Strauch löste ich aus seiner Verbindung mit der Erde. Dann folgte die Trennung rechts und links, und zuletzt schnitt ich die Pflanze auch nach oben hin ab. Dabei ging es nicht ohne blutige Risse ab.

Eben hatte ich wieder einige Hände voll Buschwerk hinter mich befördert, da drang ein dumpfer Ton an mein Ohr. Ich lauschte. Sollte mein Gefährte einen Signalschuß abgefeuert haben? Wie unvorsichtig!

Um ihn am weiteren Schießen zu hindern, kroch ich schnell zurück, indem ich das lose Strauchwerk vor mir herschob. Dabei bemerkte ich mit Erstaunen, daß der Tag bereits zur Neige ging. Ich hätte darauf geschworen, daß mir noch mindestens zwei Stunden bis zum Untergang der Sonne blieben.

Endlich erreichte ich den Ausgang des etwa vier Meter langen Kanals, vor dem schon ein ansehnlicher Haufen dorniger Gewächse Zeugnis von meinem Fleiß ablegte. Als ich mich eben aufrichtete, flammte es plötzlich grell vor mir auf. Ein ohrenbetäubender Krach ließ mich zurücktaumeln, und nun brach das Unwetter los. Blitz folgte auf Blitz, und in das Geknatter des nicht endenden Donners mischte sich das Heulen des Sturmes. In gewaltigen Sätzen suchten die Tiere das schützende Dickicht...

Na, das hat gerade noch gefehlt, dachte ich. Wenn Antonio jetzt noch in den Klippen weilt, ist er verloren.

Während ich mir in Gedanken die möglichen Anordnungen des wetterkundigen Schiffsführers durch den Kopf gehen ließ, lag ich auf dem Bauch in dem trockenen Gange und blickte nachdenklich in die immer größer werdenden Pfützen, die sich um meine Dornenhaufen bildeten. Große Blasen tauchten auf und vergingen wieder. Über meinem Kopfe prasselte es, als ob Erbsen in einen Blechtopf geschüttet würden. Es mußte aber lange regnen, bis die Tropfen zu mir gelangten. – Mechanisch durchdrang mein Auge den nassen Vorhang, den das Wetter über den Hang gelegt hatte. Ich beobachtete die kleinen Rinnsale, die aus den Kronen einiger hoher Kiefern, an dem Stamme entlang, zur Erde strebten. Blickte in das Dunkel weißblühender Myrtenbüsche und ließ den Blick durch das seltsam geformte Gestein schweifen...

Alle Wetter! Instinktiv barg ich das Gesicht hinter dem dornigen Wall. Stand da nicht ein Indianer?

Vorsichtig hob ich den Kopf. – Die Stelle war leer. Und doch hätte ich darauf geschworen, daß dort unter dem überhängenden Stein soeben die hagere Gestalt eines halbbekleideten Eingeborenen gestanden hatte.

Mit einem Ruck fuhr ich in die Höhe. Unbekümmert um den strömenden Regen sprang ich in weiten Sätzen zu der Stelle. Richtig! Dort waren ein paar nackte Füße scharf in den feuchten Lehm eingepreßt. Hier stand er. Dorthin wandte er sich zur Flucht. Die weiteren Spuren verloren sich in dem triefenden Grase.

»Das kann nett werden!« sagte ich zu mir selbst, als ich die unliebsame Entdeckung unzweifelhaft festgestellt hatte. Dabei zogen in bunter Reihe alle die Zwischenfälle wieder vor meinen Augen vorüber, die uns bei den früheren Besuchen der Gräber das Leben so sauer gemacht hatten. »Wenn der braune Heide seine Freunde holt, dann...«

Über das dann Folgende zerbrach ich mir in jenem Augenblick nicht lange den Kopf. Ich schulterte meine Büchse und lief durch den nebelgrauen Schleier den Abhang hinunter. Am Ufer des Sees konnte ich ruhiger schlafen als dort oben an dem Orte meines geplanten Raubes. Denn daß ich hier allein die Nacht verbringen mußte, unterlag keinem Zweifel.

Je mehr ich mich dem Strande näherte, um so dichter wurde der Nebel. Bald konnte ich meine nächste Umgebung nicht mehr unterscheiden. Nur das hohle Rauschen der gegen die Klippen brandenden Wellen leitete mich.

Dort, wo die Lichtung in das saftige Grün des Ufersaumes überging, setzte ich mich auf einen Stein. Der hastige Lauf hatte mich stark erhitzt, und da ich auch durch den heftigen Regen bis auf die Haut durchnäßt war, befand ich mich in jener fatalistischen Stimmung, die eine gewisse Gleichgültigkeit gegen alles, was noch kommen kann, hervorruft.

Die Ruhe dauerte indessen nicht lange. Ich begann zu frösteln und mußte daran denken, mich irgendwo für die Nacht häuslich einzurichten.

Während ich noch überlegte, ob ich mich am Ufer niederlegen oder lieber in die Felsen zurückkehren sollte, hörte ich in meiner Nähe ein Geräusch. Einige kleine Steine kollerten den Hang hinunter und blieben dicht neben mir liegen.

Das kann nur ein Mensch sein! schoß es mir durch den Kopf. Ich machte die Büchse schußbereit, kniete hinter dem Stein nieder und wartete.

Wieder rollten kleine Brocken durch das Gras. Da sie nicht, wie das erste mal, hüpften, mußte der Mensch meinem Versteck nähergekommen sein. Der Umstand, daß der Unbekannte mir langsam und mit großer Vorsicht nachschlich, überzeugte mich vollends, daß mich Indianer verfolgten.

Plötzlich knackten die Zweige in meiner Nähe. Die kaum erkennbaren Umrisse einer menschlichen Gestalt zeichneten sich auf die Nebelwand – um sofort zu verschwinden. Deutlich erkannte ich die lange Lanze. Die Eingeborenen kannten ohne Zweifel Lage und Bedeutung des alten Bauwerkes und schienen entschlossen, den fremden Eindringling zu vertreiben. Lange lauschte ich in die dicke graue Wand hinaus. Aber nichts unterbrach mehr die Grabesruhe, die durch das gleichmäßige Grollen der nahen Brandung nur noch unterstrichen wurde.

Meine Lage war mehr als übel. Durch das unbewegliche Ausharren auf meinem Platze wurde das Frostgefühl immer unerträglicher. Meine Zähne schlugen hörbar aufeinander. Dazu gesellte sich ein nagender Hunger, den ich vergeblich durch Kauen von Blättern zu stillen suchte. Da ich mir sagen mußte, daß ich an dieser Stelle unmöglich bleiben konnte, beschloß ich, an den Strand hinunterzugehen. Durch ein Bad in dem verhältnismäßig warmen Wasser des Sees hoffte ich das Kältegefühl aufzuheben. Dann – nun, dann würden wir schon weiter sehen.

Vorsichtig wand ich mich durch das triefende Buschwerk. Nach jedem Schritt lauschte ich gespannt auf die Geräusche der Umgebung. – So näherte ich mich endlich dem Strande und ging so weit vorwärts, bis die schäumenden Wellen meine Füße überspülten.

Vor allen Dingen legte ich meine triefenden Sachen ab und warf sie auf den Sand, sie durch ein paar Steine am Wegschwimmen hindernd. Nässer, als sie schon waren, konnten sie ja doch nicht mehr werden. Nur mein Gewehr und das breite Buschmesser verwahrte ich sorgfältig auf einer größeren Klippe.

Das Seewasser war ganz erträglich warm, und mit dem zunehmenden Wärmeempfinden kehrte auch der Humor zurück.

Allmählich verschwand die Nebeldecke. Die Nacht wurde heller, und ich konnte bis auf etwa zwanzig Meter Entfernung noch recht gut sehen. Der gelbe Sand gab jede Unregelmäßigkeit deutlich wieder, Nur nach der Seeseite lag es noch dick wie Watte, in einer nur meterhohen Lage, die dennoch den Wasserspiegel verhüllte.

Um besser sehen zu können, kletterte ich auf eine höhere Klippe. In demselben Augenblick erhob sich in kurzer Entfernung von mir eine Gestalt und rannte in gebückter Stellung dem Ufersaum zu.

»Ah, da schau her!« entfuhr es mir, und unwillkürlich brachte ich die Büchse an die Backe. – Ich warf sie aber gleich darauf wieder auf die Achsel. Wer weiß, was der Kerl da machte? Ich ging auf die Stelle zu, wo der Mann gelegen haben mochte. Dort fand ich aber keinerlei Eindrücke. Als ich mich dann umwandte, um zu meinen Kleidern zurückzukehren, sah ich auch dort eine Gestalt im Sande herumkriechen. Sie bewegte sich rasch vorwärts und mußte jedenfalls vor mir zu meiner Habe gelangen.

»Halt, du brauner Heide!« schrie ich und richtete gleichzeitig den Lauf meiner Büchse auf den Mann. Dieser schnellte sofort in die Höhe, blickte sekundenlang zu mir hinüber und – war im nächsten Augenblick im Wasser verschwunden!

Vor allen Dingen brachte ich nun meine Kleidung in Sicherheit. Da ich den nassen Anzug aber unmöglich anziehen konnte, schnallte ich mir nur den wasserdichten Ledergürtel, der meine Papiere, Uhr, Geld, Munition u.a.m. barg, um die Hüften. In dieser Aufmachung hätte jeder Beobachter seine helle Freude an mir haben müssen. Mit dem Kleiderbündel unter dem Arm wandte ich dem See den Rücken und suchte in dem Schatten der dichten Uferbüsche ein Lager für die Nacht. Auf den so nötigen Schlaf mußte ich wohl oder übel verzichten. Wachsamkeit war höchstes Gebot. – Jedoch auch hier galt der alte Spruch: Der Geist ist willig, aber das Fleisch ist schwach!...

Ein lautes Krachen in meiner Nähe schreckte mich aus dem verbotenen Schlaf. Wie eine Spukgestalt floh ein Reh in weiten Sprüngen über den Sand... Verwundert blickte ich um mich. Der Himmel war klar. Das südliche Kreuz stand in seiner hehren Pracht aufrecht am Firmament. Ein empfindlich kalter Luftzug strich über den See.

Der Morgen war nicht mehr fern. Ich hatte geschlafen! Stundenlang hatte ich inmitten aller Gefahren friedlich geschlafen und neue Kräfte gesammelt. Ich hielt Umschau nach unserm Segler. Weit und breit war keine Spur davon zu entdecken...

Er wird schon wiederkommen, dachte ich und hüllte mich zunächst einmal in meine feuchten Kleider. Dann suchte ich in den Büschen nach etwas Eßbarem. Und da erlebte ich eine neue Überraschung.

Vorsichtig, den suchenden Blick in stetem Wechseln, wie es dem Forscher zur Gewohnheit wird, schritt ich den Strand entlang. In der Hoffnung, auf Nester der zahlreich hier hausenden Wildenten zu stoßen, bog ich geräuschlos die Büsche auseinander. Lange vergeblich. Endlich entdeckte ich inmitten einer Anzahl bewachsener Klippen etwas Weißes. Mein Herz schlug schneller. Wenn ich hier ein Nest mit Möweneiern fände...

Behutsam kroch ich auf allen vieren durch die schützenden Büsche. Einmal knackte trotz aller Vorsicht ein dürrer Zweig. Ich erwartete, den Vogel auffliegen zu sehen, aber nichts rührte sich. Und doch vernahm ich ein leises, pfeifendes Geräusch. Jetzt war der Stein erreicht, langsam hob ich den Kopf – hätte aber vor Überraschung beinahe laut aufgeschrien, denn vor mir lag in tiefstem Schlummer – mein Gefährte, Dr. Perez.

Meine erste Sorge war, den Revolver aus dem Bereich seiner Hände zu bringen. Dann erlaubte ich mir den Scherz, ihn mit einem Halme in der Nase zu kitzeln, wobei ich den Stein als Deckung benutzte. – Sofort fuhr er in die Höhe, und nun zeigte es sich, wie angebracht meine Vorsicht gewesen war, ihm den Revolver zu nehmen.

Ich erhob mich und blickte in ein verstörtes Gesicht.

»Guten Morgen, Doktor!« sagte ich lachend. »Schon ausgeschlafen? Schönes Wetter heute!«

Mit einem Verzweiflungsschrei stürzte er sich auf mich.

»Mensch! Sie können noch lachen? Wo ich zu Tode gehetzt werde?«...

Und nun folgte eine Flut von Vorwürfen, Klagen und Berichten, aus der endlich der tragikomische Sachverhalt unserer beiderseitigen nächtlichen Abenteuer auftauchte: wir waren nämlich sozusagen gegenseitig voreinander ausgerissen!

Der Schatten im Nebel war Dr. Perez gewesen und kein Indianer. Und als wir uns zum zweiten mal am Seeufer begegneten, glaubte er in der nackten Gestalt auf der Klippe einen Feind zu sehen.

Nur der dritte Fall, der in die See flüchtende Mensch, blieb unaufgeklärt.

»Wissen Sie, lieber Freund, das war nun eigentlich ein höchst überflüssiger Luxus«, sagte ich endlich, nachdem wir genug geschimpft und gelacht hatten. »Wir haben wirklich genug mit anderen Sachen zu tun und brauchen uns nicht noch gegenseitig den Kopf heiß zu machen. Aber nun geben Sie vor allen Dingen was zu essen her, mir ist schon schwindlig vor Hunger!«

Zum Glück hatte Dr. Perez eine wirklich ausgezeichnet gebratene Rehkeule mitgebracht, die zunächst alle meine Gefühle und Gedanken für sich in Anspruch nahm. Erst als nur noch der spiegelglatte Knochen vorhanden war, hatte ich wieder Sinn für weitere Beschlüsse.

Sechstes Kapitel

Eine gestörte Untersuchung

»Und das sagen Sie erst jetzt?« – Eine Martermatratze. – Die eigenen Knochen sind doch wertvoller als alle alten Mumien.

Der Doktor berichtete, daß Antonio sich und seine Barke vor dem Sturm rechtzeitig in Sicherheit gebracht habe und uns heute wieder abholen wolle.

»Und was beginnen wir unterdessen?« fragte ich. »Bei Tage dürfen wir die Arbeit an der Chulpa nicht wieder aufnehmen. Ich möchte die Mühe aber auch nicht umsonst gehabt haben und schlage daher vor, mit Einbruch der Dunkelheit den Gang soweit wie möglich vorzutreiben. Es ist nicht anzunehmen, daß uns ein Indianer in den Kanal folgt, und wenn schon...«

»Dann wird er freundlichst eingeladen, bei uns zu bleiben«, ergänzte der Doktor.

»Wie soll ich das verstehen?«

»Na, es liegt doch auf der Hand, daß wir ihn nicht freilassen können, bevor wir nicht selbst in Sicherheit sind...«

»Aber es darf dem Menschen kein Schaden zugefügt werden!« sagte ich.

»Das ist doch selbstverständlich.«

Beim Aufstieg auf die Höhen erwähnte ich so beiläufig meine Begegnung mit dem Indianer, dessen Spur ich in dem nassen Grase verloren hatte.

»Es unterliegt wohl keinem Zweifel, daß der Mann den Zweck meiner Arbeit in dem Dornengewirr richtig erkannt hat«, fügte ich hinzu. »Also können wir ziemlich sicher auf unerwünschten Besuch rechnen.«

»Daß der Indianer den Inhalt des Grabmals kennt, glaube ich nicht«, erwiderte der Doktor. »Die heutigen Aymara sind so habgierig, daß sie auch vor einem Grabe keine Scheu an den Tag legen würden, wenn ihnen dort irgendein Gewinn winkt. Ihr Widerstand gilt viel eher den Weißen überhaupt, weil sie mit den Schatzsuchern böse Erfahrungen gemacht haben. Wenn der Aymara einen Weißen in seinem Gebiete findet, so wird er in erster Linie an das Vorhandensein von Schätzen glauben. Diese betrachtet er dann als sein Eigentum und sieht in dem Fremden den Eindringling, den Feind, den zu beseitigen ihm sein Gesetz erlaubt. In diesem Sinne handelten auch die Eingeborenen, die uns bei Chulpamac sowie drüben auf dem Ostufer des Titicacasees so hart zusetzten. Von dem Inhalt der Gräber, soweit es sich nicht um Edelmetalle handelt, wollen sie nichts wissen.«

»Demnach wäre es am einfachsten, wenn wir ein paar Aymaras mit in den Bau nähmen?«

»Die bringen Sie nie dazu! Erstens haben sie eine abergläubische Furcht vor Begräbnisstätten überhaupt, und dann fürchten sie sich auch, mit Weißen in unbekannte Tiefen hinabzusteigen. Den Beweis dafür haben Sie vor kurzem in den Bergen gehabt. Dort an der Inkastraße liegt das alte Goldbergwerk. Seit Jahrhunderten wohnen die Aymaras in den Ruinen der alten Wohnstädten. Sie leiden oft Hunger, trotzdem sie mit leichter Mühe Gold genug aus den alten Schächten hätten holen können. Selbst als sie sahen, daß der schlaue Spanier mit ein paar goldhaltigen Quarzstücken aus dem Stollen zurückkehrte, waren sie nicht zu bewegen, seinem Beispiel zu folgen. Sie zogen vor, den unvorsichtigen Hispaniolen zu ermorden und sich auf diese Weise in den Besitz des Goldes zu setzen.«

»Nun, dann brauchen wir unsere hiesigen Nachbarn nur davon zu überzeugen, daß es uns nicht um Edelmetalle, sondern um die Mumien zu tun ist, die wir in der Chulpa finden werden. Zu dem Zwecke brauchen wir unsern Felipe. Der versteht die Sprache und ist allen Indianern an Gerissenheit über. – Wenn nur das Boot endlich käme! Entdecken Sie es noch nicht?«

»Segel sehe ich genug«, entgegnete der Doktor. »Ob aber unsere ›Misericordia‹ darunter ist, kann ich nicht unterscheiden.«

»Wenn wir ein Signal aufpflanzten? Antonio wird froh sein, wenn er nicht auf gut Glück in den Klippen herumsuchen muß.«

»Sie haben recht! Ein großes Feuer aus grünem Holz wird eine weithin sichtbare Rauchsäule entwickeln...«

»Da weiß ich viel Besseres«, entgegnete ich. »Meine Kleider sind noch nicht trocken. Wir binden sie an ein paar Äste und lassen sie im Winde flattern. Das ist ein nicht mißzuverstehendes Zeichen unserer Anwesenheit und verschafft mir gleichzeitig, trockene Kleidung. – Im übrigen sind wir ja allein hier oben!«

Wir mußten lange warten, bis sich ein Erfolg unserer optischen Telegraphie zeigte. Es ging schon auf die Mittagsstunde, als wir endlich bemerkten, wie ein Segler sich aus der Fischerflotte löste. Mit vollen Segeln glitt er auf die Küste zu, und eine halbe Stunde später konnte der Doktor durch das Glas feststellen, daß es tatsächlich die »Misericordia« war. Wir erwarteten Felipe oben auf der Anhöhe. In seiner Begleitung erschien der Schiffsknecht, der uns zur Eile antrieb.

Sein Patron könne nicht lange warten, da er bereits eine neue Heuer angenommen habe.

Dr. Perez übernahm es, mit Antonio zu verhandeln. Er wollte gleichzeitig die erforderlichen Geräte und Lebensmittel ausschiffen. Felipe blieb bei mir.

Als die beiden abgezogen waren, weihte ich Felipe in unser Vorhaben ein.

»Du hältst mir die Indianer vom Halse, während ich in dem Gange weiterarbeite. Was du ihnen als Grund meiner Anstrengungen angibst, ist mir einerlei. Nur sorge dafür, daß mir keiner in den Tunnel nachkriecht. Sollte der Doktor zurückkehren, dann zünde vor dem Eingang ein Feuer an. Das ist unauffällig. Gleichzeitig kochst du das Mittagsmahl, denn ich bin schon jetzt halb verhungert.«

»Alles in Ordnung, Don Fernando«, erwiderte Felipe. »Wenn ich aufpasse, wird Ihnen schon nichts zustoßen.«

Das Innere meines dornigen Kanals erwies sich heute belebter als gestern. Durch das Abhauen der Büsche war dem Licht Zugang geschaffen worden, und es wimmelte da drinnen von allen Arten mehr oder weniger bissiger Insekten. Auch einige Skorpione hatten bereits ihre Wohnung unter den Steinen aufgeschlagen und hoben bei meiner Annäherung drohend den giftigen Haken an ihrem Schwanzende. Ein Schlangenpärchen lag eng ineinandergeringelt inmitten des Weges. Mit schläfrigen Bewegungen haschten sie nach vorübereilenden Käfern, ohne von meinem Vordringen Notiz zu nehmen. All diesen friedlichen Zuständen mußte ich mit rauher Hand ein Ende bereiten, bevor die ersten Schläge meines Messers über die Hügel hallten.

Je weiter ich in den Dornbusch eindrang, um so unangenehmer wurde die Arbeit, nicht nur die Stämme wurden härter und stärker, sondern auch die Pflanzen schienen dem Eindringling wehren zu wollen. Da in dem Tunnel ein Halbdunkel herrschte und ich nicht viel sehen konnte, so mußte ich manch schmerzhaften Stich verbeißen und manchen Hautriß geduldig hinnehmen. Einmal griff ich kräftig in die Äste einer Kaktusart und war im nächsten Augenblick von den nichtswürdigen Stacheln so festgehalten, daß ich nur mit großer Mühe die Hand aus der Umklammerung freimachen konnte. Natürlich war sie so mit den spitzen, widerhakigen Nadeln gespickt, daß ich gezwungen war, den Rückzug anzutreten.

So ganz ungeschoren sollte ich aber das Tageslicht noch nicht erreichen. Auf irgendeine Weise war eine Wespenfamilie in meinen Tunnel gelangt. Sie hing, wie ich später feststellte, in einer Traube mitten im Gang. Als ich nun, rückwärts kriechend, mit der Gesellschaft in unsanfte Berührung geriet,

fielen die erbosten Tierchen wütend über mich her und hatten mich im Handumdrehen derartig zerstochen, daß ich vor Schmerz laut aufschrie. Bis zur Unkenntlichkeit verschwollen, gelangte ich endlich ins Freie.

Dort saßen neben Felipe zwei Indianer, die bei meinem Erscheinen erschreckt aufsprangen und davonliefen.

Meine erste Frage war nach dem Gepäck. Ich brauchte dringend Salmiak, denn ich fühlte, daß mein Gesicht in wenigen Minuten jede Form verlieren würde. Leider war der Doktor noch nicht da. Ich mußte mich in das Unvermeidliche fügen. Um die brennenden Schmerzen in der Hand loszuwerden, gab ich Felipe die Pinzette und befahl ihm, die Stacheln aus der Haut zu ziehen.

Während er sich eifrig der Beschäftigung hingab, fragte ich ihn, warum denn die Eingeborenen so plötzlich davongelaufen wären.

»Sie werden Furcht gehabt haben!« antwortete Felipe mit einem merkwürdigen Gesichtsausdruck.

»Warum denn? Sehe ich denn so furchtbar aus?«

»Das gerade nicht«, erwiderte er mit einem prüfenden Blick in mein geschwollenes Gesicht. »Denn vorhin sahen Sie noch nicht so aus wie jetzt. Aber die Männer wollten wissen, wer dort in dem Dickicht sei.«

»Nun – und was sagtest du?«

»Ein Weißer.«

»Und was weiter?«

»Sie wollten wissen, warum der Weiße den Gang schlüge.«

»Was antwortetest du darauf?«

»Ja – Don Fernando – das war nun schwer zu erklären, ohne daß sie Verdacht bekamen. Da habe ich eben etwas sagen müssen, was sie erschreckte...«

»Und was hast du da gesagt?«

»Sie müssen verzeihen, Don Fernando, aber es ging nicht anders..., ich mußte ihnen Furcht einjagen, und weil ich weiß, wovor sie am meisten Angst haben, da sagte ich ihnen...«

»Aber so sprich doch endlich, was hast du denn gesagt?«

»Der weiße Mann sei verrückt geworden, habe ich ihnen erklärt – es blieb mir weiter nichts übrig.«

Einen Augenblick war ich starr, dann lachte ich laut los.

»Mensch, du bist gut!« rief ich. »Allerdings, wenn ich mich in meinem jetzigen Zustande betrachte, dann kann ich dir gar nicht so unrecht geben. Das war die einzige richtige Auskunft, die du erteilen konntest.«

»Was ist denn hier los?« fragte der Doktor, der eben schweißtriefend und keuchend unter der Last des schweren Rucksacks um die Steine bog.

»Doktor, wissen Sie, wie uns Felipe den Eingeborenen gegenüber hingestellt hat? Als Verrückte, die, einer fixen Idee folgend, Gänge in Dornbüsche hauen und dort hineinkriechen.«

»Hm, wenn man Sie so ansieht, kann man ihm nicht so unrecht geben. Sie sehen kaum noch einem Menschen ähnlich!«

»Danke sehr, Doktor. Felipe sprach auch von Ihnen. Vom Standpunkt der Wilden aus muß unsere Arbeit ja auch wirklich als die Tat von Verrückten angesehen werden!«

»Um so mehr, als wir den Gang gar nicht brauchen, um auf die Chulpa zu gelangen«, erwiderte Perez.

»Was sagen Sie da?« fuhr ich auf.

»Das wir von der andern Seite bequem auf das Dach des Grabmals klettern können. Ich war schon oben!«

»Und das sagen Sie jetzt erst? Und lassen mich wie wahnsinnig in den Dornen arbeiten?«

»Ging leider nicht anders, da ich den Weg eben erst entdeckte, als ich mich in der Richtung auf Sie ein wenig irrte. Na, Sie haben dafür ja hübsche Insektenbekanntschaften gemacht, wie ich sehe, und das entschädigt Sie doch sicher für die paar Stunden Arbeit, nicht wahr?«

Ich würdigte ihn keiner Antwort auf diesen blutigen Spott hin, sondern bat ihn höflichst, er möge mir wenigstens jetzt seine Entdeckung möglichst schnell vorführen, denn der Tag ging zur Neige, und in der Dunkelheit hätten wir den Einstieg nicht gefunden.

Mit einem wehmütigen Blick auf den mit so saurem Schweiß hergestellten »Kanal« verließ ich den Platz, und wir erreichten wirklich ohne besondere Mühe die Kämme der Felsen, in deren Gabelung die Chulpa eingebettet lag.

Hier fesselte mich zunächst das unvergleichlich schöne Panorama. Das Auge schweifte frei über die gewaltige blaue Wasserfläche, deren Spiegel von zahlreichen Segeln bedeckt war. Drüben im Osten erhob sich aus einem Kranz wogender Nebelschichten der schneebedeckte Gipfel des 6500 Meter hohen Sorata. Fern im Süden zeichnete sich der nicht minder hohe Illimani gegen den Horizont. Beide Berge bestieg damals Dr. Gußfeld als erster. Drohend, von schwarzen Gewitterwolken umgeben, schob sich, wie eine massive Mauer, im Nordosten der Grenzgebirgszug gegen Bolivien in den Vorgrund. Von seinem höchsten Gipfel, dem sich auf 5400 Meter erhebenden Sunchulli, sah man nur einen wuchtigen Zacken. Ungleich mehr Interesse erweckte in uns die südwestlich gelegene Kette der Ubinasberge sowie das Atasaragebirge. In ersterem bestanden wir vor wenigen Wochen unangenehme Scharmützel mit Indianern. Die Schluchten des letzteren bargen das Kirchlein des Padre Facinto. In den Antasarabergen lag auch die Chulpa, um deren Erforschung wir durch die Eingeborenen gebracht wurden.

Heute schien uns das Glück günstig zu sein. Kein Indianer ließ sich blicken. Das dankten wir wahrscheinlich Felipes Erzählung von den verrückten Weißen, vor deren Zaubereien sie Angst hatten. Er hatte mal wieder das Richtige getroffen, und dafür war ich ihm dankbar. Ob in seiner eigenen Auffassung von unserer Arbeit nicht doch ein Körnchen von seiner weitergegebenen Weisheit enthalten war – das wollte ich lieber nicht so genau untersuchen.

Wir machten uns also alsbald an die Arbeit. Felipe sollte als Wachtposten unten bleiben, während Dr. Perez mir den neu entdeckten Weg zeigte.

Es waren nur wenige Meter bis zum Dach des Grabmals. Aber hier standen die Dornen womöglich noch dichter als unten. Denn hier oben fanden die Pflanzen ihre Lebensbedingungen im reichsten Maße, und kein Stäubchen Erde gab es da, auf dem nicht eine üppige Vegetation wucherte.

Dr. Perez fiel der Hauptanteil an der Arbeit zu. Ich litt noch an meinen Wunden. Die Kaktusstacheln konnten nur unvollkommen aus meiner Haut entfernt werden, und ich mußte mich darauf beschränken, das wegzuräumen, was der Doktor zusammenhieb. Auch ihm blieben Überraschungen nicht erspart. Er störte einen Schwarm der großen schwarzen Wespen auf und konnte sich nur durch schleunige Flucht vor deren Stichen retten. Immerhin trug er ein paar recht ansehnliche Beulen davon.

Als die Sonne sich anschickte, hinter den Chilabergen zu verschwinden, war der obere Teil der Chulpa freigelegt. Wir sahen nun, daß es sich um einen elliptischen Bau handelte, dessen Entstehen mein fachkundiger Gefährte in das neunte Jahrhundert nach Christi Geburt verlegte. Das Grabmal hatte eine Höhe von etwa acht Meter und bestand aus gewaltigen, sorgfältig behauenen Porphyrblöcken, die aufeinander getürmt und in den Fugen mit Mörtel verbunden waren. Den oberen Abschluß bildete eine einzige Steinplatte. Sie maß über zwei Meter im Quadrat und konnte etwa vierzig Zentimeter dick sein. Um den Abfluß des Regens zu ermöglichen, hatte man den Stein glatt behauen und in eine geneigte Lage gebracht.

Staunend fragt man sich, wie es möglich war, daß ein Volk, dem der Gebrauch des Eisens unbekannt war und das weder über Pferde noch Zugtiere verfügte, derartige gigantische Blöcke bearbeiten und in ihre heutige Lage bringen konnte. Dabei passen die Kanten der Blöcke haarscharf aufeinander, und die Bearbeitung ist so peinlich genau ausgeführt, daß wir es mit unseren heutigen vollkommenen Werkzeugen auch nicht besser machen könnten.

Unsere erste Sorge war die Auffindung der Öffnung über der Eingangstür, aus der die Leiber bei der Auferstehung hinausgelangen sollten.

Diese fensterartige Öffnung entdeckten wir an der Ostseite der Chulpa. Genau wieder an jener Stelle, wo die ersten Strahlen der aufgehenden Sonne die Öffnung treffen mußten. Sie befand sich etwa zwei Meter unterhalb des Daches. Um zu ihr zu gelangen, mußten wir versuchen, von dem an dieser Stelle überhängenden Monolithen auf einen Felszacken hinüberzuturnen. Von dort führten die Äste eines Feigenbaumes bis dicht vor den gesuchten Eingang.

»Glauben Sie, den Sprung wagen zu können?« fragte Perez, als wir die weiter einzuschlagenden Schritte beraten hatten.

Ich maß die Entfernung mit den Augen.

»Die zwei Meter Breite würden mich nicht abschrecken«, erwiderte ich. »Nur fürchte ich, den Zacken zu verfehlen. Er ist kaum einen halben Meter breit, und in dem Zwielicht springt es sich schlecht. Allerdings bieten die Sträucher genügend Halt, wenn es wirklich zu einem Fehlsprung kommen sollte.«

»Nun, dann los! Das Gewehr können Sie hier liegenlassen. Das stiehlt Ihnen niemand.«

»Nein, nein, Doktor. Von der Waffe trenne ich mich nicht. Wer weiß, wo ich drüben lande. Wir sehen wohl den grünen Wust dort unten, aber wir wissen nicht, was er unseren Blicken verbirgt. Ich habe gelernt, in solchen Fällen vorsichtig zu sein.«

»Na, tiefer als acht Meter können Sie nicht fallen. So hoch ist die Chulpa, und die schwebt doch nicht in der Luft.«

»Mag sein, Doktor. Wenn ich drüben bin, reden wir weiter. Legen Sie nur das Seil zurecht, damit ich die Verbindung herstellen kann. – Also: Los! Hoffentlich geht alles glatt ab.«

Ich befestigte die Büchse auf dem Rücken, nahm einen Anlauf und sauste einige Sekunden später mit dem Gesicht voran in ein dichtes Myrtengebüsch. Den Zacken hatte ich zwar richtig erreicht, durch den Anprall löste sich aber ein Stück ab, und ich saß nun rittlings auf dem kurzen verbliebenen Bruchteil. Der heftige Schmerz machte mich für einige Sekunden unfähig, auch nur ein Glied zu rühren. Erst als ich bemerkte, daß die schwachen Zweige, in die ich mich instinktiv eingekrallt hatte, nachgaben, biß ich die Zähne zusammen, stemmte das Knie gegen die steile Wand und versuchte, mich auf die Füße zu stellen. Eine ganze Weile tastete mein Fuß vergeblich nach einem Halt. Ich rutschte dabei langsam tiefer in die Büsche...

Der Doktor hatte mit begreiflicher Unruhe meinen Bemühungen zugeschaut. Von seinem erhöhten Stande aus konnte er die Möglichkeiten einer Rettung aus meiner verzweifelten Lage besser beurteilen. Er rief mir zu: »Wenn Sie eine halbe Drehung nach rechts ausführen, können Sie einen Ast des Feigenbaumes erfassen!«

Ich versuchte, den Rat zu befolgen. Mit zusammengebissenen Zähnen, die heftigen Schmerzen in den Schenkeln überwindend, bog ich mich in der angegebenen Richtung zur Seite. Dadurch brachte ich meinen Kopf unter den Ast. Ich ließ die Myrtenzweige fahren und griff hastig nach der stärkeren Stütze. Unter der Last bog sich der Ast weit nach unten. Ich machte die verzweifeltsten Anstrengungen, wenigstens den einen Fuß, der noch auf dem Steinstück hing, als Stütze zu verwenden. – Vergebliche Mühe! Eine Minute später schwebte ich, an den Händen hängend, frei in den Blättern des grünen Mantels. Tiefer bog sich der Ast. Der Halt entglitt meinen Händen, und mit dumpfem Krachen fiel ich in das Buschwerk, das splitternd und brechend über mir zusammenschlug.

Ich fiel nicht bis auf den Boden. Die durch die Schlingpflanzen zu einem undurchdringlichen Flechtwerk zusammengewebten Strauchmassen hielten mich fest. Ich lag wie auf einer Matratze. Als ich aber die erste Bewegung machte, fing es um mich her an zu summen. Die zahllosen Insekten, die schon zur Ruhe gegangen waren, nahmen blutige Rache an dem Störenfried. Zum zweiten Male in wenigen Stunden mußte ich einen Angriff der kleinen Wespen aushalten, der noch verstärkt wurde durch Bienen, Ameisen, Spinnen und viele andere Plagegeister.

Wohl eine Viertelstunde lang lag ich unbeweglich in meinem duftigen Grabe. Wie aus weiter Ferne drang des Doktors Stimme an mein Ohr. In seinen dringenden Ruf mischte sich auch die Stimme Felipes. Aber vor Erschöpfung konnte ich kein Lebenszeichen geben. Helfen konnten sie mir, jetzt in der Nacht, doch nicht. – Die Chulpa? Die Toten hatten sich diesmal schon im voraus gerächt. Einer der Störenfriede ihrer Grabesruhe war schon bestraft...

Ein fürchterlicher Menageriegeruch drang unvermittelt mit der warmen Ausdünstung der Pflanzen zu mir herauf. Er war mir aus den Antasarabergen nur zu gut bekannt. In meiner Nähe hielt sich ein Puma auf. Vielleicht ein Pärchen. Oder, noch schlimmer, ein Weibchen mit Jungen.

Nun griff ich zur Büchse. Unter großen Anstrengungen, die das ganze Insektenvolk wieder rebellisch machten, brachte ich sie in meine Hände. Vor allen Dingen untersuchte ich sie, um nicht im entscheidenden Augenblick einen Versager zu erleben. Dann erhob ich mich auf die Knie. Bei dem Versuch, mich auf die Füße zu stellen, brach mein Tritt durch, und nun saß ich wieder in der denkbar unbequemsten Stellung. Das linke Knie trug das ganze Körpergewicht, während das rechte Bein tief unten in dem Strauchwerk nach einem festen Stützpunkt suchte. Dabei störte ich wieder eine Menge Insekten auf. Je mehr ich aber deren Angriffe abzuwehren mich bemühte, desto zorniger wurden die Quälgeister. Es zwickte und stach, daß ich oft vor Schmerz laut aufschrie.

Diese Laute betrachtete das benachbarte Raubtier wahrscheinlich als Herausforderung zum Kampfe. Erst leise, dann zornig drang das heulende Gebrüll in mein Gefängnis. Da der Ton von verschiedenen Seiten her hörbar wurde, und ich weder das Brechen der Zweige noch sonst ein Geräusch vernahm, nahm ich an, daß ich nicht mehr weit von einem offenen Gelände sein konnte. Das gab mir meine Kraft zurück.

Ich griff zum Messer. Da mich jetzt dicke Finsternis umgab, konnte ich mich nur nach dem dumpfen Knurren der Raubtiere richten. Dorthin mußte ich mir den Weg ins Freie bahnen. Mutig ging ich ans Werk. Zuerst hieb ich meine »Matratze« zusammen. Ich mußte wieder festen Boden unter den Füßen fühlen, sonst war an eine Befreiung nicht zu denken. Wenn die Gefährten jetzt gerufen hätten, würde ich geantwortet haben. – Ich schrie und brüllte meinerseits, aber der Schall verlor sich in der grünen Wand. Nur der Puma ließ nach jedem Rufe ein kurzes Geheul hören. – Das zeigte mir wenigstens den Weg.

Plötzlich stellte ich meine Arbeit ein. Wenn die Raubtiergesellschaft hier ihr Lager hätte? Wenn sie mitten im Dickicht auf der Lauer läge? Beim ersten Schuss mußte ich dann wenigstens einen davon auf dem Halse haben. Und in einem Dickicht, das mir jede Bewegungsfreiheit nahm!

Minutenlang lauschte ich. Die ruhige Überlegung kehrte zurück. Solange ich den penetranten Geruch nicht wieder wahrnahm, lag keine unmittelbare Gefahr vor. Ein Nest befand sich also nicht in der Nähe.

Wieder hieb ich in nervöser Hast in die dornige Mauer. Zweig um Zweig sank vor mir nieder. Dann fanden meine Füße festen Halt. Und nun kam ich schneller vorwärts. Bald wurde es lichter im Busch. Ich konnte die Sterne leuchten sehen. – Da trug ein Luftzug wieder den scharfen Raubtiergeruch zu mir herüber. Rasch hieb ich um mich her Bresche, so daß ich nun im freien Gebrauch meiner Glieder nicht mehr gehindert war.

Die Büchse im Anschlag, stand ich regungslos. Das Auge gewöhnte sich nach und nach an das Halbdunkel der Nacht. Ich unterschied die Bäume und das Gestein in meiner nächsten Umgebung. Ein mächtiger schwarzer Schatten drängte sich rechts in den Vordergrund – die Chulpa! Das schwer erkämpfte Grabmal lag in greifbarer Nähe vor mir.

Irgendwo knackte ein Zweig. Die Büchse flog an die Wange. Ich fühlte, daß vor mir an der gegenüberliegenden Wand ein feindliches Wesen im Versteck lauerte. Totenstille umgab mich. Trotzdem wußte ich, daß ich nicht allein hier auf dem Platze war. Ein nicht zu bestimmendes Geräusch, wie das Nagen einer Maus, unterstrich die lautlose Stille.

Plötzlich löste sich ein Schatten von der Feldwand.

»Hallo! Doktor!« wollte ich schreien, aber das Wort erstarb mir auf den Lippen. Ein Indianer stand vor mir. Er spähte aufmerksam in die Höhe, auf den Eingang zur Grabstätte. Dann machte er ein Zeichen mit der Hand, und zwei andere Gestalten traten zu ihm. Alle drei waren bewaffnet.

Perez sitzt in der Chulpa! schoß es mir durch den Kopf. Nun galt es, ihn vor der Gefahr zu warnen. Rasch entschlossen nahm ich einen Baum neben dem Indianer zum Ziel und feuerte. Unmittelbar darauf gellte ein heulender Aufschrei durch die Nacht, und das Prasseln der Büsche verriet die eilige Flucht der Indianer.

Jetzt rief ich den Namen des Doktors.

»Gott sei Lob und Dank, daß Sie da sind!« tönte es aus der Luke der Chulpa. »Ich sitze hier bereits eine Viertelstunde und wage nicht, mich zu rühren. Die Braunfelle haben die Grabstätte umzingelt. Ohne Ihre Hilfe wäre ich ein toter Mann! Haben Sie einen erschossen?«

»Ich denke nicht daran!« rief ich. »Es war nur das Schreckensgeheul vor dem vermeintlichen Zauber, das sie ausstießen. Nun kommen Sie aber schleunigst herunter, denn lange wird die Angst bei den Kerlen nicht vorhalten.«

»Ach, wenn Sie sähen, was hier alles zu holen ist...«

»Werden Sie jetzt sofort herunterkommen, Doktor?« sagte ich bestimmt. »Sonst lasse ich Sie in der Klemme sitzen.«

»Aber werfen Sie nur einen Blick in den Raum. So etwas sahen wir noch in keinem Grabe!«

»Wenn Sie nicht augenblicklich herunterkommen, lasse ich Sie allein«, erwiderte ich. »Die Eingeborenen sind uns auf den Fersen, und – ich kann ihnen das nicht verdenken. Es sind ihre Vorfahren, deren Grabesruhe sie schützen wollen. – Also kommen Sie rasch, ehe die Indianer mit Verstärkung zurückkehren.«

»Wenn Sie die Mumien sähen...«, beharrte der Doktor.

»Meine Knochen sind mir lieber als ein Dutzend noch so schöner mumifizierter Aymaras«, rief ich zurück. »Wenn die Kerle einen Angriff unternehmen, fließt Blut, und das will ich unter allen Umständen vermeiden.«

»Dann helfen Sie mir herunter«, sagte Perez resigniert.

»Wie sind Sie überhaupt in die Öffnung gelangt?« fragte ich zurück.

»Felipe hat mich am Seile herabgelassen.«

»So! Und mich lassen Sie Hals und Beine riskieren, um einen möglichst gefährlichen und zeitraubenden Weg zu suchen? Doktor, Doktor, das vergesse ich Ihnen nicht.«

Unterdessen hatte sich Perez mit Hilfe des Seiles auf den Boden herabgelassen. Er reichte mir die Hand und bat um Verzeihung.

»Die alte Forscherkrankheit«, sagte er zu seiner Entschuldigung. »In der Hast nach Ausbeute vergißt man alles, selbst die Vorsicht.«

»Von den Freunden gar nicht zu reden«, fügte ich hinzu. »Schauen Sie mich nur an, wie ich wieder zugerichtet bin. Bei Tage wird mich selbst Felipe nicht erkennen, so verschwollen sehe ich aus.«

»Armer Kerl!« rief er bedauernd. »Mich tröstet nur das eine, daß sie den Zustand schon gewohnt sind. Solange ich die Ehre genieße, mit Ihnen zu reisen – und das mögen bald drei Monate sein –, sind Sie mindestens dreißig mal in ähnlicher Verfassung zum Lager gekommen.«

»Ich nehme das im Sinne einer Entschuldigung an. Nun aber ist genug geschwatzt worden. Geben Sie Felipe das Signal, und dann fort!«

Im ersten Morgendämmern langten wir am Strande am.

Antonio schlug bei meinem Anblick die Hände über dem Kopf zusammen.

»Misericordia, Don Fernando, wie sehen Sie aus! Wer hat Sie denn so zugerichtet?«

»Dies erzähle ich Euch während der Fahrt, Don Antonio.« Können wir jetzt segeln? Wo ist Felipe?«

»Der ist auf die Jagd gegangen.«

Schon nach wenigen Minuten kam Felipe zurück. Er schleppte fünf Enten mit, bei deren Anblick uns das Wasser im Munde zusammenlief.

Siebentes Kapitel

Häuptling Ahunda

Auf der Suche nach Berckmüller. – »Häuptling Ahunda wird Ihnen mehr sagen können.« – Auf dem Wege zum Häuptling. – Ahunda berichtet.

Vor einer frischen Brise schoß das schlanke Fahrzeug rasch durch die Wellen. Mehr und mehr zeigten sich die höheren Bergrücken, denen ich traumverloren nachblickte. Zuviel unangenehme Erinnerungen knüpften sich an jene grünen Hänge, und wie nach Zeugenschaft suchend, betrachtete ich meine zerfetzten Hände und Arme.

Noch am gleichen Abend liefen wir in eine Bucht ein, der das gleichnamige Eingeborenendorf Huancane den Namen gegeben hat.

In dem Dorf selbst hatten wir nichts zu tun. Wir strebten den Ufern des fünfzig Kilometer nördlicher gelegenen Axapasees zu und waren nur hier hinübergesegelt, um uns den beschwerlichen Landweg zu ersparen. Gleichzeitig wollten wir auch das Dr. Gußfeld gegebene Versprechen einlösen. Ich begab mich daher zu dem Alkalden, einem freundlichen Mulatten mit weißem Haar, dessen feuriges Auge eine ungewöhnliche Intelligenz verriet.

»Den Mann habe ich hier gesehen«, sagte er, als ich ihm das Lichtbild zeigte. »Seinen Namen kenne ich nicht. Das heißt, ich habe ihn vergessen, weil meine Zunge das Wort nicht aussprechen konnte.«

»Und wo ist er geblieben?«

»Quien sabe! (Wer weiß es?)« lautete die alles und nichts besagende Phrase. »Der Deutsche war zuerst allein hier. Er kletterte in den Bergen herum und klopfte überall Steine ab, von denen er ein paar Brocken mit der Post fortschickte. Dann kam er eines Tages mit dem alten Ahunda, dem Häuptling eines in den Bergen hausenden Indianerstammes, hierher. Sie nahmen ein Boot und fuhren bei Nacht in östlicher Richtung auf den See. Drei oder vier Tage später kehrten sie zurück. Der Deutsche kaufte viele Lebensmittel, die er auf drei Lamas verpackte. Dann zog er mit dem Indianer in seine Berge. Er ist nie wiedergekommen. Vielleicht weiß der alte Ahunda, wo er geblieben ist.«

»Wo finde ich den Häuptling?«

»Das ist schwer zu beschreiben. Das Dorf liegt ganz versteckt in den Bergen. Es gehört schon zum Nachbarstaat Bolivien. Wenn Sie nordöstlich über die Bergkette gehen – Sie sehen von hier den Sattel, über den ein Weg führt –, dann kommen Sie zu einem kleinen See. Dort finden Sie gegen Abend fischende Indianer. Die können Ihnen den Aufenthaltsort des alten Ahunda sagen – wenn sie wollen.«

»Warum sollten sie nicht wollen?«

»Weil der Stamm den Weißen feindlich gesinnt ist.«

»Warum das?«

»Man hat die armen Menschen aus ihrem Eigentum vertrieben. Der Stamm war früher am Seeufer ansässig. Es war ein mächtiges Fischervolk, dem großer Grundbesitz zu eigen war. Da entdeckte man eines Tages auf dessen Eigentum reiche Kupferadern. Weiße kamen, und – das Unglück heftete sich von dem Tage ab an die Fersen der armen Indianer. Ein weißer Ingenieur brachte eines Tages viele weiße Arbeiter mit. Sie stellten Maschinen auf, leiteten Bäche ab und verwüsteten dadurch die Felder der Indianer. Ahunda machte sein Eigentumsrecht geltend. Man lachte ihn aus. Und als er sich mit Gewalt sein Recht verschaffen wollte, brannten die schurkischen Eindringlinge die blühenden Dörfer nieder, mordeten und raubten, was ihnen vor Augen kam und zwangen die Überlebenden, in die Berge zu flüchten. Dort wohnen sie jetzt noch in tiefster Armut.«

»Glauben Sie, daß Ahunda uns empfangen wird?«

»Der verschwundene Don Agosto war sein Freund. Vielleicht ist er bei ihm in seinem Dorfe. Dann wird es nicht so schwierig sein, zu ihm zu gelangen. Sie tun auch gut daran, einige Geschenke mitzunehmen.«

»Könnten Sie uns vielleicht einen Führer und ein Lama verschaffen, Señor Alkalde? Wir bezahlen gern einen guten Führerlohn.«

»Mein Sohn wird den Herren zur Verfügung stehen. Wenn Sie morgen mit Sonnenaufgang hier aufbrechen, können Sie gegen Abend im Dorfe der Indianer sein.«

Eine so erschöpfende Auskunft hatte ich gar nicht erwartet. Zum Dank dafür lud ich den Alkalden ein, uns in dem primitiven Wirtshaus bei einem Abendtrunk Gesellschaft zu leisten, zu dem später auch Antonio erschien.

Schon während unserer vorhergehenden Zwiesprache hatten mich der Alkalde und seine zahlreichen Familienmitglieder fortwährend mit verwunderten Blicken angesehen. Ich schrieb das meiner Aussprache des Spanischen zu, das von dem landesüblichen Dialekt bedeutend abwich. Als der Wein aber die Zungen gelöst hatte, fragte mich der Alkalde endlich, woher denn die zahlreichen Risse und Stiche in meinem Gesicht und an meinen Händen stammten. Ob das eine Rasseneigentümlichkeit sei.

Wir drei lachten schallend. Der Doktor erklärte: »Bei diesem Herrn ist es ein chronischer Zustand. Sobald die Wunden auch nur halbwegs zu heilen beginnen, sorgt er dafür, daß sie von neuem aufbrechen.«

Verwundert fragte der Alkalde: »Warum denn das? Woher stammen denn die Risse?«

»Er wirft sich mit dem Gesicht in die dichtesten Dornen und dreht sich einige Male darin um. Dann ist er zufrieden. Sie sollten nur den Körper einmal sehen!«

»Nun ist's genug, Doktor«, unterbrach ich den Gefährten. Erklärend fügte ich hinzu: »Ich sammle nämlich Insekten und andere Seltenheiten. Dabei gerate ich oft in die Dornen. Das ist alles.«

»Dann sind Sie also ›Naturalistas‹?«

»Ganz richtig. Auch mein Freund, der Doktor, sammelt. Nur verlegt er sich auf alte Steine mit Inschriften und Ähnliches.«

»Zum Beispiel Chulpas«, ergänzte Perez.

Da war es heraus! Die Wirkung war, wie ich vorhergesehen. Bei Erwähnung der Grabmäler Verfinsterte sich das Gesicht des Alkalden, und er sagte in merklich verändertem Ton: »Das ist ein gefährliches Geschäft. Ich hoffe nicht, daß die Herren in meinem Bezirk eine Chulpa zu öffnen versuchen. Das dürfte ich nicht dulden. Kamen Sie zu dem Zweck nach Huancane?«

Der Doktor stand im Begriff, eine neue Dummheit zu begehen. Ich aber kam ihm zuvor und versicherte, daß uns einzig und allein die Sorge um unsern Landsmann hierher geführt hätte. Ob er mir das glaubte, weiß ich nicht. Jedenfalls konnten wir keinen Schritt mehr unternehmen, ohne daß uns ein Begleiter auf den Fersen folgte.

Dem Doktor machte ich ernste Vorwürfe, als wir später auf unsern Matten den Schlaf suchten. Sie schienen aber keinen großen Eindruck auf ihn zu machen, denn er antwortete nur: »Jetzt weiß ich wenigstens, daß hier herum noch Chulpas sind.« – – –

Es war später Abend, als wir vor dem Dorfe des Häuptlings Ahunda eintrafen. Siegreich durchbrach der Vollmond die dichten Dunstschichten über dem See und übergoß die schneebedeckten Gipfel der umliegenden Berge mit bläulichem Licht. Eine wohltuende Ruhe lagerte über der ganzen Landschaft, und fast überkam mich ein leises Bedauern darüber, daß wir mit unserm Trupp als Störenfriede in das Dorf einziehen würden.

Alonzo, der Führer, übernahm es, uns bei dem Häuptling anzumelden. Er fügte aber gleich hinzu, daß er unsern Besuch erst für den nächsten Tag ansagen würde, damit er es dem Häuptling erspare, uns mit der Verpflegung auf die eigenen Lebensmittel zu verweisen.

Wir zogen uns in einen dichten Baumbestand zurück, der sich bis an das Ufer des Sees erstreckte, und zündeten dort ein helles Feuer an. Felipe übernahm es, das mitgebrachte Fleisch zu braten, während der Doktor und ich die auf dem Rücken des Lamas mitgeführten Geschenke so verteilten, daß der Häuptling den für seine Person bestimmten Anteil für sich behalten konnte – falls ihm dies genehm war.

Wider Erwarten brachte Alonzo den Alten mit. Er hatte kaum gehört, daß ihn ein Deutscher besuchen wolle, als er von seinem Lager aufsprang, ein paar Männer zusammenrief und eiligst nach unserm Ruheplatz aufbrach. Trotz seines hohen Alters – er mußte weit über siebzig Jahre zählen – kam er zu Fuß. Zum Ärger Alonzos, der natürlich auch nicht reiten durfte.

Sein Erscheinen brachte uns ein wenig in Verlegenheit. Wie der Alte vor uns stand, von den Flammen grell beleuchtet, bot sein ausdrucksvoller Kopf mit den schneeweißen, langen Haaren, dem kühn blitzenden Auge und der malerischen Tracht ein unbeschreiblich hoheitsvolles Bild. Auf seinen Zügen lag gespannte Erwartung.

»Das ist der Deutsche, der mich mit der Ehre seines Besuches beschenkt«, sagte er mit wohlklingender Stimme, indem er mir die Hand entgegenstreckte. »Warum betritt er nicht meine Hütte, die er als sein Eigentum betrachten möge?«

Ich erwiderte, durch die unerwartete Liebenswürdigkeit etwas außer Fassung, daß wir es als gegen die gute Sitte verstoßend betrachteten, den verehrten Häuptling in später Abendstunde in seinem Hause zu überraschen.

»Dann zwingt ihr mich, die Nacht an eurem Lagerfeuer zuzubringen«, entgegnete er. »Wie heißen die fremden Herren, und wo steht das Haus ihrer Väter?«

Ich stellte uns vor und gab den gewünschten Bescheid.

Nachdem er sich auf einen umgebrochenen Stamm am Feuer niedergelassen hatte, gab er seinen Leuten ein Zeichen, sich zu entfernen. Auch ich winkte Felipe, sich zurückzuziehen.

»Aus welchem Grunde sucht mich Don Fernando auf?« fragte der Häuptling, als wir allein waren.

»Ich möchte mich nach dem Schicksal eines Landsmannes erkundigen, der, wie man mir sagte, die Freundschaft des Häuptlings Ahunda gewonnen hat. Hier ist sein Bild. Kennt Ihr den Mann?«

Ahunda, der wohl nie im Leben etwas von Photographien gehört haben mochte, hatte kaum einen Blick auf das Bild geworfen, als er die Hände vor das Gesicht schlug und ausrief: »Das ist Don Agosto! Wer hat den Zauber gemacht?« Dabei blickte er mit einem so drohenden, feindseligen Ausdruck um sich, daß ich schon für das Mißlingen meiner Mission befürchtete. Es kostete nicht geringe Mühe, dem Alten auseinanderzusetzen, daß es bei uns allgemeiner Brauch ist, solche Bilder anzufertigen. Mit Zauberei habe das nichts zu tun.

Nur sehr schwer beruhigte er sich. Ich mußte ihm endlich unter Eid zusichern, daß das Bild ein altes sei, und daß ich in seine Berge gekommen sei, um etwas über den Verbleib des jungen Mannes zu erfahren.

»Er ist tot!« gab er endlich zur Antwort, und eine unendliche Trauer legte sich über das furchenreiche Gesicht. »Er ist tot, und – ich habe ihn gerächt!«

Diese Antwort hatte ich eigentlich erwartet. Es gehen ja so viele kühne Männer in der Wildnis zugrunde, von denen nie wieder eine Kunde in die Heimat dringt. Immerhin regte der Nachsatz in mir die Frage an: »So ist der Arme wohl ermordet worden?«

»Ermordet!« erwiderte er dumpf.

»Dürfen wir erfahren, wie sich das Unglück zugetragen hat?«

»Die Nebel steigen auf. Es ist nicht gut, zu dieser Stunde hier zu weilen. Wenn die Fremden meine Hütte mit mir teilen wollen, dann werde ich alles erzählen, was ich über Don Agosto weiß – und das ist sehr viel.«

Mit den Worten erhob er sich und lud uns ein, ihm zu folgen. Wir benutzten die Gelegenheit, ihm unsere Geschenke anzubieten, die er dankbar, doch ohne jede Ziererei, entgegennahm.

In jener Nacht, in der ärmlichen Behausung eines alten Nachkömmlings der Aymara, erhielt ich die Mitteilungen über das Schicksal eines Geologen, die ich nachstehend in zusammenhängender Form so wiedergebe, wie sie mir im Gedächtnis haften blieben.

Ahunda erzählte: »Vor vielen Monden erregte ein junger Weißer die Aufmerksamkeit meiner Leute. Er war überall in den Bergen zu finden. Mit einem kleinen Hammer schlug er Steine auseinander, betrachtete sie und warf sie dann wieder fort. Wir sahen seinem Treiben mit Mißtrauen zu. Durch böse Erfahrungen gewitzt, sahen wir ein großes Unglück für unser Dorf voraus, falls der Weiße hier auf Kupfer oder anderes Metall stoßen sollte. – Das mußte verhindert werden. Acare, mein Sohn, der Unterhäuptling, berief die Männer zusammen. Es wurde beschlossen, den Weißen von unsern Leuten beobachten zu lassen. Sollte er Glück haben und ein Metall finden, dann – durfte er diese Berge nicht mehr verlassen!

Wie zufällig trafen nun unsere jungen Männer mit dem Weißen zusammen. – Er schritt sofort auf unsern Kundschafter zu, bot ihm Tabak und zeigte ihm ein paar bunte Steine, die er gefunden hatte. Auf die Frage unseres Mannes, was der Weiße in den Bergen eigentlich suche, antwortete er freimütig: seltene Steine und versteinerte Tiere!

Letztere kannten wir nicht. Keiner von uns hatte je ein solches Tier zu Gesicht bekommen. Wir glaubten ihm nicht und überwachten den Weißen weiter. Besonders seine kleine Hütte, die er sich an dem Wasserfall erbaut hatte, wurde täglich genau durchsucht. Nun fand der Fremde täglich andere Männer auf seinem Wege. Mit allen war er freundlich, teilte mit ihnen seinen Tabak und gab jenen, die nach der Stadt hinuntergingen, Geld, damit sie sich neue Pfeifen und für ihn Tabak kaufen konnten. Diesen teilte er dann mit jedem, der sich ihm freundlich näherte.

Unser Mißtrauen schwand langsam. Der weiße Mann suchte wirklich das, was er sagte. Er fand auch einige versteinerte Tiere, worüber er große Freude bezeigte. In solchen Fällen war er besonders freigebig.

Wir beschlossen, die Überwachung aufzuheben. Unsere jungen Männer hatten aber inzwischen mit dem Weißen Freundschaft geschlossen und besuchten ihn oft. Er forderte sie auch auf, des Abends an sein Feuer zu kommen, aber das ging nicht. Die Geister der Nacht, über die der Fremde lachte, würden unsern Leuten ein Leid zugefügt haben.

Da traf es sich eines Tages, daß meine Tochter Niama sich auf dem Rückwege von der Stadt verspätete. Ein böses Unwetter brach noch dazu aus, und die grellen Blitze fielen so dicht, daß das Maultier scheute. Meine Tochter wurde hart gegen das Gestein geworfen und blieb dort mit gebrochenem Bein liegen, während das Reittier in der Nacht verschwand.

Der Große Geist führte das Tier vor die Hütte des Weißen. Dieser sah den leeren Sattel und ahnte ein Unglück. Er nahm sein ›wandelndes Licht‹ (Laterne) und führte das Maultier, trotz des furchtbaren Wetters, auf die Straße zurück. Er hoffte, das kluge Tier würde ihn zu seinem Reiter geleiten. Wieder aber ließen gewaltige Donnerschläge das Tier scheuen und davonlaufen.

Der Fremde suchte die Straße ab und fand meine Tochter Niama, die der Schmerz fast bewußtlos gemacht hatte. Da er die Sprache des Mädchens nicht verstand, wollte er es in seine Hütte tragen. Zufällig sprach aber meine Tochter den Namen Ahunda aus, und nun wußte der Weiße, wohin er die Verunglückte zu führen hatte. Er tat etwas, was kein anderer getan haben würde. Weder ein Indianer noch ein Peruaner noch ein Franzose. Er verband das Bein meiner Tochter, nahm sie in seine Arme und trug sie viele, viele Stunden weit durch das fürchterliche Unwetter bis zu meinem Dorfe. Hier legte er die Kranke vor meiner Hütte nieder, weckte uns und ging, ohne einen Dank abzuwarten, davon.

Von jenem Tage an liebte ich den Weißen wie meinen Sohn. Er mußte bei uns wohnen, und meine Leute halfen ihm beim Suchen der Steine.

Eines Tages kam er voller Freude zu mir und zeigte mir ein Stückchen weißes Metall. Dabei sagte er: ›Wenn ich davon genug fände, dann könnte ich meinen Eltern eine große Freude machen. Dann hätten ihre Sorgen ein Ende, und ich könnte heimkehren in mein Vaterland.‹

Bei diesem Ausruf meines jungen Freundes wurde mein Herz weich. Ich gedachte der Lebensrettung meiner Tochter und sagte: ›Wenn dir dieses

Metall so große Vorteile bringen kann, dann werde ich dir einen Ort weisen, wo du viele Säcke voll davon wegnehmen kannst, ohne daß es weniger wird.‹

›Du willst doch damit nicht sagen, daß du eine Silbermine kennst, Vater Ahunda?‹ fragte er ungläubig.

›Ich kenne eine solche, Don Agosto. Sie liegt weit von hier, in der Nähe unseres früheren Wohngebietes. – Du sollst sie kennenlernen, wenn du mir eines versprichst: Du darfst keine weißen Männer holen, die das Silber forttragen. Nur was du selbst tragen kannst, soll dir gehören. Das Geheimnis des Ortes darf nie über deine Lippen kommen, das mußt du mir schwören.‹

Don Agosto war ehrlich. Er antwortete mir: ›Ich will dir alles versprechen, was du verlangst. Nur das eine kann ich heute noch nicht sagen: ob ich allein imstande bin, irgendeinen größeren Nutzen aus der Mine zu ziehen. Was nützt mich das Silber, wenn ich nur so viel davon forttragen kann, als ich zum Leben benötige? Du mußt mir wenigstens einen oder einige Männer geben, die mir helfen, das Silber herauszuschaffen, sonst hat es für mich keinen Wert. Ich will dann lieber die Mine gar nicht kennenlernen, sonst würde ich nur unter meinem Versprechen leiden.‹

Damit er mich verstand, erzählte ich ihm folgendes: ›Der Große Geist hatte sie meinem Vorfahren gezeigt, als er einst in einem starken Unwetter auf dem See an die Küste geworfen wurde. Er hat die Kenntnis weitervererbt, und ich erfuhr sie von meinem Vater, als die ersten weißen Männer auf ihren Kanus in unser Gebiet kamen. Da die Weißen gierig nach dem weißen und gelben Metall suchten, so befahl mir mein Vater, die Felsspalte, die zu dem weißen Metall führt, mit Schutt und Geröll so auszufüllen, daß sie für keinen Uneingeweihten mehr kenntlich war. Mein Vater glaubte nämlich, daß die weißen Räuber unser Land wieder verlassen würden, wenn sie kein Metall fänden. Wir haben uns getäuscht. Sie fanden zwar weder weißes noch gelbes Metall, aber Kupfer. Sie vertrieben uns, töteten unsere jungen Männer und verschonten Frauen und Kinder nicht – bis wir der rohen Gewalt wichen und hierher zogen.‹

›Und mir willst du die Stelle zeigen?‹ fragte Don Agosto.

›Du hast mir und meinem Volke nur Gutes erwiesen, deshalb will ich dir das weiße Metall zeigen. Du sollst als glücklicher Mann in dein Vaterland zurückkehren und in deinem Glück an deinen alten Vater Ahunda denken.‹

›Wann werden wir aufbrechen?‹ fragte der junge Mann weiter.

›Sobald du die nötigen Werkzeuge beschafft hast. Auch ein großes Kanu brauchen wir, denn ich nehme einige meiner Leute zur Bewachung mit mir.‹

›Dann reise ich morgen nach Huancane ab und besorge alles. Wenn ich damit fertig bin, hole ich dich‹, rief Agosto, der nun vor Ungeduld keine Nacht mehr bei uns bleiben wollte.

›Hüte deine Zunge!‹ war mein letzter Rat.

Acht Tage später traf ich mit Don Agosto in der kleinen Bucht hinter Huancane zusammen. Ich nahm acht meiner besten Leute mit mir. Agosto war mit Schießwaffen versehen, denn er fürchtete, überrascht zu werden, und war entschlossen, mich und mein Geheimnis mit seinem Leben zu verteidigen.

Es war ein stürmischer, rauher Abend. Als das Kanu eben den offenen See erreicht hatte, wurde der Wind so heftig, daß meine Leute das Boot nur mit größter Anstrengung zu halten vermochten. Es sprang auf den Wellen wie das Maultier auf steinigem Boden. Dann fiel Regen. So dicht, daß wir vom Lande nichts mehr erkennen konnten. Aber so sehr sich der Sturm auch unserer Fahrt entgegenstemmte, die Kraft meiner Leute vermochte er nicht zu brechen.

Endlich glaubte ich, weit genug gegen Sonnenaufgang vorgedrungen zu sein. Ich befahl meinen Leuten, die Richtung der Küste wieder aufzunehmen. In demselben Augenblick aber drehte sich auch der Wind. Ein gewaltiger Stoß warf uns zu Boden. Die nächste Welle drückte das Kanu unter das Wasser, und alle trieben in den tosenden Wogen.

Meine Leute waren im Wasser zu Hause. Sie trugen keine Kleidung und wußten sich durch Zurufe beisammenzuhalten. Der weiße junge Mann aber hatte sich zum Schutz gegen das rauhe Wetter in seinen Poncho gehüllt, der ihn unter Wasser ziehen mußte. Wir vernahmen auch bald seine verzweifelten Hilferufe, und nach vieler Mühe gelang es Acare, den Sinkenden aufzufinden und ihn von seiner schweren Kleidung zu befreien. Nun schwamm er neben uns dem Strande zu, auf dem wir das von einem meiner Krieger aufgefischte Kanu wiederfanden.

In einer geschützten Höhle am Strande betteten wir den völlig erschöpften Weißen auf ein schnell bereitetes Lager von duftenden Myrtenbüschen. Ein großes Feuer spendete uns Wärme, und nachdem wir die geretteten Decken und die Kleidung unseres jungen Freundes getrocknet hatten, legten wir uns zum Schlafe nieder.

Mit Tagesanbruch legte sich der Sturm. Rasch beruhigte sich der See. Meine Leute tauchten nach den verlorenen Werkzeugen, und es gelang ihnen, den größten Teil wieder aufzufischen. Die Lebensmittel waren aber verloren. Diesen Umstand nahm ich zum Vorwand, um den Tag an der Landungsstelle zu verbringen. Ich führte Don Agosto in die höher gelegenen Teile der Küste und bat ihn, einige Stück Wild zu schießen. Nach kurzer Zeit schon erlegte er einen Hirsch und ein Reh, das wir zum Feuer schafften. Hierauf nahm ich meinen jungen Freund mit in die Uferbüsche und sagte ihm dort: ›Wir sind in der Nähe des weißen Metalls. Trotz der Dunkelheit und des schlechten Wetters habe ich den richtigen Landungsplatz wiedergefunden. Noch in dieser Nacht, wenn der Mond aufgegangen sein wird, brechen wir auf. Sage aber meinen Leuten kein Wort von unserm Vorhaben. Sie dürfen nichts davon erfahren, auch Acare nicht. Da du jetzt in den Besitz des Schatzes trittst, soll auch jener nichts davon wissen. Im andern Falle wäre die Mine in sein Eigentum übergegangen.‹

›Dann beraube ich also deinen richtigen Sohn!‹ rief nun Don Agosto, ›Das darf nicht sein! Lasse ihn teilhaben an meiner Ausbeute, Vater Ahunda. Wenn die Mine so reich ist, wie du sagst, dann gibt es dort auch genug Silber für zwei. Sogar deinen ganzen Stamm will ich an der Arbeit beteiligen...‹

›Halt ein, junger Freund!‹ erwiderte ich. ›Dir habe ich versprochen, dir so viel weißes Metall zu zeigen, daß du genug für dein Leben besitzest. Siehe dir die Mine an. Wenn du dann noch glaubst, es sei genug für alle, dann kehre zum Vater Ahunda zurück und sage es ihm. Bis dahin und bis du selbst genügend Silber fortgeschafft hast, muß das Geheimnis auch vor Acare gewahrt bleiben. Ich kenne ihn und meine Leute besser als du!‹

Nun gab Don Agosto nach. Er sah ein, daß ich recht hatte. Am Lagerplatz fanden wir ein saftiges Mahl. Ich ließ einige größere Stücke des Wildbrets beiseitelegen und teilte Acare meinen Entschluß, in der Nacht mit dem Deutschen in die Berge zu gehen, mit. Darauf riet ich Don Agosto, der Ruhe zu pflegen. Ich selbst aber ging eine weite Strecke am Strand entlang, um mich zu vergewissern, daß während meiner langen Abwesenheit kein anderer sich dort niedergelassen hatte.

Als der Mond sich über die Berge erhob, gab ich Don Agosto ein Zeichen. Er warf die Geräte auf die Schulter und schritt neben mir in die Nacht hinein.

Dort, wo die Felsen bis in den See reichen und jede Spur von dem wogenden Wasser verwischt wird, stiegen wir in den Wald. An manchen Stellen, wo herabgestürzte Felsmassen das Dickicht fast undurchdringlich machten, mußte ich meinen jungen Freund an der Hand führen. Die schweren Werkzeuge trug ich, trotz des Widerspruchs des Deutschen, schon längst. So wanderten wir immer höher in die Berge hinauf, bis endlich der Rand des Waldes erreicht war und die schneebedeckten Gipfel der Bergriesen vor uns lagen.

Hier oben mußte ich Don Agosto eine Ruhepause erlauben. Er nahm ein Stück Papier aus seinem Rock und zeichnete die Spitzen der Berge darauf ab. Hierauf folgte er mir in die schwarze Schlucht. Der Gebirgsbach war durch die letzten Regen stark angeschwollen. Wir konnten aber in seinem Bett, trotz des starken Gerölls, das er mit sich führte, aufwärts steigen Der Aufstieg dauerte sehr lange. Endlich sah ich die baumlose Stelle, an der die mühsamste Steigung beginnt. Hier ließ ich Don Agosto wieder ausruhen. Er war schon sehr erschöpft, und ich fragte ihn, ob er sich noch die Kraft zutraue, höherzusteigen.

›Ja, Vater Ahunda!‹ sagte er nur. Er drückte mir die Hand, wobei ich fühlte, daß er seinen ganzen Willen aufbot, um mir nicht zu zeigen, daß ihm die Anstrengung zu groß war.

Wir mußten über zerrissene Felsen auf den Gipfel eines kahlen Berges steigen. Von dort stiegen wir in ein kleines Tal hinab, in dem einzelne Felsstücke wild durcheinandergeworfen liegen. An einem dieser Blöcke befand sich ein Zeichen, das ich damals in den Stein gehauen hatte.

›Nun ruhe dich eine Weile aus, junger Freund‹, sagte ich. ›Wie ich sehe, ist hier noch alles, wie ich es vor Jahren verlassen habe. Keines Menschen Fuß hat dieses Tal betreten. Wir können ungestört arbeiten.‹

Das ließ den Deutschen jede Müdigkeit vergessen. Mit Ungestüm drang er in mich, ihm sofort die Stelle zu zeigen.

›Gut‹, erwiderte ich lachend über seine Hast. ›Nimm deine Axt und folge mir.‹

Unter einem inzwischen zu starken Büschen herangewachsenen kleinen Gehölz zeigte ich ihm einen schwarzen Streifen und sagte: ›Schlage deine Axt hier ein!‹

Er griff die Axt auf und hieb in das Gestein, das langsam abbröckelte. Schon nach wenigen Augenblicken hatte Agosto die Öffnung freigelegt.

Ich ließ mir das ›wandelnde Licht‹ von ihm reichen, das er vor Beginn der Arbeit angezündet hatte, und rief ihm zu, mir zu folgen.

Nach kurzer Wanderung durch den langen Gang gelangten wir in die eigentliche Höhle. Als ich hier das Licht erhob, um den Raum zu beleuchten, stieß Don Agosto einen lauten Schrei aus. An den Wänden leuchtete es von allen Seiten von hellem, gediegenem Silber in dicken Adern – wie Don Agosto sich ausdrückte. Er kannte den Wert dessen, was ich ihm zeigte, und er sagte immer wieder, daß sein Vater Ahunda der reichste Mann der Welt sei.

Doch dieser Raum war nur ein Teil der Mine. Drei tiefe Gänge zogen sich noch in das Gestein, und aus jedem blinkte das weiße Metall in armdicken Adern.

Don Agosto nahm mich in seine Arme und wollte mich nicht mehr loslassen. Die Freude machte ihn zum Kind Ich forderte ihn auf, sich so viel von dem weißen Metall abzuschlagen, als er tragen könne. Als er seinen mitgebrachten Sack gefüllt hatte, nahm ich meinen jungen Freund bei den Armen und zog ihn mit aller Kraft an die Oberfläche. Er konnte sich nicht mehr von den Gängen trennen.

Die kühle Nachtluft beruhigte den aufgeregten Deutschen, der es nun auch über sich gewann, Speise und Trank zu sich zu nehmen, um sich für den Rückweg nach dem Lager zu stärken. Fast nach jedem Bissen öffnete er den Sack, um einen Blick hineinzuwerfen. Vielleicht hielt er das ganze Erlebnis für einen Traum.

In einem derartigen Zustand wandelte er auch beim Abstieg durch den Wald. Ich nahm ihm den Sack ab. Fast bereute ich es, dem jungen Mann die Mine gezeigt zu haben. Das weiße Metall schien auch seine Sinne zu betören, wie es ja alle weißen Männer schlecht macht, die es bei uns graben. Als wir aber bei unserm Lager eintrafen, zeigte er sich in seiner alten Herzlichkeit. Er warf keinen Blick mehr nach dem kostbaren Schatz, sondern streckte sich mitten zwischen meine Leute zum Schlaf, aus dem er erst gegen Mittag erwachte.

Erst bei der Rückkehr in mein Dorf sprach Don Agosto wieder das erste Wort über das Silber. Er ließ sich ein Stückchen geben, prüfte es mit einer Flüssigkeit und begann dann lange über das Silber und dessen Wert mit mir zu sprechen. Er behandelte die Mine als mein Eigentum. Er nannte mir seine Pläne über die Art, wie man es ausbeuten müsse. Aus seinem Vaterland wollte er bekannte, brave Männer kommen lassen, die für mich das Metall verwerten sollten.

Ich ließ ihn sprechen. Seine innersten Gedanken wollte ich kennenlernen. Erst als er geendet hatte, sagte ich ihm: ›Junger Freund, die Mine ist dein Eigentum. Ich habe sie dir geschenkt, und ich kenne nur ein Wort. Mache damit, was du für gut erachtest. Nimm meine Leute zur Arbeit. Auch sie sind brav und ehrlich. Aber einen Rat will ich dir geben: Behalte das Geheimnis für dich.‹

Achtes Kapitel

Der Mörder

Agosto verrät das Geheimnis. – Acare auf der Wacht. – Was der Fischer sah. – Ahundas fürchterliche Rache.

Wenige Tage später ging Don Agosto nach Huancane. Er nahm nur wenig Silber mit, um es in Puno zu verkaufen. Nach einer Woche kehrte er zurück und erklärte mir, daß er allein die Mine nicht ausbeuten könne. Er brauche dazu einen zuverlässigen Mann, der auch mit dem Handel in den großen Dörfern der Weißen vertraut sei.

Aus seinen Reden merkte ich, daß die Zunge mit dem jungen Mann durchgegangen war. Ich fragte ihn sofort: ›Wer ist der Mann, dem du das Geheimnis anvertraut hast?‹

Er wurde rot im Gesicht. Nach einer kurzen Pause antwortete er: ›Pedro Martini!‹

Der junge Mensch war mir bekannt. Er war schon lange in unsern Bergen, die er, ebenso wie Don Agosto es tat, nach allen Seiten durchforschte, um Metall zu finden. Über seinen Charakter aber wußte ich nichts. Ich sandte daher insgeheim Acare aus, um Nachrichten zu sammeln.

Bevor aber mein Sohn zurückkehrte, reiste Don Agosto plötzlich noch einmal nach Huancane. Dieses Mal würde er länger ausbleiben, sagte er, als er mir die Hand zum Abschied schüttelte. Er war an jenem Morgen in einer besonders weichen Stimmung. Immer wieder drückte er meine Hände und dankte mir stets von neuem für das reiche Geschenk. – Als ich ihn nochmals vor dem Fremden warnte, wandte er sich ab, sprang auf sein Maultier und sprengte davon. – Er lenkte aber das Tier noch einmal zurück. Unter dem Vorwand, ich solle Niama noch seinen Abschiedsgruß zubringen, beugte er sich zu mir nieder und drückte mir stumm die Hand.

Es war das letzte mal, daß ich meinen jungen Freund lebend wiedersah.«

Die in seiner Erzählung aufsteigende Erinnerung brachte den Alten vorübergehend zum Schweigen.

Sein Blick verlor sich ins Wesenlose. Nur langsam fand er sich zurück und fuhr fort:

»Was nun folgt, berichtete mir mein Sohn Acare, der den jungen Deutschen kurz vor dessen Eintreffen in Huancane auf der Straße traf. Meiner Weisung entsprechend, ließ er ihn nicht aus den Augen – bis ihn die Örtlichkeit zwang, die Überwachung aufzugeben. Acare wußte ja nichts von der Mine, sonst wäre er zum Schutze des jungen Mannes auf seinen Fersen geblieben.

In Huancane traf Don Agosto mit dem Menschen zusammen, der sich Pedro Martini nennen ließ.

Don Agosto mietete ein Boot für mehrere Tage. Er wollte keine Begleitung der Schiffer. Sein Freund Pedro und er könnten auch ohne des Besitzers Hilfe fertig werden. Als Acare sah, daß die beiden Fremden die gleichen Werkzeuge wie damals und große Ledersäcke einluden, ahnte er, wohin die Fahrt gehen sollte. Er nahm sich ein leichtes, kleines Kanu und eilte den Weißen voraus an den Platz, an dem wir damals gelandet waren.

Die Fremden kamen kurz vor Einbruch der Nacht. Sie zogen das Boot in eine Felsenhöhle und schritten, mit den Werkzeugen beladen, bis zu dem Platze, wo wir bei unserer ersten Fahrt die Nacht verbracht hatten. Dort zündeten sie ein großes Feuer an und legten sich zum Schlafe nieder.

Diesen Augenblick benutzte Acare, um sich in die nächste Nähe der Fremden zu schleichen. Er legte sich auf den Felsen über dem Platze und konnte von da aus jede Bewegung und jedes Wort, das gesprochen wurde, belauschen.

Don Agosto schlief ruhig und fest. Nicht so der andere. Er hob oft den Kopf und blickte zu seinem Gefährten hinüber. Endlich stand er leise von seinem Lager auf und schritt wie ein Puma, der auf Mord ausgeht, aus dem hellen Feuerschein in die Finsternis hinaus. Acare folgte ihm geräuschlos. – Leider führte er keine Waffe, sonst lebte Don Agosto heute noch.

Beim Boot angekommen, zerrte der Fremde einen Ledersack unter dem Sitz hervor, dem er einen Revolver und ein langes Messer entnahm. Beides steckte er in seine Beinkleider. Dann schob er den Sack wieder an seinen Platz und lief schnell zum Feuer zurück.

Don Agosto schlief noch immer. Pedro setzte sich neben ihn auf einen Baumstamm und betrachtete lange den Schlafenden wie ein Raubtier, das auf seine Beute springen will.

Dann hob er den Revolver und richtete den Lauf gegen den Kopf des Deutschen. Aber ehe er noch die Absicht ausführen konnte, gellte der wilde Schrei meines Sohnes durch den Wald. Der Mordbube ließ entsetzt seine Waffe fallen und rüttelte nun selbst den Schläfer wach. Darauf forderte der Bösewicht den jungen Deutschen auf, der Spur Acares zu folgen. Er selbst war zu feige dazu. Don Agosto griff auch zu seiner Waffe und lief hinaus in die Finsternis. Natürlich fand er den geheimnisvollen Warner nicht, obwohl ihm Acare ein Zeichen gab. Offen durfte sich mein Sohn nicht zeigen, da ich ihm das streng verboten hatte. Mein Mißtrauen würde den jungen Mann schwer gekränkt haben. Als aber Don Agosto auf dem Rückweg dicht an dem Versteck meines Abgesandten vorüberkam, rief ihm dieser eine kurze Warnung zu.

Der Deutsche vernahm die Worte und blieb stehen. In demselben Augenblick aber kam Pedro, der den Ruf ebenfalls gehört hatte, und fragte: ›Wer rief da? Wer spioniert hier unsere Wege aus?‹

Und ehe er noch eine Antwort erhalten konnte, feuerte er aus seiner Drehpistole fünf Schüsse in den Wald, die zum Glück alle fehlgingen. Der Fremde lud nun seine Waffe wieder und forderte Don Agosto auf, ihm in den Wald zu folgen. Sie wollten das Dickicht durchsuchen.

Das wartete Acare nicht ab. Er sprang in sein Kanu und ruderte, so schnell es gehen wollte, nach Huancane zurück. Dort ließ er sich vom Alkalden ein Maultier geben und berichtete mir, was er gesehen.

Ich ahnte Unheil. Sofort rief ich einige meiner besten Leute zusammen und eilte an den See hinunter, um ein Boot zu mieten. Numa, der Fischer, erbot sich, uns an die Stelle zu führen, wo die beiden Freunde gelandet waren.

›Woher kennst du den Ort?‹ fragte ich verwundert.

›Ich war zufällig beim Fischfang, als ich bemerkte, wie zwei weiße Männer mit Werkzeugen in den Wald gingen. Da ich fürchtete, die Weißen könnten uns in unserm Eigentum schädigen, wie sie dich und die Deinen geschädigt haben, folgte ich ihnen. Sie kamen nur langsam vorwärts. Der blonde Mann war sehr müde, oder er wollte vielleicht nicht mitgehen, denn er blieb oft stehen. Dann sprach der andere heftig auf ihn ein, und er ging weiter.

Ich stieg nun rascher und befand mich bald vor den Männern: Oben, auf dem freien Steppenland, durfte ich mich nicht sehen lassen. Ich blieb daher im Wald. Von meinem Versteck aus sah ich, wie die Fremden eine Strecke weit am Bach emporstiegen. Dann verschwanden sie.

Da ich keine Lebensmittel bei den Männern gesehen hatte, dachte ich, sie würden nicht lange ausbleiben. Ich kletterte auf einen großen Baum, versteckte mich in seinen Ästen und wartete.

Lange, lange blieben sie aus. Endlich, als bereits die Sonne hinter den Bergen niedersank, erschien erst der Blonde, dann der andere. Jeder trug einen schweren Sack. Das Werkzeug hatten sie nicht mehr bei sich.

Jetzt wußte ich genug. Die Weißen hatten Schätze gefunden. Sie würden bald unsere Berge mit ihren Arbeitern überschwemmen, und dann würden auch wir aus unserm Eigentum vertrieben. Der Zorn übermannte mich. Waffen hatte ich bei den Männern nicht gesehen. An Körperkraft war ich ihnen überlegen. Sie sollten ihre Heimat nicht wiedersehen. Ich bereitete mich auf den Kampf vor.

Die beiden Fremdlinge waren unterdessen in meine Nähe gekommen. Der Blonde warf seinen Sack zu Boden und setzte sich darauf. Er war sehr erschöpft. Der andere stellte sich hinter ihn und sprach viel auf ihn ein, worauf der Blonde aber nichts erwiderte.

Plötzlich bemerkte ich, wie der Schwarzhaarige einen blanken Gegenstand aus seinem Beinkleid zog. Er rief dem Blonden etwas zu und zeigte nach der Richtung, in der ich verborgen war. Ich glaubte schon, er wolle auf mich schießen.

Kaum aber hatte der Blonde den Kopf gewendet, als zwei Schüsse krachten. Ich hörte einen fürchterlichen Schrei und sah, wie der arme Mensch zu Boden stürzte. – Dann lief ich davon.‹

Ich hatte dem Bericht des Fischers bis zu Ende gelauscht«, fuhr Ahunda mit trauriger Stimme fort,

»um alle Einzelheiten des furchtbaren Unglücks kennenzulernen. Daß mein weißer Freund tot war, hatte mir eine innere Stimme schon gesagt. Jetzt blieb mir nur übrig, den Aufenthaltsort des Mörders zu erforschen. Der Fischer glaubte ihn auf einer Barke gesehen zu haben, die nach Puno segelte.

Ich beauftragte meine Leute, die Ufer des Sees bis nach Puno abzusuchen. Nur zwei meiner Stammesgenossen durften mich im Boot begleiten. Wir landeten genau an derselben Stelle, an die uns vor einem Monde der Sturm verschlagen hatte. Wir sahen sofort an den Fußeindrücken und den Speiseresten, daß hier zwei weiße Männer gewesen waren. Die Spuren führten in den Wald hinauf, aber nur eine führte wieder zum See zurück. Auf der kahlen Höhe fand ich die Stelle, an der mein junger Freund ausgeruht hatte. Ich sah die Spuren der niedergeworfenen Säcke und einen Eindruck im Erdreich, wie wenn eine schwere Last weggeschleift worden sei.

Als ich mich niederbückte, bemerkte ich auf dem Grase trockene Blutspuren und dicht dabei viele blonde Haare.

Hier sind sie!« unterbrach Ahunda seine Erzählung und holte ein kleines Lederbeutelchen aus dem Gürtel, das er vor uns öffnete. Eine Menge blonder Haare, zu einem sichelförmigen Büschel geformt und mit dürrem Gras umwickelt, lagen vor unsern Augen. Liebevoll ließ der Alte die Finger über die teure Reliquie gleiten, dann sprach er mit einem tiefen, schmerzlichen Seufzer weiter: »Meine Leute fanden die Leiche im Walde. Der Mörder hatte sie unter einen umgestürzten Baumstamm gezerrt und dort liegenlassen. Den Raubtieren zum Fraß, die auch bald jede Spur vertilgt haben würden, wenn ich nicht so rasch gekommen wäre.

Groß war mein Schmerz, als ich hier vor den sterblichen Resten des so feige Gemordeten stand. Daß er sein Wort gebrochen und das Geheimnis der Mine Fremden anvertraut hatte, verzieh ich ihm. Er hat es mit dem Tode gebüßt. An der Leiche meines weißen Freundes aber schwur ich, daß ich nicht ruhen wolle, bis ich den Toten an seinem Mörder gerächt haben würde.

Wir gruben ein tiefes Grab und senkten den Leichnam im Schatten einiger Riesenbäume in die kühle Erde. – Meinen Leuten befahl ich, an den See zurückzukehren und mich dort zu erwarten.

Mit Einbruch der Nacht schritt ich den Bach hinauf in das Tal der Silbermine. Ich verwünschte den Tag, an dem ich meinen jungen Freund hierher geführt hatte. Das weiße Metall, das schon so vielen Menschen das Leben gekostet, mußte auch mir den besten Freund meines Stammes nehmen. – Er sollte aber das letzte Opfer sein. Kein menschliches Auge sollte je wieder die unterirdische Schatzkammer erblicken. Ihre Spur mußte unerkennbar vernichtet werden. – Das gelobte ich mir in jener Nacht.

Als ich die Schlucht erreichte, sah ich auf den ersten Blick, daß die Weißen den Schacht geöffnet hatten. Es lag eine Menge zerschlagenen Gesteins vor dem Eingang. Nach einigem Suchen fand ich auch die Werkzeuge, die man zurückgelassen hatte. Das gab mir die Gewißheit, daß der Mörder sehr rasch an den Ort seines Verbrechens zurückkehren würde.

Nun mußte ich zunächst jede Spur von dem Vorhandensein eines Schachtes unkenntlich machen. Kein Mensch sollte je wieder imstande sein, das weiße Metall aufzufinden, selbst wenn der Mörder andern Männern den Ort genau beschrieben haben sollte. Er selbst war meiner Rache verfallen.

Ich begann damit, das Gestein, das in der Schlucht lag, in das Flußbett zu wälzen. Die wenigen Bäume, die etwa als Kennzeichen angegeben werden konnten, hieb ich ringsum an der Rinde ein. Sie mußten bald dem Sturm zum Opfer fallen. Die Werkzeuge der weißen Männer warf ich in den Schacht. Dann sammelte ich die Reste des glänzenden Gesteins und warf sie ebenfalls in die Grube, damit sie nicht zum Verräter werden konnten. Hierauf schüttete ich so viel Steine in das Loch, bis es ganz damit angefüllt war, und endlich rollte ich einen schweren Felsblock vor die Mine, den ich so vollkommen mit dem übrigen Gestein verband, daß kein Auge die Spalte darunter entdecken konnte. Nachdem ich das alles geordnet, legte ich mich zur Ruhe. Am kommenden Tage wollte ich mich wiederholt überzeugen, daß jede Spur der Mine verwischt war.

Der neue Tag begann mit einem gewaltigen Sturm. Er brachte die Bäume in der Schlucht zu Fall und warf sie in den Bach hinunter. Mit stiller Freude gewahrte ich diese Hilfe des Großen Geistes. Ich dankte ihm dafür und schrie ein Gelöbnis in den

Wald hinaus: ›Nie, nie sollen weiße Männer diesen Schatz unserer Berge heben. Einmal habe ich einem Weißen vertraut. Er hatte das Herz eines Kindes, aber die Zunge eines alten Weibes. Aber wehe dem, der seine Zunge löste und ihn dann tötete.‹

Ich machte noch einmal die Runde durch die Schlucht. Selbst der flutende Regen hatte nicht vermocht, die Felsenspalte wieder bloßzulegen, die hinabführte zu dem Fluch der Menschheit. Befriedigt suchte ich das Lager meiner Leute auf. Auch hier ließ ich jede Spur einer Landung vertilgen. – Dann kehrten wir nach Huancane zurück. Im Hause des Fischers verborgen, erwartete ich Nachrichten von meinen Spähern.

Am dritten Tage erhielt ich die Meldung, daß Pedro in Huancane eingetroffen sei. Er war allein. Mein Spion sagte mir aber, daß er in Puno mit weißen Männern zusammengetroffen sei und viel mit ihnen beraten habe. Sie hätten viele Werkzeuge aufgekauft und mit mehreren Seglern lange Mietverträge abgeschlossen.

Ich ging zu Pedro und fragte ihn: ›Wo ist Don Agosto, mein weißer Freund? Du warst mit ihm im Walde!‹

Pedro schlug mit der Faust auf den Tisch und schrie in frechem Tone: ›Was geht mich dein Agosto an? Such ihn dir selbst, roter Hund!‹

›Meine Haut ist wohl rot, aber deine Hand ist noch röter‹, erwiderte ich ruhig. ›Du willst mir also nicht sagen, wo der Deutsche ist?‹

Mit einem rohen Fluch sprang Pedro auf, zog einen Revolver und schrie: ›Wenn du nicht sofort das Haus verläßt, schieße ich dich nieder.‹

›Wie den Deutschen – hinterrücks!‹ sagte ich und ging hinaus.

Draußen begann es zu dunkeln. Ich suchte die Fischerhütte auf und sagte zu meinem Freunde Numa: ›Der Mörder ist hier. Er wird, bevor der Mond aufgeht, eine Barke nehmen und von hier fliehen. Suche es einzurichten, daß keiner deiner Freunde ihn fährt. Vermiete ihm dein Boot. Wenn du mit ihm fortruderst, wirst du mein Kanu hinter dir sehen. Rudere auf die Stelle zu, wo du die Fremden in jener Nacht fandest, auch wenn der Weiße ein anderes Ziel nennt. Dort findest du mich.‹

Es geschah, wie ich vorausgesehen. Pedro suchte vergeblich eine größere Barke zu mieten, die ihn durch die Kraft ihrer Segel schneller von der Küste fortgebracht haben würde. Es blieb ihm nur das Ruderboot meines Freundes. Er mietete es für drei Tage. Es sollte ihn hinüber an die Ufer des bolivianischen Staates bringen.

Der volle Mond warf sein bleiches Licht über den gelben Ufersand, als das Boot Numas über den flachen Strand glitt. Ich war schon vorher an dem Platz angekommen.

Pedro fluchte und drohte. Er wollte hier nicht ans Ufer gehen. Aber Numa gab nicht nach. Er erklärte, er könne nicht weiterfahren, sein Boot sei leck, Pedro solle aussteigen, damit er es ausbessern könne.

Endlich sprang Pedro fluchend ans Ufer und lief bis an die Felsenhöhlung. Als er den Fuß vor den Eingang setzte, trat ich ihm entgegen.

Mit einem Fluch sprang er zurück und griff zur Waffe: ›Bist du schon wieder da, du roter Hund!‹ schrie er. ›Warte!‹

Aber Numa umschlang seinen Körper mit einem festen Seil und nahm ihm die Waffe ab.

»Ja, ich bin wieder da, du Mörder. Ich bin gekommen, um meinen toten Freund zu rächen.«

Diese Worte wirkten wie ein Blitzschlag. Der feige Mensch sank zu Boden und wimmerte um Gnade. Er habe den Deutschen im Streit erschlagen, um nicht selbst getötet zu werden.

»Fahre jetzt zurück, Numa. Reicher Lohn wird dir von mir«, sagte ich, zu meinem Freunde gewendet, der auch sofort begriff, daß er bei dem, was nun folgen mußte, überflüssig war.

»Was willst du mit mir tun?« schrie Pedro in Todesangst, als ich ihm Hände und Füße mit festen Lederriemen umschnürte.

»Ich will dich zu deinem gemordeten Gefährten bringen«, erwiderte ich gelassen.

»Du hast kein Recht, mich zu töten«, brüllte er. »Hilfe, zu Hilfe!«

»Rufe nur«, sagte ich lächelnd. »Kein Mensch wird dich lebendig aus den Händen des alten Ahunda retten. Du gehörst mir und sollst noch in dieser Nacht dafür büßen, daß du meinen Freund Agosto gemordet hast.«

Ich lud den Körper auf meine Achsel und trug ihn hinauf zu der Stätte, auf der mein armer Freund sein Leben ausgehaucht hatte. Auf dem Hügel, der die sterbliche Hülle deckt, errichtete ich einen großen Haufen dürren Holzes. Auf dieses legte ich grüne Zweige.

Pedro sah diesen Vorbereitungen mit stieren Blicken zu. Endlich begriff er meine Absicht.

»Du willst mich doch nicht lebendig verbrennen?« schrie er voll Entsetzen.

»Die Strafe ist noch viel zu milde für dich«, gab ich zur Antwort.

Ich ergriff ihn und legte ihn auf das grüne Lager. Rasch zündete der Funke. Die Flammen prasselten in dem trockenen Holz und dämpften die gellenden Schreie des elenden Mörders.

Die aufgehende Sonne beleuchtete die letzten Reste glimmender Kohle. Von dem Körper blieben nur wenige Aschenteilchen zurück. Der Wind trug sie mit sich fort.

»So rächte Ahunda seinen weißen Freund!«

Schweigend und tief erschüttert von dem Drama, das hier in all seinen grausigen Einzelheiten vor unsern Augen aufgerollt worden war, drückten wir dem alten Häuptling die Hand. Nach den Anschauungen seines Stammes hatte er eine edle Tat verrichtet. In diesem Sinne wußten wir ihm auch Dank für seine offenherzige Erzählung. War doch damit der Zweck unseres Besuches in dem kleinen Aymaradorfe erreicht.

Auf die inständige Bitte des alten Mannes schenkten wir ihm das Lichtbild seines so jäh dahingerafften weißen Freundes. Er wird es in hohen Ehren gehalten haben.

Nach zwei Tage mußten wir die Gastfreundschaft des braven Indianers in Anspruch nehmen. Er gab uns das Geleit bis zu jener ärmlichen Rindenhütte, in der sein junger Freund gelebt hatte. Dort drückte er uns zum letzten Male die Hand.

Neuntes Kapitel

»Bismargo!«

Auf der Paßhöhe. – »Sie sind wohl stark beteiligt, General?« – Beim Pfarrer von Capitania. – Der Herr Alkalde will uns verhaften. – – »Perdona, general!« – »Bismargo!«

Die Begegnung mit dem Häuptling Ahunda war unser letztes Abenteuer im Gebiet des sagenumwobenen Titicacasees. Die Erfüllung unserer nächsten schweren Aufgabe drängte, und nach einigem Ausruhen in Puno machten wir uns auf den Weg. Das flüssereiche Grenzgebiet Perus gegen Brasilien, das damals nur von wenigen Forschern betreten war, harrte der Erschließung.

Bei dem Dorfe Sicuani verließen wir die alte Inkastraße und ritten in die wildromantischen Gebirge der Ostkordillere ein. Gewaltige Eisriesen wachsen hier bis zu Höhen von sechstausend Meter empor. An ihren Flanken zur Paßhöhe steigend, durchlebt man alle klimatischen Zonen, von der glühenden äquatorialen Hitze bis hinauf in die starre, eisige Gletscherwelt. Reger Verkehr belebt in gewöhnlichen Zeiten die gut gehaltene Straße. Jetzt sah man jedoch kaum zwanzig Menschen am Tag, meist nur indianische Weiber, die ihre Erzeugnisse, die ihnen oft kaum mehr als einen Dollar Wert einbringen, fünfzig Kilometer weit zum nächsten Dorfe tragen. Sie schreiten stolz und furchtlos durch die einsamen Berge, keinen Weißen eines Blickes würdigend.

Infolge der Revolutionskämpfe war alles, was ein Messer tragen konnte, als Rekrut eingezogen und die Straße von Männern entblößt. Nur hin und wieder stießen wir auf eine Karawane von Lamas, die, von Knaben und alten Männern getrieben, im gemächlichen Schritt die Bedürfnisse der Dorfbewohner über die Berge brachten.

In viertausend Meter Höhe, dicht unter der Schneegrenze, erreichten wir die Paßhöhe des Collquihorcuna genannten Gebirgsstockes. Dichter Nebel verhüllte jeden Ausblick, und da uns hier der Maultiertreiber verließ, waren wir gezwungen, trotz der frühen Tagesstunde in der zweifelhaften Bude, die den Übergang krönt, zu übernachten.

Die Unterkunftsbude unterschied sich in nichts von den gleichartigen Bretterhütten, die man dort überall längs der Straße antrifft. Nur die Wände sind dem jeweiligen Klima angepaßt, massiver oder dünner. Ein großer durchräucherter Raum dient als allgemeine Schankstube. In der Mitte des Zimmers brennt ein gewaltiges Holzfeuer, das die Räume angenehm erwärmt. Zugleich dient es als Kochgelegenheit. Entweder bereitet sich der Reisende seine Mahlzeit aus den mitgebrachten Vorräten, oder der Wirt wärmt dem Gast eine dicke Suppe auf, die vor wer weiß wie langer Zeit frisch gekocht worden war.

Wir waren die einzigen Gäste. Da wir unser Essen selbst zubereiteten, hatte der Wirt nichts zu tun und daher Zeit genug, seiner Neugier freien Lauf zu lassen. Er setzte sich zu uns ans Feuer und begann das Fragen in der üblichen Art: »Wohin des Weges, caballeros?«

»Nach Capitania hinunter.«

»Geschäfte dort?«

»Nein, wir wollen weiter an den Rio Manu.«

Der Mann pfiff leise durch die Zähne und sah uns forschend an. Er schwieg nachdenklich eine Weile und setzte dann das Verhör fort: »Die caballeros haben wohl Soldaten in Capitania?«

»Nein – wozu?«

»Caramba! Wenn eine Kommission in das Indianergebiet reist, nimmt sie doch Soldaten mit!«

»Wir gehören zu keiner Kommission. Wir sind naturalistas, die gern das indianische Volk kennenlernen möchten!«

Der Mulatte brach in ein schallendes Gelächter aus. Sich vor Vergnügen auf die Schenkel schlagend, rief er: »Hahaha – guter Witz! Verstehe schon! Aber ich halte reinen Mund. Mir gefallen die jetzigen Machthaber in Peru auch nicht, aber darum fliehe ich doch nicht. Sind wohl stark beteiligt, General, wie?«

Jetzt lachten wir ebenfalls. Der Wirt hielt uns also für Generale auf der Flucht vor Revolutionären. Den Glauben mußten wir ihm aber nehmen, denn wenn diese Legende bekannt wurde, konnten wir bösen Unannehmlichkeiten entgegengehen. Ich schüttelte sehr energisch den Kopf.

»Sie irren sich wirklich, Señor. Wir sind in der Tat naturalistas. Seit vielen Wochen sind wir unterwegs. Wir kommen vom Stillen Meer und wollen durch das Acregebiet an einen der großen Ströme reisen, die bis zum Atlantico schiffbar sind. Mit der Revolution haben wir nichts zu tun. Ich bin Alemano, und meine Freunde stammen aus dem Westen.«

Jetzt schien er überzeugt zu sein.

»Caramba, caballeros! Das ist eine gefährliche Reise, die ihr da vorhabt. Kennt ihr denn das Land um den Rio Manu?«

Wir verneinten.

»Und dann wagt ihr euch dorthin? Wißt ihr auch, daß dort viele gefährliche Indianerstämme wohnen? Die Caupolicanes, die Jibarros, die Mojos und wie sie alle heißen. Sie lassen keinen weißen Mann in ihr Gebiet. Auch die Regierung fürchtet sich vor ihnen und erhebt keine Steuern in dem ganzen Lande. Nein, nein, das ist ja der reine Selbstmord!«

»Wir wissen, daß die Reise nicht ganz ungefährlich ist, aber das stört uns weiter nicht. Immerhin würden wir gern einen zuverlässigen Führer mitnehmen. Glauben Sie, daß hier herum einer aufzutreiben ist?«

»Gestern kamen einige Caupolicanes hier vorüber. Die Männer sind aber mürrisch und geben keine Antwort, wenn man sie fragt. In Capitania aber gibt es Leute, die in den Gebieten Handel treiben, dort findet ihr auch Führer. Aber« – setzte er zögernd hinzu – »erbärmliches Gesindel ist es, das euch verrät, wenn es der Mühe wert ist.«

»Vorausgesetzt, daß man ihm nicht vorher den Unterschied zwischen einem guten Führerlohn und einer Kugel im Kopf klargemacht hat. Wir sind keine Neulinge, Señor, und alle drei gute Schützen.«

Damit beendeten wir das Gespräch und lagen bald in tiefem Schlaf. –

Bei unserer Abreise am nächsten Morgen gab uns der redselige Wirt noch eine ganze Anzahl von Verhaltensmaßregeln. Mit einem langen Segenswunsch entließ er uns endlich.

Ein wolkenloser Himmel breitete sich über einer herrlichen Landschaft aus. Blendendweiße Schneeriesen, das gewaltige Haupt von goldig schimmernder Strahlenkrone umrahmt, bauten sich kulissenartig rund um unsern Paß in wechselnder Schönheit auf. Zu unsern Füßen wogte noch ein milchweißes Nebelmeer, aus dem die niedrigeren bewaldeten Kuppen wie Inseln hervorlugten. Wie ein silbernes Band blitzten die zahlreichen Wasserfälle aus den starren Steinmauern hervor, und durch die andächtige Stille drang das dumpfe Rauschen eines der zahlreichen Flüsse, die hier im Gebirge ihren Ursprung haben.

Das Städtchen Capitania erreichten wir am Abend kurz vor Einbruch der Nacht. Unser Erscheinen machte großen Eindruck auf die wenig zahlreiche Bevölkerung. Glaubte man doch, in den fremdartigen Reisenden irgendeine politische Behörde wittern zu müssen, und vor diesen fürchten sich die Eingeborenen mehr als vor den »wilden«, aber freien Indianern.

Da es kein Gasthaus im Ort gab, klopften wir beim Alkalden um Obdach an. Der gute Mann aber schien »unbekannt wohin« verreist. So lenkten wir denn unsere müden Tiere zum Pfarrhofe. Dort empfing uns ein weißhaariger, farbiger Priester, der uns wohl ein Obdach, nicht aber Betten und Decken zur Verfügung stellen konnte. Da unsere Decken, Hängematten usw. aber noch vor Nässe trieften – beim Einreiten in das Tal hatte uns ein schweres Gewitter überrascht –, war der Umstand recht fatal.

»Wenn der Herr Pfarrer mir sagen würde, bei wem man hier ein paar Decken erhalten könnte, dann werde ich schon etwas beschaffen«, sagte endlich Felipe.

»Wenn der Alkalde nichts hat, wüßte ich keinen Rat«, erwiderte der Geistliche.

»Und wo ist denn der Alkalde oder sein Stellvertreter?«

»Quien sabe!« war die lächelnde Antwort.

»Nun, dann muß ich sehen, ob mir nicht jemand anders hilft«, damit machte sich Felipe auf den Weg.

»Aber keine Gewaltmittel, hörst du, Felipe?« rief ich ihm nach, denn ich kannte seine etwas handfeste Energie.

»Keine Sorge, Señor, ich werde so höflich sein wie nur möglich!« Damit verschwand er, und der Pfarrer bat uns, mit ihm auf der Veranda Tee zu trinken.

Nach kurzer Zeit schon tauchte Felipe wieder auf. Er führte einen Esel am Zügel, der mit einer großen Menge weicher Felle und Decken beladen war.

»Ich habe den Alkalden gefunden«, rief er triumphierend. »Freilich war der Esel schon beladen, und das schien ihm nicht ganz recht zu sein – aber ich sagte ihm, er möchte nur lieber hierherkommen und selbst mit Ihnen darüber reden – sehen Sie, da ist er schon!«

Ein kleiner, verschmitzt aussehender Mulatte tauchte auf, der, mit der Schärpe in den peruanischen Farben umgürtet, zornfunkelnd auf uns zuschritt und mit lauter Stimme rief: »Caballeros, ihr seid meine Gefangenen! Ich verhafte euch im Namen des Gesetzes wegen Raubes.«

Die mit einer unnachahmlichen Würde hervorgestoßenen Worte erregten unsere laute Heiterkeit. Ich reichte dem Gestrengen eine Zigarette und lud ihn ein, an unserm Tisch Platz zu nehmen. Als er darauf nicht reagierte, erhob ich mich und fragte mit strenger Miene: »Señor Alkalde, wißt Ihr, wen Ihr vor Euch habt? Wartet, ich werde es Euch zeigen.«

Mit diesen Worten entnahm ich meiner Brieftasche den mit einigen großen Stempeln versehenen peruanischen Geleitpaß und hielt ihn dem Bürgermeister unter die Nase.

»Kennt Ihr das?« fragte ich mit erhobener Stimme. »Hier, lest!«

Der Mann war schon bei meinen ersten Worten völlig eingeschüchtert einen Schritt zurückgewichen. Als ich ihm dann das Papier in die Hand drückte, klappte er vollständig zusammen. Lesen konnte er natürlich nicht. Er tat aber so, wobei er das Schriftstück natürlich verkehrt hielt.

»Perdona, general«, sagte er dann, mir mit tiefer Verbeugung das Papier zurückgebend. »Ich stelle alles, was ich besitze, zu eurer Verfügung. Betrachtet mein Eigentum als das eurige...«

»Na, dann setzt Euch zu uns und raucht den cigarillo. Wir brauchen Eure Decken nur für diese eine Nacht, morgen reisen wir weiter.«

Der Pfarrer hatte während der Szene still vor sich hingelächelt. Ihm war der Zweck unseres Hierseins natürlich bekannt. Die Armesündermiene des Dorfgewaltigen rührte ihn aber doch, und er mochte den Verängstigten, der in uns vielleicht die höchsten Gewalthaber des Staates vermutete, nicht länger zappeln lassen. Er nahm das Wort und sagte: »Die Herren, Don Manuel, sind fremde naturalistas, die mit Erlaubnis unserer Regierung das Land bereisen. Das Papier befiehlt allen Behörden, den caballeros in jeder Weise behilflich zu sein. Dieser große Señor ist ein alemano. Ihr kennt doch das berühmte Volk, das den großen Bismarck an seiner Spitze hat?«

»Oh, si Señor! Bismargo! Bismargo!« rief der Alkalde, indem er sich erhob und eilends aus der Tür schoß.

Wir blickten dem Manne erstaunt nach, denn wir konnten uns die Ursache seiner Flucht nicht erklären. Auch der hochwürdige Herr war sichtlich überrascht. Während wir unserer Verwunderung Ausdruck gaben, daß der Name unseres Altreichskanzlers seinen Weg bis in diese entfernte Ecke der kaum noch zivilisierten Welt gefunden hatte, stürmte der Bürgermeister schon wieder zur Tür herein. In der Hand hielt er das farbige Titelbild einer peruanischen Zeitschrift aus dem Jahre 1871: Bismarck in großer Kürassieruniform!

Nun wuchs unser Erstaunen noch mehr. Daß der Mann nicht lesen konnte, wußten wir. Woher konnte er die Unterschrift des Bildes kennen, da es auch dem Pfarrer, dem einzigen, der hier lesen konnte, unbekannt war? Des Rätsels Lösung wurde bald gefunden. Vor zehn Jahren, als die Kunde von dem Weltruhm unseres Bismarck über die gesamte Erde drang, befand sich unser Alkalde dienstlich in Cuzko, der Hauptstadt seines Distriktes. Dort feierten einige Deutsche mit deutschfreundlichen Peruanern die Neubildung des Deutschen Reiches. Die Zeitungen waren voll des Ruhmes über die Taten unserer Großen, und so kam auch das Bild in die Hände unseres Tischgenossen. Er hatte es, als ein historisches Dokument, die Jahre hindurch aufbewahrt und war nun stolz darauf, es zeigen zu können.

Natürlich mußte ich nun von dem großen Manne erzählen. Ich fand dabei äußerst dankbare Zuhörer, deren Zahl sich stets vergrößerte, je mehr sich das Gerücht in dem Dorf verbreitete, daß ein alemano beim Pfarrer angekommen sei. Endlich aber zwang mich die Müdigkeit, Schluß zu machen. Der Alkalde aber saß noch lange neben mir und fragte – bis ich zwischen den weichen Fellen sanft entschlummert war.

Zehntes Kapitel

Unterwegs mit meinem Blutsbruder

Die Indios erziehen uns zu ihrer Tageseinteilung. – Ein glücklicher Schuß in der Nacht. – Auf dem Fluß reist man unbequem – aber zu Lande ist es noch schlimmer.

Die Sonne stand schon über den Gipfeln der hohen Bäume, als ich neu gestärkt erwachte. Ich dehnte und streckte mich zwischen den weichen Decken – als ob ich vorausgewußt hätte, daß es nun für einige Wochen mit dem faulen Leben vorbei war.

Auch in Capitania erregte unsere Absicht, in das Indianergebiet zu reisen, allgemeines Kopfschütteln. Jeder kannte eine andere Geschichte von Menschen, die dort auf Nimmerwiedersehen verschwunden waren. Kein Mensch war zu bewegen, uns in das Gebiet zu begleiten. Da tauchten mittags zwei Indianer auf, die an einem Nebenflüsse des Rio Manu, dem Rio Amigos, zu Hause waren. Diese Leute sammelten Harz und brachten es zum Verkauf in die Grenzsiedlungen. Ihre spanischen Sprachkenntnisse waren zwar nicht weit her, aber es gelang unserm Felipe doch, sie als Führer zu gewinnen. Nur machten sie Einwendungen wegen unserer Packtiere. Die könnten nicht mitgenommen werden, da die Reise größtenteils zu Wasser zurückgelegt werden sollte.

Von den Tieren wollte ich mich jedoch nicht trennen, solange es nicht dringend nötig wurde. Um aber die Verhandlungen nicht scheitern zu lassen, versprach ich den Indianern die Maultiere als Geschenk, sobald wir die Flußreise antreten würden. Diese Großmut kam ihnen so unerwartet, daß sie sich das Anerbieten mindestens zehnmal wiederholen ließen. Dann mußte noch darauf geraucht werden. Und als auch diese Zeremonie überstanden war, gab der eine – besonders begeistert – noch nicht Ruhe, bis ich mit ihm Blutsbrüderschaft gemacht hatte. Er ritzte mit seinem Messer meinen Arm und sog den hervorquellenden Blutstropfen aus. Dann hielt er mir seinen Arm hin, drückte mir sein Messer in die Hand, und wohl oder übel mußte ich seinem Beispiel folgen, wollte ich ihn nicht tödlich beleidigen. –

Nun nahmen wir Abschied von unserm ehrwürdigen Gastgeber und von dem Bismarckverehrer und seinen Getreuen. Eine halbe Stunde später befanden wir uns bereits im Dunkel eines Urwaldes, der nicht ahnen ließ, daß wenige Kilometer hinter uns die Zivilisation ihren vorgeschobensten Posten hatte.

Die Indianer gingen voran. Ohne sich nach uns auch nur ein einziges Mal umzuschauen, schritten sie stumm durch lichte Baumbestände und durch Dickichte, deren lange Dornen uns böse zusetzten. Die Indianer mit ihren ungeschützten Beinen schienen den Schmerz gar nicht zu fühlen. Gegen Mittag kreuzte ein rasch fließender Bach unsern Weg. Unsere Führer entledigten sich stillschweigend ihres einzigen Kleidungsstückes, schlangen es turbanartig um den Kopf und stiegen ins Wasser, das ihnen bis unter die Arme ging. Drüben schüttelten sie sich wie die Pudel. Stumm streiften sie das Beinkleid wieder über und schritten weiter, es uns überlassend, wie wir nachkommen konnten.

Ihr Benehmen ärgerte mich. Mensch und Tier waren hungrig, und ich wollte rasten, um das mitgenommene Fleisch zu braten. In der Hitze hielt es sich nicht länger.

Auf mein lautes Rufen antworteten sie überhaupt nicht, und als ich ihnen endlich Felipe nachschickte, der ihnen klarmachen sollte, daß wir essen wollten, kam nur der eine zögernd und mißvergnügt mit. Der andere hatte einfach achselzuckend seinen Marsch fortgesetzt. Nach indianischen Begriffen war diese Mittagspause ein unnötiger Zeitverlust, denn die Indianer essen auf großen Wanderungen nur morgens vor dem Aufbruch und abends vor dem Schlafengehen. Ich habe mir später diese im Grunde einzig vernünftige Sitte auch zu eigen gemacht. Für diesmal erreichte ich mit Mühe und Not, daß der eine Indianer – mein »Blutsbruder« – auf uns wartete.

In einer Art wurden wir für unser Säumen bestraft, denn wir mußten dafür noch über eine Stunde lang nach Sonnenuntergang durch den finstern Wald stolpern, ehe wir das Lagerfeuer des vorangegangenen Indianers erreichten. Dieser hatte inzwischen für Nahrung gesorgt. Einige große Hühnervögel brieten am Feuer. Wir ließen uns den Braten trefflich munden. Nachdem wir unsere Tiere versorgt hatten, wickelten wir uns in unsere Decken und waren bald sanft entschlummert.

Der laute Schrei eines Maultieres weckte mich. Felipe sprang gleichzeitig mit mir auf und schürte das Feuer zu heller Flamme. Als ich mich der Mula näherte, hörte ich Knacken in den Zweigen und glaubte einen Schatten davonspringen zu sehen. Fragend blickte ich auf den Indianer, der aufgerichtet auf seinem Platze saß und seine Augen in die Finsternis bohrte.

Ich schälte meine Büchse aus der Decke und stand auf. Dabei erhaschte ich einen Blick, den die beiden Indianer untereinander austauschten, und war nun auf meiner Hut. Mein erster Schuß vor den Augen der Indianer mußte ein Treffer sein. Sie sollten überzeugt werden, daß ich die Büchse nicht zum Vergnügen mitnahm.

Ich schlich leise am Lager des Doktors vorbei in den Wald und raunte ihm auf französisch zu, genau auf die Indios achtzugeben. An einem riesigen Baumstamm nahm ich Aufstellung und erwartete die Rückkehr des ungebetenen Besuchers. So verging wohl eine halbe Stunde. Die vier Mann am Feuer lagen wieder ausgestreckt in ihre Decken gehüllt. Keiner bewegte sich, obschon jeder wach war. Eine Wolke des Mißtrauens schwebte über der Gesellschaft.

Wieder schnaubte die Mula und witterte ängstlich in den Wald. Geräuschlos ließ ich mich aufs Knie nieder und hob die Büchse. Da sah ich, wie ein Körper schattengleich über den Erdboden strich. Er zeigte mir seine rechte Seite, doch hatte ich kein freies Schußfeld, obwohl mir der Schein des Feuers ein Zielen ermöglichte. Leise pfiff ich. Wie der Blitz funkelten mir zwei glühende Augen entgegen. Der Körper wollte sich heben – zu spät! In den Knall mischte sich das Todesgebrüll des Raubtieres. Sofort wurde es im Walde lebendig. Das brüllte, kreischte, schrie und zeterte, als ob eine Hölle losgelassen wäre. Die gesamten Urwaldbewohner waren aus dem Schlafe geschreckt und gaben ihrem Zorn darüber lautesten Ausdruck. Besonders die Affen taten sich dabei hervor.

Der Doktor hatte bei dem Schuß einen Feuerbrand ergriffen und beleuchtete meine Beute. Es war ein riesiger Jaguar. Meine Kugel hatte ihn genau zwischen die Augen getroffen, und ich freute mich über den Eindruck, den der glückliche Schuß bei den Indianern hervorrief. Ihre Blicke drückten ungläubiges Staunen aus und schwankten zwischen mir und meiner Büchse. Sie schienen im Zweifel, wem sie das Verdienst an dem gelungenen Treffer zuschreiben sollten.

Es dauerte lange, ehe ich wieder einschlafen konnte. Der Doktor hatte mir versprochen zu wachen, um unsere beiden Gefährten im Auge zu behalten. Sie schienen jedoch keine bösen Absichten oder sie mindestens hinausgeschoben zu haben. Eben, als ich die Augen aufschlug, erhob sich der eine und verschwand zwischen den Bäumen. Der andere sammelte dürres Holz und fachte das Feuer zu heller Flamme an. Da wir unsere Tiere bald abgeben mußten, beschlossen wir, unsere Vorräte zu verzehren. Der Indianer fiel von einem Erstaunen ins andere über die Konservenbüchsen und sonstigen Geräte der Zivilisation. Er rührte auch nichts von dem ihm Dargebotenen an. Nur den heißen Kakao trank er mit Genuß. Hinter seinem Rücken nahmen wir noch einen Schluck Rum. Den gönnten wir unserm Indio doch nicht.

Sein Gefährte erschien mit fünf Hokohühnern von der Größe eines Truthahnes. Auf unsere verwunderte Frage erfuhren wir, daß der Indianer diese schmackhaften Vögel mit Steinwürfen erlegte! Und wir fehlen sie oft mit der Kugel, die sich in dem aufgeplusterten Gefieder nur schwer an der richtigen Stelle anbringen läßt!

Jeder von uns bekam ein ganzes Huhn zugeteilt und mußte es natürlich auch selbst rupfen und zubereiten. Nach einer halben Stunde entstieg es knusprig gebraten der Asche, und dann begann schweigend das Mahl. Selbstredend mußte der Hühnerjäger auch einen Becher Kakao haben. Allein konnten wir ihn jedoch nicht trinken lassen, und so bekam unser an sich schon überladener Magen wiederum zwei Becher des nährenden Getränkes. Damit waren wir aber auch für den ganzen Tag mehr als satt und ohne irgendwelche Überredungskünste für die indianische Mahlzeiteinteilung gewonnen.

Am Abend des dritten Tages lagerten wir in einem felsigen Tal. Donnernd tönte ein Wasserfall durch die rauschenden Wälder und erfüllte die bis dahin drückend-schwüle Luft mit angenehmer Kühle. Wir hatten den Rio Chilive erreicht, dessen Fluten sich in den Rio Manu ergießen sollen.

Von hier aus sollte die Wasserfahrt beginnen. Während der Doktor mit dem einen Indianer in den Wald ging, um Fleisch für das Abendessen zu besorgen, sah ich mir den Fluß etwas näher an. Seine Ufer sind an seinem Ursprung felsig. (Wenn man es als Ursprung bezeichnen darf, daß ein halbes Dutzend Wasserfälle sich zu einem einzigen Lauf vereinigen.) In der Mitte des etwa sechs Meter breiten Bettes deuteten schäumende Strudel Hindernisse an, die einem Boot gefährlich werden konnten. Ich teilte das meinem Blutsbruder auch mit. Der aber lächelte nur leise und meinte, daß man jedesmal, wenn das Kanu umkippe, auch gleich wieder darin säße, denn die Strudel drehten es von selbst wieder um.

»Gibt es denn viele Strudel in dem Fluß?«

Nun lachte der braune Geselle laut. Er warf die Hände ausgebreitet in die Höhe und wirbelte sie in schneller Drehung hin und her. Ich übersetzte das in »Unzählbare« – womit ich, wie sich später herausstellte, das Richtige getroffen hatte.

Am folgenden Morgen lag auf einmal das bewußte Kanu am Ufer. Aus irgendeinem uns unbekannt gebliebenen Versteck hatte man es hervorgeholt. Das Ding bestand aus einem dicken Baumstamm. Bei einer Länge von etwa fünf Meter war es zu zwei Dritteilen ausgehöhlt. Der dadurch entstandene sechzig Zentimeter breite und einen Meter tiefe Raum sollte uns fünf Männer und eine Ladung Gepäck aufnehmen.

»Und wo bleiben die Tiere?«

Die Antwort auf diese Frage bewies so recht, wie wenig Kenntnis diese Grenzindianer von den bei ihnen nicht vorkommenden Einhufern haben: »Die müssen am Ufer nebenherlaufen oder schwimmen!« gab mein »Blutsbruder« ganz ruhig zur Antwort.

»Und wie weit ist der Weg noch bis zu eurem Lager?«

»Dreimal Nacht und viermal Sonne«, lautete der Bescheid.

»Na, Doktor, das kann ja nett werden«, sagte ich zu meinem Kollegen. »Vier Tage in dem Einbaum sitzen, ohne Schutzdach, ohne Bewegungsmöglichkeit – das halte ich nicht aus.«

»Ich glaube, Don Fernando, wir werden mehr Bewegung haben, als uns lieb ist«, warf Felipe lachend ein. »Nach dem, was die Indianer erzählen, werfen wir mindestens achtmal am Tage um, und ein paarmal dürfen wir den Baum über die Ufer tragen, weil die Stromschnellen für die Kanufahrt ein Hindernis bilden.«

»Nein, da ziehe ich doch den Landweg vor. Wenn die Muli nebenherlaufen müssen, können wir es ja auch«, erwiderte ich. »Übrigens möchte ich erst einmal ein Stück weit probefahren, damit ich sehe, wie der Baum im Wasser liegt. Rufe den Braunen mal her, Felipe, und dann fährst du mit. Wenn wir kentern, ziehst du mich an Land, denn ich schwimme schlecht.«

Der Indianer trieb mit einem primitiven Ruder den Kahn bis zu einer günstigen Landestelle. Dort nahm er Felipe und mich an Bord und stieß das Boot ab. Im Uferwasser schoß es wie ein Pfeil vorwärts. Dann faßte es die Strömung und legte es quer. Der Indianer stand vorn im Bug und gab sich alle Mühe, den Vordersteven wieder in das ruhige Wasser zu lenken. Er rief uns auch alles mögliche zu. Da wir aber weder Ruder noch Stangen hatten, konnten wir nichts tun, um ihm zu helfen. Und so kam, was kommen mußte. Der schon erwähnte Strudel faßte den Baum, drehte ihn einige Male um seine Achse und warf ihn um. Wir wurden kopfüber in die kühle Flut getaucht. Im Wasser noch fühlte ich mich in drehender Bewegung herumgewirbelt. Mein Kopf stieß hart an Steine, mein Rücken wurde über sandigen Grund gescheuert – dann stand ich, ich weiß nicht wie, auf meinen Füßen und hörte das schallende Lachen des Doktors. Das Wasser ging mir bis an den Hals. – Weit drunten schwamm der Kahn, den der Indio schon wieder aufgerichtet hatte. Eben krabbelte Felipe etwa hundert Meter abwärts an Land. – Ich rief ihn. Dann mußte er nochmals ins Wasser, um dessen Tiefe zu prüfen. Nun endlich konnte auch ich das Ufer erreichen.

»Guten Tag, Don Fernando!« lachte der Doktor, als er mich in meinen triefenden Kleidern, vor Kälte klappernd, den Hang hinaufklettern sah. »Wie denken Sie über die Kanureise nach dieser Probefahrt?«

»Die wird gemacht, Doktor«, erwiderte ich, indem ich meine Kleider abstreifte und sie in die Sonne legte. »Die wird gemacht! Und zwar teilen wir uns in die Arbeit. Sie, Doktor, fahren bei Tage mit den Indios, und Felipe und ich schlafen nachts in dem Boot. Wir beide reiten bei Tage, und Sie mit den andern genießen die Gesellschaft der Muli nachts. – So hat jeder seinen Teil.«

Die beiden Indianer konnten erst gar nicht verstehen, daß ich nicht mit dem Boot fahren wollte. Schließlich begriffen sie meine Weigerung, als ich ihnen erklärte, daß ich nicht schwimmen könne und daß mindestens einer von uns bei den Tieren bleiben müsse. Die liefen doch nicht allein am Ufer entlang. Der Doktor aber mußte in den sauren Apfel beißen, denn ganz allein wollten wir unser Gepäck den Indianern doch nicht überlassen. Felipe jedoch wußte es durchzusetzen, daß er bei der ersten Stromschnelle zu mir ans Land kam.

Ich kam mit meinen Maultieren in dem unebenen Gelände natürlich lange nicht so schnell vorwärts wie die Kanuleute auf dem Fluß. Wälder und Hügel stellten sich mir hindernd in den Weg. Zahlreiche Wasserläufe mußten durchwatet werden. Deren Ufer boten oft ungeheure Schwierigkeiten. Hatte ich eine passende Stelle gefunden, an der ich in das Bett hinunterreiten konnte, so stand ich drüben ratlos vor einer glatten Uferwand oder vor einem Dornendickicht, durch das keine Ratte, geschweige denn drei Maultiere sich den Weg zu bahnen vermochten. Dann ritt ich stromauf und stromab, bis eine günstigere Stelle mir endlich den Weitermarsch ermöglichte.

Als die Dämmerung des ersten Tages dieser Wanderung nahte, saß ich gerade wieder mitten in einem tiefen Bacheinschnitt. Ich hatte mich schon über eine Stunde mit der Ersteigung des jenseitigen steilen Ufers abgequält, hatte alles versucht, um wieder den Rückweg zu finden, um wenigstens auf trockenem Boden die Nacht zuzubringen – da brach eines jener Gewitter los, wie sie nur die Tropen kennen. Der Himmel schüttete den Regen in unfaßbaren Mengen herab. Bald hob sich der Wasserstand des Baches. Fernes Rauschen erschütterte die Luft. In den Uferbüschen krachte und knackte das dürre Gezweig. Und dann kam mit Windeseile eine meterhohe Wasserwand schäumend herangestürzt. Wie mit Zentnergewichten drückte sie mich gegen das Ufer, an dem ich zum Glück an einer freiliegenden Wurzel einen Halt fand. Donnernd und zischend riß mich die Flut in tollem Spiel umher. Bald lag ich fest in den Lehm gepreßt, bald fühlte ich mich aufgerissen und fortgeführt. Mit eisernem Griff hielt ich meine Wurzel fest. Wenn mich dann die abgelenkte Strömung eine Minute Luft schöpfen ließ, brach ich das verschluckte Wasser wieder aus und spähte nach Rettung aus diesem rasenden Kessel. – Einmal trieb eine große Wildkatze dicht an mir vorbei. Ertrunken. Bald folgten Baumreste, totes Kleingetier. Die Beute des raubgierigen Wassers...

Kaum zehn Minuten dauerte diese Sintflut. So rasch wie sie gekommen, lief die Flut wieder ab. Helles Mondlicht beleuchtete die Stätte der Verwüstung. Halb ertrunken, richtete ich mich auf. Wo waren die Maultiere? Als das erste Donnern der heranstürmenden Flut hörbar wurde, hatten sie sich in Trab gesetzt, flußabwärts. Jetzt stolperte ich ihnen nach. Die vor kurzem noch kristallhellen Wasser waren in eine trübe, schlammige Brühe verwandelt, die mir bei jedem Schritt ins Gesicht spritzte.

Längere Zeit hatte ich mich so weitergearbeitet. Die Ufer blieben unverändert steil, so daß ich an eine Rettung meiner Tiere schon nicht mehr dachte. Da endlich breitete sich vor meinen Augen eine weite Wasserfläche aus, in deren Mitte wie eine riesige Kröte eine felsige Insel lag. Von dieser schwarzen Platte führte ein schmales Band bis an den Fluß. – Eben wollte ich in meiner Freude ein lautes Hurra schreien, da bemerkte ich, wie sich drei, vier Schatten auf diesem Bande nach dem Fluß zu bewegten. Ich nahm die Büchse herunter und schlich mich an. Es waren Hirsche, die zur Tränke wollten. Da ich ziemlich frei stand, fürchtete ich, nicht zum Schuss zu kommen. Der erste Hirsch warf auch windend den Kopf. Sie zogen jedoch ruhig weiter und standen bald auf kaum zwanzig Schritte von mir wie angenagelt. Daraus schloß ich, daß ihnen Menschen ziemlich unbekannt waren. Ich hob die Büchse. Ich hatte Hunger und mußte eines der herrlichen Tiere leider töten.

»Klapp – klapp!« Beide Läufe versagten. Ich nahm neue Kugelpatronen. Wieder zwei Versager! – Als ich nun den Revolver hervorholen wollte, mußte den Hirschen doch wohl eine böse Ahnung aufgestiegen sein. Sie sprangen auf den Streifen zurück und waren bald im Walde verschwunden. – Ich hielt

erst mir und dann meiner Flinte eine eindringliche Standpauke. Und dann wandte ich den Kopf.

Da hob sich mitten im Wasser eine Gestalt von dem hellen Spiegel ab. Ein Indianer. Lauschend beugte er den Kopf vor. Minutenlang stand er wie aus Stein gemeißelt, regungslos. Nur die Schleuder in seiner Rechten warf zitternde Streifen auf die gleißende Fläche.

Ich erschrak. Eben noch hatte ich feststellen müssen, daß mich meine gute Büchse im Stich ließ, und jetzt hing vielleicht von einem Schuß mein Leben ab. Zum Glück deckte mich dichtes Gebüsch. Während ich lautlos niederkniete, lockerte ich den Revolver. Er war naß wie alles, was ich an mir trug. Wenn auch diese Waffe versagte, stand ich wehrlos da. Und dieses Gefühl ist mir immer das fatalste gewesen.

Der Indianer setzte sich in Bewegung. Obwohl er im Wasser watete, drang auch nicht das geringste Geräusch seiner Schritte an mein Ohr. Er schlug die Richtung nach der Insel ein. Auf dem Lande angekommen, beugte er sich nieder und prüfte den Boden. Darauf schob er wieder lauschend den Kopf vor und machte einige unschlüssige Schritte, als ob er überlege, wohin er gehen solle. Er wandte sich der Insel zu.

Ich atmete erleichtert auf. So schwach auch der Laut war, der Indio mußte ihn vernommen haben, denn er blieb mit einem Ruck stehen und lauschte wieder. Ich hielt also den Atem an, bis die dunkle Masse der Büsche hinter der Inselfläche die Gestalt meinen Blicken entzog. Mein erstes war nun, die Waffen wieder in Ordnung zu bringen. Bald mußte ich jedoch einsehen, daß die Patronen, die ich bei mir trug, sämtlich verdorben waren. Ersatz fand sich im Gepäck, das die Maultiere trugen. Aber wo waren die jetzt?

Ich machte mich auf die Suche flußabwärts, immer vorsichtig nach dem Indianer sichernd. Doch schon nach fünfzig Schritten hörte der Fluß auf und eine endlose Wasserfläche öffnete sich vor meinen Blicken. Hier und da erhoben sich einzelne Baumgruppen inselgleich aus der silbernen Fläche, und nur weit, weit im Süden drängte sich ein dunkler Wald in den Gesichtskreis.

Ich watete auf das rechte Ufer des Flusses. Es lag viel höher und war mit weichem, saftigem Gras bestanden. Meine Schritte lenkte ich stromauf. Ich übersprang eine größere Rinne und blieb wie gebannt im Schutze eines Pandanus stehen. Seltsame Laute drangen aus den Büschen vor mir. Bald schien es ein Murmeln, bald das Röcheln eines Sterbenden. Ich griff zum Gewehr – ließ es aber wieder sinken! Es war ja nicht geladen ...

Das Geräusch verstärkte sich. Nun glich es dem Aufstoßen eines harten Gegenstandes. Ein leises Schnauben folgte, und dann – mit einem gewaltigen Satz sprang ich mitten in die Rinne zurück – tönte dicht an meinem Ohr der langgezogene Freudenschrei meiner Mula.

Als ich mich von meinem Erstaunen erholt hatte, fiel ich dem Tier buchstäblich um den Hals. Ich drängte es zurück durch den Busch und kroch durch die Öffnung nach. Da lagen friedlich nebeneinander auch die zwei andern Tiere. Sie waren sämtlich vor dem Andrängen der Wasserwand auf das Ufer entkommen. Die Ladung war trocken und wohlbehalten.

Mein erster Griff war nach den Patronen. Eben wollte ich sie in den Lauf schieben, da berührte eine Hand meine Schulter – der Indianer! Unser Indianer, der sich auf die Suche nach mir aufgemacht hatte!

In dem ungewissen Licht hatte ich den Mann nicht erkannt. Während ich ihn für einen Feind hielt, opferte er seine Nachtruhe, um nach dem verirrten Weißen Ausschau zu halten. Oder waren es die Maultiere, denen die Sorge galt?

Der Indianer verstand soviel vom Spanischen wie ich vom Caupolicanischen. So blieb unsere Unterhaltung auf die Zeichensprache beschränkt, die zu den drolligsten Mißverständnissen führte. Schließlich versuchte ich es mit der deutschen Sprache, auf die der Indio in seinem Idiom antwortete, und siehe da – es ging. Wenigstens begriff mein Mann, daß ich gern ein Feuer anzünden wollte. Mich fror erbärmlich in meinen nassen Kleidern. Er nickte eifrig und holte sich zwei Holzstäbe aus den nächsten Büschen. In den einen fingerdicken Stab schnitt er ein kleines Grübchen, legte ihn dann auf den Boden und hielt ihn mit den Füßen fest angepreßt. Nun wurde der zweite Stab ein wenig angespitzt und senkrecht in die Grube gedrückt. Hierauf begann der Mann den über einen halben Meter langen senkrechten

Stab mit großer Geschwindigkeit zwischen den Händen zu quirlen. Durch dieses Quirlen erweiterte sich das Grübchen. Ein feiner Staub löste sich, der zu glimmen und zu rauchen begann. Ein geballtes Stückchen Zeug wurde nun in die winzige Glut geschoben. Ich mußte angestrengt blasen, um den Funken zu vergrößern, und gleich darauf hatten wir eine Flamme. Die ganze Operation hatte kaum einige Minuten gedauert. Aber der Mann schwitzte am ganzen Körper, und in seinen Händen bemerkte ich Blasen.

Alle Not hatte nun vorläufig wieder ein Ende. Ich lag an einem hellen Feuer, trank mit meinem Indianer bitteren Kakao und teilte mit ihm und den Maultieren ein paar Maiskolben. Letztere wurden für uns natürlich gekocht. Nach diesem einfachen Mahle brannten wir uns eine Zigarre an. Der Indianer kannte den Tabak in dieser Form noch nicht. Er versuchte ihn aber auch zu rauchen und freute sich kindlich, als er es endlich in unserer Art fertigbrachte. Als der Mond sich dem Untergang näherte, wickelte ich mich in meine Decke und versank bald in tiefen Schlaf.

Elftes Kapitel

Der weiße Puma

Allein mit den Muli unterwegs. – Vollmondnächte sind gefährlich. – Felipe schleicht sich an. – Kampf mit dem weißen Puma.

Der Morgen brachte uns den Sonnenschein zurück. Das Wasser hatte sich verlaufen, und eine grünende Wiese trennte mich von dem in rauschenden Sprüngen dahinschießenden Fluß. Mein Begleiter war verschwunden. Da ich ihn auf der Jagd vermutete, beeilte ich mich nicht sehr mit dem Beladen der Muli. Zum Zeitvertreib versuchte ich unterdessen die Feuererzeugung auf indianische Art. Es gelang mir jedoch nicht – nur die unbequemen Blasen an den Händen trug ich davon. Ich griff daher zum Feuerstein und Zunder, den ich in der Dunkelheit nicht gefunden hatte und den ich jetzt gern dem Indianer vorgeführt hätte. Doch der blieb verschwunden. Auf der Streife nach ihm schoß ich ein paar Wildenten, die mir zum Morgenkaffee herrlich schmeckten.

Gegen Abend des zweiten Tages sichtete ich inmitten eines lichten Waldes hellen Feuerschein. Bald erkannte ich in den das Lager umkreisenden Gestalten meine Gefährten. Die Gesellschaft hatte Zuwachs bekommen. Weitere drei Indianer hatten sich eingefunden, und man wartete nur auf mein Erscheinen, um die Fahrt fortzusetzen. – Die drei Neuankömmlinge schienen bisher weder Weiße noch Pferde gesehen zu haben. Wenigstens betrachteten sie mich und meine Maultiere so gründlich und eingehend, als ob sie Geschöpfe einer andern Welt vor sich sähen.

Nach den Erklärungen des Doktors sollten große Stromschnellen im Laufe des Tages zu erwarten sein. Zu deren Umgehung habe man die fremden Indianer herbestellt, damit sie beim Transport des Fahrzeuges mit Hand anlegten. Ungläubig hörte ich diese Mitteilung an. Mein spanisch sprechender »Blutsbruder« saß unweit davon und lächelte fein vor sich hin, indem er mir einen spöttischen Blick zuwarf. Ich richtete daher die Frage an ihn, wie er denn die Stammesbrüder benachrichtigt habe.

»Quien sabe!« war die Antwort. Den Ausdruck, der einen oft zur Verzweiflung bringt und der doch so praktisch ist, hatte er auch schon gelernt! Als ich aber in ihn drang, zeigte er mir, wie man sich bei den Caupolicans verständigt. Er nahm einen Holzstab, spaltete ihn oben mit einem Messer und schob in diesen Schnitt zwei verschiedene größere Blätter. Hierauf holte er sich ein grünes Schilfrohr, an dem er die Krone derart wegschnitt, daß nur noch ein Büschel der messerförmigen Blätter wie ein Kranz stehenblieb. Diese beiden Pflanzenteile wurden nun derart zusammengebunden, daß das Schilfrohr aufrecht im Wasser trieb, während der Stab schwamm. Mittels einer Nußschale wurde ein Gewicht unter dieses eigenartige Fahrzeug befestigt.

»Ein Mann und eine Frau werden kommen und uns Früchte bringen«, sagte der Indianer, als er es den Wellen übergab.

Ungläubig schüttelte ich den Kopf. Wie sollte das gebrechliche Gestell den vielen Strudeln und Stromschnellen entgehen, die der Flußlauf noch bergen mußte.

Die Reisegesellschaft brach auf und ließ mich allein. Felipe wäre lieber mit mir geritten, aber er war bei den andern nötiger, und so redete ich ihm – ungern genug – zu, er möge mit ihnen fahren.

Heute überholte ich die Flußreisenden. Eine ebene Steppe bot Gelegenheit, endlich einmal wieder im raschen Tempo zu reiten. Ich schnitt einige ausgedehnte Krümmungen des Flusses ab und erreichte schon kurz nach Mittag das felsige Gelände. In einer Entfernung von etwa hundert Meter ritt ich an den Gefährten vergnügt vorbei. Während sie sich im Schweiße ihres Angesichts mit dem Transport des Bootes über die Felsplatten abquälten, konnte ich diesmal trocken und bequem reisen. Abends lagerte ich in der Nähe eines wild schäumenden Baches. Wohl hätte ich den Übergang noch versuchen können, aber der ungeheure Reichtum an jagdbaren Vögeln weckte den Jäger in mir. Kaum lagen die Muli, ihrer Last ledig, in dem fetten Grase, als es auch schon knallte. Nach wenigen Schüssen hatte ich Rebhühner genug, um auch die Gefährten damit sättigen zu können.

Mitten in der Nacht weckte mich das Wiehern einer Mula. Der Mond stand hoch am Himmel und zeichnete gespenstische Schatten in das Gras. Gewohnheitsgemäß nahm ich die Büchse schußfertig zur Hand und lauschte. Die Mula hatte die langen Ohren nach vorn gerichtet und blies leise durch die Nüstern. Der laue Wind mochte ihr eine Witterung zugetragen haben, die ich nicht wahrnehmen konnte.

Es ist so ein eigenes Gefühl, wenn man in einem unbekannten Landstrich allein im Walde lagert. Die Natur ringsum scheint im tiefsten Schlaf zu liegen. Eine fast fühlbare Stille umgibt uns. Nur ab und zu dringt ein Laut von irgendwo herüber. – Und wenn man dann genauer mit der Natur vertraut wird, so bemerkt man, daß sich hinter dieser Stille ein hastiges, unendlich tätiges Leben verbirgt. Tausende von Insekten und Kleintieren suchen ihre Nahrung im Urwald zur Nachtzeit. Die großen Raubtiere wählen ebenfalls die Finsternis zu ihren Streifzügen. Manche Affenarten schwingen sich lautlos von Baum zu Baum. Große Eulen überfallen ihre Opfer im Schlafe ... Dem einsamen Wanderer verrät sich dieser Lebenskampf durch einen letzten Schrei des Opfers oder durch die schnelle Flucht des Mörders mit seiner Beute – durch Krachen und Brechen der Zweige. – Da der persönlichen Sicherheit des Reisenden nur in den allerseltensten Fällen eine Gefahr durch die Urwaldbewohner droht, so gewöhnt er sich bald an diese stets wiederkehrenden Laute. Unbekümmert zieht er seine Decke fester und schläft weiter.

Anders ist es in Vollmondnächten. Zu dieser Zeit wird den beutegierigen Waldbewohnern die Jagd erschwert. Die Natur hat es so eingerichtet; daß das Opfer seinen Mörder meistens mit den Augen wahrnehmen kann, während ihm Gehör und Witterung die Annäherung nicht melden. Dadurch wird es am Tage wie in hellen Nächten den meisten Räubern schwer, ihre Beute zu überraschen. Hat nun ein hungriger Jaguar oder Panther in der Nacht keine Beute gemacht, so mag es wohl vorkommen, daß er einen schlafenden Menschen angreift, obwohl ich persönlich daran zweifle. Ich selbst habe in den fünfunddreißig Jahren meiner Weltwanderung wohl weit über tausend Nächte im Walde geschlafen, aber nie ist es mir passiert, daß ein wildes Tier sich an mir vergriffen hätte. Zwei Fälle ausgenommen, von denen ich gelegentlich berichten werde. In beiden Fällen erfolgte auch kein Angriff, sondern nur ein »Beschnuppern«. Natürlich darf man das Tier nicht reizen oder sonstwie in den Glauben versetzen, es müsse sich verteidigen.

Doch zurück zu meinem Lagerplatz. Vergeblich bemühte ich mich, die Ursache der Aufregung bei meinen Maultieren zu ergründen. Ich war in der denkbar günstigsten Lage und konnte den Blick frei um mich schweifen lassen. Auch störte nichts die nächtliche Stille, denn das Rauschen des fernen Wassers verlief so gleichmäßig, daß das Geräusch die Stille eher betonte.

Da sah ich eine Bewegung zwischen den Bäumen. Ein Schatten huschte von Stamm zu Stamm, immer auf mich zusteuernd. Das Maultier witterte die Gestalt ebenfalls. Es blies den Atem hörbar von sich und sprang auf, indem es ein paar Schritte vorwärts zu machen suchte. Nun stellte ich mich hinter den Sattel und legte die Büchse darauf. Ich wollte schießen, sobald ich festgestellt hatte, daß ich ein Tier vor mir hatte. Näher kam der Schatten. Beim letzten Baum erkannte ich die Umrisse eines Menschen, der sich platt auf den Boden warf und dort regungslos liegenblieb. Bald darauf vernahm ich einen rauhen Laut, wie ihn Raubtiere auszustoßen pflegen.

Um der lästigen Spannung ein Ende zu machen, rief ich den Schatten an. Sofort begann sich der Mensch zu bewegen und rollte mehr als er kroch in die Nähe meines glimmenden Feuers.

»Felipe, Mensch, bist du verrückt geworden? Um ein Haar hätte ich dich erschossen!«

Ohne auch nur die Stellung zu verändern, winkte er mir, leiser zu sprechen. Er flüsterte erregt: »Oh, Don Fernando, dort steht ein Prachttier. Schneeweiß mit rot funkelnden Augen. Rasch, schießt es, damit wir das herrliche Fell bekommen.«

Ein weißes Tier? Blitzschnell gingen mir alle bekannten Tropentiere durch den Kopf. Ein weißes war nicht darunter. Aber der Forscher war in mir geweckt. Vorsichtig kroch ich hinter Felipe an den Waldrand und ließ mich willig einige Baumreihen weiterschleppen.

»Dort!« Zitternd deutete er auf einen großen weißen Körper.

Ich erhob mich. Lautlos schob ich mich hinter den mannshohen Wurzeln einer Bertholettia in die Höhe. - Richtig, da lag ein Raubtier und verzehrte einen Vierfüßler, dessen braunes Fell die Farbe des Räubers noch mehr unterstrich. Noch waren wir nicht bemerkt, so vertieft war das Tier in seine Mahlzeit.

Um den Kopf gut treffen zu können, mußte ich meine Stellung verändern. Ich bewegte mich einen Schritt rückwärts und trat dabei auf einen dürren Ast. Blitzschnell stand das Raubtier auf seinen Füßen. Nur kurz windete es und machte einige Schritte vorwärts. Jetzt stand es kaum zehn Meter vor mir.

Ein Puma. Aber so etwas an Körpergröße war mir an diesen Tieren noch nicht vorgekommen. Es war sowohl in Farbe wie in Größe ein Prachtstück.

Während der Sekunden, die ich unwillkürlich der Betrachtung des Räubers widmete, nahm dieser schon die Angriffsstellung ein. Der schöne Körper preßte sich hart an den Boden. Wie Messerschneiden lagen die großen Krallen zu beiden Seiten des geduckten Kopfes. Der erhobene Schweif peitschte wütend das dürre Laub. Aus dem halbgeöffneten Rachen schimmerten in blendendem Elfenbeinton die gewaltigen Zähne. Die Ohren zuckten nervös hin und her, und aus den rotglühenden Augen schossen Blitze ... Langsam krümmte sich der Rücken, stemmten sich die Pranken zum Sprung ...

»Schießt, um Gottes willen!«

Felipes Ruf war noch nicht verklungen, da krachte der Schuß. In demselben Augenblick sauste der riesige Körper auf uns zu. Ein lauter Schrei meines Gefährten – und von der stinkenden, zuckenden Masse des todwunden Raubtieres bedeckt, wälzten wir uns auf dem Boden. Ein Strom heißen Blutes rieselte mir über Kopf und Hände...

Mühsam befreite ich mich von der Last. Die hohen Wurzeln hatten einen Schutzwall um mich gebildet und das Gewicht des Tieres abgehalten. Felipe war weniger glücklich gewesen. Nach Jägerart, nach dem Schuss das Messer bereit haltend, fing er den Puma im Sprung auf. Die Wurzeln, die mich schützten, wurden ihm hinderlich. Als er nach dem Stoß zurückspringen wollte, kam er zu Fall und geriet unter die Fänge des Räubers, die sich in einem letzten Krämpfe in sein Fleisch schlugen.

So war es mir unmöglich, ihn zu befreien. Erst mußte der Kadaver von den Wurzeln gewälzt werden. Dazu reichten die Kräfte eines Mannes kaum aus, denn das Tier hatte ein gewaltiges Gewicht. Ich rief dem Gefährten Mut zu und beugte mich nieder, um die Krallen aus seinem Fleisch zu ziehen. Als ich eben mit meinem gesamten Körpergewicht das Tier nach einer Seite drängte, erschütterte ein fürchterliches Gebrüll den Wald. Aufblickend gewahrte ich, kaum zwanzig Schritte entfernt, einen zweiten Puma, anscheinend das Männchen, das auf der Suche nach seiner Gefährtin war.

Ich brauchte einige Sekunden, um mich zu fassen. Die Büchse hatte ich zum Glück wieder geladen. Als ich sie aber anlegte, tanzte der Lauf förmlich, so hatte mich das Abenteuer erregt. Erst ein Ruf Felipes brachte mich zur Besinnung: »Wenn Ihr den fehlt, Don Fernando, sind wir verloren. Zielt gut, unser Leben liegt in diesem Schuß.«

Ich kam gut ab, besser als das erste mal, denn der Puma fiel mitten im Sprung wie ein Stein zur Erde. Nach wenigen Zuckungen lag er regungslos.

Die Todesangst hatte Felipe übermächtige Kraft verliehen. Er brachte den Oberkörper so weit unter dem Kadaver hervor, daß ich zufassen konnte, ohne befürchten zu müssen, ihm weh zu tun. Nun faßte ich den Puma beim Schweif und zog... Mancher Anstrengung bedurfte es, ehe ich das Tier so weit aufheben konnte, daß Felipe sich befreien konnte. Die Wurzeln waren weit über einen Meter hoch und standen so eng zusammen, daß beide, Mensch und Tier, zusammengeklappt in dem Zwischenraum lagen.

Kaum hatte ich Felipe befreit und die großen Fleischrisse bloß gelegt, da schwand ihm das Bewußtsein. Mit wenigen Sätzen war ich beim Lager. Die Rumflasche verfehlte jedoch diesmal ihre wohltätige Wirkung. Mein Kranker konnte nicht schlucken, und so verfiel ich denn auf ein anderes Mittel. Ich trug ihn in den nahen Bach, nachdem ich ihm die wenigen Kleidungsstücke heruntergerissen hatte.

Die kühlende Wirkung des schnell fließenden Wassers ließen meinen Felipe bald wieder zur Besinnung kommen. Die Wunden waren gleichzeitig gereinigt worden, aber sie bereiteten dem armen Kerl heftige Schmerzen, so daß ich ihn auch bei der Rückkehr zum Lager tragen mußte. Dort verband ich ihn, so gut es ging, und wickelte ihn in die warmen Decken. Sofort schlief er ein.

Der Mond verkroch sich jetzt hinter den Bäumen und schuf so ein Halbdunkel, das mir eine Arbeit an unserer Beute unmöglich machte. Erst der junge Tag ermöglichte mir eine genaue Prüfung unserer seltenen Jagdbeute. Felipe war trotz seiner Wunden nicht zu bewegen, zurückzubleiben. Der seltene Puma erregte sein Interesse. Wir fanden die beiden Kadaver noch unversehrt, obschon sich ein paar Aasgeier in den Bäumen eingestellt hatten. Das Männchen zeigte das gewöhnliche Fell aller Pumas, während das Weibchen ein ausgeprägter Albino – schneeweißes Fell und rote Augen – war. Es war von ungewöhnlicher Größe und Schwere, und als wir die Felle zum Trocknen ausspannten, schien es selbst uns unmöglich, daß beide Tiere einer Familie angehören sollten.

Während die Felle trockneten, nahm ich mir meinen Felipe wegen seines plötzlichen Erscheinens ins Gebet.

»Hast du wieder einmal geglaubt, daß du mich nicht allein lassen dürftest?«

»Quien sabe!« antwortete er lächelnd. »Im Boot sind jetzt noch zwei Indianer mehr, die werden allein fertig, und vielleicht war es doch besser so, ich meine – wegen des Puma...«

»Vielleicht ja«, nickte ich ihm lächelnd zu.

Nun ging unsere Reise zu zweit flotter vonstatten. Auch das Gelände wurde günstiger. Der Chiliyefluß zog sich jetzt durch großenteils ebenes Gelände, das uns nur insofern Schwierigkeiten bereitete, als wir in den nächsten zwei Tagen an die zwanzig mehr oder weniger breite Wasserläufe zu überschreiten hatten.

Dann stießen wir wieder mit unseren Gefährten zusammen, die auf uns gewartet hatten. Der »Blutsbruder« sandte mir, als man uns im Lager kommen sah, eine junge Indianerin entgegen, die mir in einem korbartigen Geflecht etwa ein Dutzend herrlicher Früchte brachte. Er freute sich sichtlich, als ich ihm meine Überraschung über den so prächtig arbeitenden Postdienst ausdrückte.

Der nächste Tag führte uns in das Dorf der Indianer.

Zwölftes Kapitel

Im Indianerdorf

Freundlicher Empfang – aber der Häuptling ist mißtrauisch. – Mein Blutsbruder hilft uns. – Unsere kleine Führerin ist ein guter Steuermann.

Bei den Caupolicam-Indianern erregte unsere Ankunft großes Erstaunen. Die wenigsten kannten weiße Männer oder Maultiere. Man kann sich also leicht vorstellen, wie wir umringt und mit tausend Fragen bestürmt wurden, deren Beantwortung uns unmöglich war, weil wir sie nicht verstanden. – Große Freude herrschte unter dem Völkchen, als ihnen unser Führer, der, wie sich jetzt herausstellte, der Sohn des Häuptlings, also der »Thronerbe« war, erklärte, daß die weißen Männer ihnen die Tiere schenken wollten. Wir wurden nun mit Gegengaben überhäuft; die Hütte, die man uns angewiesen hatte, füllte sich mit Früchten, Matten, Fellen und dergleichen, daß wir einen zweispännigen Wagen zur Fort-

schaffung hätten haben müssen. – Die Maultiere aber erfreuten sich einer Aufnahme, wie sie kaum je ihresgleichen erlebt hatten.

Nachdem sich der erste Andrang gelegt, mußten wir dem Häuptling einen Besuch machen. Bisher war er uns noch nicht zu Gesicht gekommen. Wie staunten wir, als uns ein Mann entgegentrat, dessen Haut mumienartig an einem wie aus Eisen gegossenen Körper haftete. Die Gesichtszüge waren, kaum noch als solche zu erkennen. Aus einem braunledernen, länglichen Kopfe leuchteten ein Paar schwarze Augen. Ein Knochengerüst stellte die Nase dar, unter der ein wulstiger Spalt mit zwei Reihen kräftiger Zähne sichtbar wurde. Auf den Armen und dem nackten Oberkörper lagen unter einer Haut, die wie Seidenpapier aussah, dicke, strickähnliche Wülste, die bei jeder Bewegung sich hin und her schoben. Vom Gürtel abwärts aber glich der Körper allen übrigen.

Wir hatten Geistesgegenwart genug, bei seinem Anblick keine Miene zu verziehen. Mit einer Gebärde, die Ehrfurcht ausdrücken konnte, breiteten wir unsere Geschenke vor dem Häuptling aus, worunter einige Zigarren den Glanzpunkt bildeten. Der gestrenge Herr nahm die Gaben mit einer majestätischen Geste entgegen. Da er anscheinend auch eine Ansprache erwartete, richtete ich einige deutsche Worte an ihn, die er natürlich nicht verstand. An dem Tonfall merkte er jedoch, daß es eine Huldigung sein sollte. Als ich geendet, zog ein zufriedenes Lächeln über die eingetrockneten Wangen, deren fast freiliegende Muskeln ein lebendiges Spiel begannen. – Ein gellender Ruf brachte seinen Sohn, meinen »Blutsbruder«, zur Stelle. An diesen richtete der Häuptling eine längere Rede, die ein Verhör einleiten mußte.

»Der große Häuptling, mein Vater, will wissen, warum die Fremdlinge in sein Gebiet kommen«, begann der »Kronprinz«.

»Wir wollen das Land der Caupolicanes kennenlernen, um den weißen Männern in unserer Heimat darüber zu berichten.«

Ein unwilliger Blitz schoß aus den Augen des Häuptlings. Ich begriff, daß ich eine Dummheit gemacht hatte. Der Frager fuhr fort: »Warum wollen die weißen Männer deiner Heimat unser Land kennen? Wollen sie es mit Krieg überziehen, wie sie es bei den Canilos getan haben?«

»Meine weißen Brüder wollen keinen Krieg. Sie kommen auch nicht in euer Land. Sie senden einzelne Männer aus, um den Häuptlingen Geschenke zu machen und dafür Sachen einzutauschen, die Zeugnis ablegen von der großen Geschicklichkeit der Caupolicanes im Mattenflechten und in der Töpferei. Wir erzählen unsern Stammesbrüdern das, was wir hier gesehen und gehört haben. Unsere Brüder erzählen es ihren Kindern, und so dringt der Ruhm der Caupolicanes weit über das große Wasser.«

Die Antwort schien dem Häuptling auch noch nicht zu gefallen. Er führte ein längeres Zwiegespräch mit seinem Sohn, den er anscheinend beauftragte, uns eine Mitteilung zu machen, die dieser nicht übersetzen wollte. Wir hörten öfter das Wort »Jibarros«, ohne uns dessen Sinn erklären zu können. Endlich mußte der Sohn uns die Frage stellen: »Wohin ziehen die Fremdlinge, wenn sie von hier fortgehen?«

»Wir ziehen an die großen Flüsse gen Sonnenaufgang. Von dort wollen wir das große Wasser erreichen, das uns von unserer Heimat trennt.«

Dann kam die Frage, deren Beantwortung dem Häuptling am meisten am Herzen zu liegen schien. Eine große Spannung legte sich in seinen Blick. Zögernd nur kam es von den Lippen des Sohnes: »Werden die Fremdlinge auch zu den Jibarros reisen?«

Eine Ahnung, vielleicht die Art der Fragestellung, veranlaßte mich, eine geringschätzige Miene aufzusetzen, als ich sagte: »Was kann uns ein Volk wie die Jibarros zeigen? Kein Mensch kennt sie.«

Ein Blitz der Genugtuung schoß durch des Häuptlings Mumiengesicht. Dann krallten sich seine Finger, wie unter dem Eindruck einer Erinnerung.

Das Verhör schien damit beendet. Der Häuptling wendete uns den Rücken, und wir durften uns jetzt frei bewegen. Die Unterredung, so kurz sie war, ließ bei uns ein unangenehmes Gefühl zurück. Der Empfang war keineswegs freundlich, wenn auch nicht gerade feindselig. Jedenfalls beschlossen wir, auf der Hut zu sein und so bald wie möglich abzureisen.

Mein »Blutsbruder« trat zu uns. Seine Züge drückten Mißmut aus. Er beherrschte sich aber und führte uns durch das Dorf. Er wollte uns seine Niederlassung zeigen, wie man bei uns den Besuch durch die Wohnung führt. Der Rundgang brachte uns ein anschauliches Bild des Dorfes.

Der Grundriß der Hütten ist kreisrund. Um in die Erde gerammte Pfosten windet sich ein Lianengeflecht, das auf beiden Seiten mit Lehm beworfen ist. Das Dach bildet eine dichte Lage Palmblätter, Um die Wände widerstandsfähiger zu machen, mischt man kleingeschnittene Binsen in den Lehm. Im Innern sind die Wände glatt gerieben und mit weißer oder roter Farbe gestrichen. Auf diesen Innenwänden fanden wir sehr primitive Darstellungen von Menschen und Tieren.

Ein großer Palmbaum bildet den Mittelpunkt jedes Hauses. Er muß das Dach tragen, das durch eine Anzahl im Kreise angeordneter starker Baumäste gestützt wird. In Mannshöhe, in Abständen von etwa zwei zu zwei Meter, ziehen sich als Fenster rings um das Haus rechteckige kleine Öffnungen, die man mit einem Holzbrettchen verschließen kann. Hausrat gibt es kaum. Die Leute schlafen entweder auf Fellen und Matten auf dem Boden oder in Hängematten. Abgesägte Baumstämme dienen dem, der sitzen will, als Stuhl. Meistens aber hocken sich die Caupolicanes auf ihre Fersen.

Vor dem Hause, das stets von mehreren Familien bewohnt wird, befindet sich die Feuerstelle. Hier ist das eigentliche Gebiet der Hausfrau. Der Mann liegt meist auf der faulen Haut oder beschäftigt sich mit seinen Waffen. Diese bestehen aus Pfeil und Bogen, aus Lanzen und schweren Keulen. Auch ist die Schleuder im Gebrauch.

An Haustiere sahen wir nur schwarze Schweine und Hühner. Außerdem züchtet man Gürteltiere, die die Häuser von Insekten säubern.

In der uns zugewiesenen Hütte schliefen außer uns dreien noch fünf Männer mit ihren Frauen, drei junge Mädchen und eine Unmenge Kinder. Ich konnte sie nicht zählen, weil das kleine Kroppzeug fortwährend hin und her kroch. Dabei wurde weder am Tage noch in der Nacht Rücksicht auf die Erwachsenen genommen. Die Reise ging quer über die Körper der Ruhenden, die darin nichts Ungehöriges zu sehen schienen. Die Kleinen schreien übrigens nie.

Kurz vor Sonnenuntergang erheben sich die Erwachsenen und gehen zum Fluß hinunter, wo das allgemeine Bad stattfindet. Bei dieser Gelegenheit werden allerlei tolle Scherze getrieben, wobei das weibliche Element meist den angreifenden Teil bildet. – Mit uns Fremdlingen trieb man besonderen Spott, weil unsere weiße Haut nicht für voll angesehen wurde. Mindestens zehnmal warf mich so ein übermütiges Geschöpf hinterrücks ins Wasser und sprang auf mich. Wenn ich nicht Reißaus genommen hätte, wäre ich sicher nach und nach ertränkt worden.

Unser Gepäck schmolz unter den vielen Besuchern unserer Hütte so zusammen, daß wir mit der Verteilung unserer Geschenke zurückhalten mußten, wollten wir für andere Stämme auch noch Geschenkartikel behalten. Ich drängte auch zur Weiterfahrt, und selbst meinem »Blutsbruder« schien unsere Abreise angenehm zu sein. Er ging wenigstens sofort auf meinen Wunsch ein, als ich ihn um Überlassung eines Kanus bat. Gern hätte ich auch einen Mann als Führer gehabt, doch davon wollte er nichts wissen.

In Gesellschaft des »Thronerben« begaben wir uns an den Fluß. Aus den dort liegenden zahlreichen Einbäumen wollte ich mir einen aussuchen, auf dem ich zur Not einen Mast anbringen konnte. Wenn wir auf unserm Marsch nordostwärts flußauf fahren mußten, konnte uns ein Segel gute Dienste leisten. Der Indianer aber ließ keine Auswahl zu. Er schritt auf einen besonders breiten Kahn zu, der schon für uns hergerichtet schien.

Ich sprang hinein und ergriff das Ruder. Kaum hatte ich es aber aufgehoben, da hemmte ein gellender Ruf meine Absicht. Der »Blutsbruder« sah sich unwillig um und rief dem unsichtbaren Warner einige Worte zu, die aber eine sprudelnde Gegenrede auslösten. Dann wandte er sich gegen uns: »Mein Bruder, du darfst noch nicht fortreisen. Der Häuptling verbietet es. Verlasse bitte das Kanu und begleite mich in meine Hütte.«

So etwas hatten wir erwartet. Der Befehl überraschte uns daher nicht sonderlich. Aber ich verlangte doch die Angabe von Gründen. Diese gab mir der Indianer mit folgenden Worten: »Mein Vater will nicht, daß du zu den Jibarros gehst. Es sind seine grimmigsten Feinde. Sie hatten ihn vor vielen Jahren einmal zum Gefangenen gemacht und gemartert. Wie du siehst, hat man ihm die Haut von der Vorderseite des Oberkörpers abgezogen. Man würde ihn getötet haben, wenn seine Krieger nicht rechtzeitig zu seiner Rettung erschienen wären.«

»Wie!« rief ich entsetzt, »man hat ihm die Haut abgezogen? Das ist ja fürchterlich!«

»Die Jibarros kennen noch schlimmere Martern«, fuhr er fort. »Sei froh, wenn du ihnen nicht in die Hände fällst, denn gegen Weiße üben sie keine Gnade.«

»Das sind ja nette Aussichten!« rief der Doktor. »Wohin können wir denn von hier aus reisen, wenn du nicht erlaubst, daß wir den Fluß hinabfahren? Zurück gehen wir auf keinen Fall.«

»Acht Tagereisen von hier fließt ein mächtiger Strom. Die dort wohnenden Stämme sind unsere Freunde. Sie werden euch helfen, eine Stadt zu erreichen. Ihr seid dort unter euren Brüdern und findet dann euren Weg.«

»Lieber Bruder«, erwiderte ich, »es ist uns nichts daran gelegen, die Städte der Weißen zu sehen, sondern wir reisen, um die Bewohner eures Landes, eure Erzeugnisse, eure Wälder, Berge und Tiere kennenzulernen. Wenn du uns also mit deinem Rate helfen willst, dann sage uns, wie wir von hier aus zu andern »freien Männern« (so nennen sich dort die Indianer) gelangen können. Die Jibarros sind uns unbekannt. Wenn du es nicht willst, reisen wir nicht zu ihnen. Jeder andere Stamm ist uns ebenso willkommen. Wir wollen nur sehen und lernen, wie wir es bei euch tun.«

Unschlüssig wiegte er das Haupt.

»Wenn ihr unserm Fluß noch eine Tagesreise folgt, trefft ihr auf einen größeren Fluß. Dort beginnt das Gebiet der Jibarros. Sie lagern aber nicht dort, weil sie die Caupolicanes fürchten. Ihr großes Lager ist zwischen zwei Wassern, die von den schwarzen Bergen kommen. Dort, wo diese zwei Wasser sich mit unserm Fluß vereinigen, wohnen die Pumayas. Auch diese sind gute Nachbarn von uns, aber keine Brüder. Wollt ihr dorthin reisen, dann werde ich den Häuptling um die Erlaubnis fragen.«

Die Darstellung war so verworren, daß wir uns auf unserer primitiven Landkarte den Weg nicht vorstellen konnten, Um aber erst einmal weiterzukommen, sagte ich zu allem »ja!«.

Lange blieb mein »Bruder« aus. Er brachte den Bescheid, daß der Häuptling uns die Reise erlaube, wenn wir einen Landweg zu den Pumayas wählen wollten. Er würde uns bis auf den Bergrücken einen Führer mitgeben.

»Gewiß wollen wir das tun«, erwiderte ich. »Aber dann müssen wir unsere Maultiere noch weiter mitnehmen. Wir senden sie dir zurück, wenn wir bei den Pumayas angekommen sind.«

Daran hatte der Indianer nicht gedacht. Lebhaft fuhr er auf und rief ziemlich unbedacht: »Nein, nein, die Tiere müssen hierbleiben. Die Pumayas geben sie gewiß nicht wieder heraus, wenn sie sie einmal haben.«

Das dachte ich auch, sagte es aber nicht, sondern antwortete: »Also müssen wir wohl auf dem Fluß weiterreisen. Wenn du uns einen Mann mitgibst, kann uns der zeigen, wie wir die Jibarros umgehen müssen. Ist dir das recht?«

Als er nicht gleich antwortete, fügte ich hinzu: »Siehe, wir sind doch Brüder. Du kannst mir doch glauben, wenn ich dir sage, daß wir nicht zu den Jibarros gehen werden. Übrigens möchte ich wissen, warum wir gerade den Stamm nicht besuchen sollen?«

»Der Häuptling glaubt, daß die Jibarros euch töten werden. Dann nehmen sie eure Feuerwaffen und brechen in unser Land ein...«

Ich mußte lachen.

»Wenn du weiter keine Gründe hast, dann lasse uns ruhig ziehen. Erstens töten uns die Jibarros nicht, weil wir sie zuerst töten würden, wenn sie uns angreifen. Und dann verstehen sie mit unsern Feuerwaffen nicht umzugehen. Sie können euch also nicht schaden.«

Als er noch immer nicht überzeugt schien, reichte ich ihm meinen gesicherten Revolver.

»Versuche es selbst, ob du imstande bist, die Waffe abzuschießen. Richte den Lauf auf meine Brust. Du wirst sehen, der Schuß geht nicht los.«

Der Indianer nahm die Waffe entgegen, aber er drückte nicht ab. Mit einer hastigen Bewegung gab er mir den Revolver zurück und sagte: »Ich werde noch einmal mit dem Häuptling reden. Geht in eure Hütte und packt eure Sachen zusammen. Ich bringe euch Nachricht.«

Die Nacht war bereits hereingebrochen, als mein »Bruder« endlich vor der Hütte erschien. In seiner Begleitung befand sich die Indianerin, die mir damals die Früchte überbrachte.

»Kommt schnell an den Fluß, Fremdlinge. Das Mädchen wird euch helfen, eure Sachen zu tragen. Eilt euch!«

»Sollen wir in der Nacht reisen? Werden wir keine Stromschnellen treffen, an denen unser Kanu zerschellt?«

»Quien sabe! Aber ihr müßt jetzt fort oder hierbleiben, bis der Häuptling euch die Reise erlaubt — und das kann lange dauern. Übrigens wird euch das Mädchen begleiten, bis der Mond euch den Fluß erhellt.«

Natürlich beeilten wir uns nach Kräften, den Wünschen des Braunen nachzukommen. Merkwürdigerweise nahm keiner der Mitbewohner unserer Hütte die geringste Notiz von uns, als wir unter einigem Lärm unsere Mantelsäcke von den Pfosten zerrten. Sie waren wohl schon in den Plan des »Thronfolgers« eingeweiht.

Als wir eben ins Freie hinaustraten, hörten wir aus einer entfernteren Hütte das Schreien eines unserer Maultiere. Der Laut gab mir einen Stich ins Herz. Gern hätte ich mich von meinem treuen Begleiter durch so viele Abenteuer verabschiedet. Aber der Indianer, der wohl für die Sicherheit unseres Geschenkes bangen mochte, drängte mich vorwärts.

Wir fanden das größte Kanu für uns bereit liegen. Es war bedeutend breiter und tiefer als die andern, und sein Boden zeigte einen reichen Belag seiner Matten. Fast schien es, als wolle der Indio auch seinerseits sich »nobel« zeigen. Ich wollte ihm ein Wort des Dankes für das Geschenk sagen, aber er drängte hastig zur Abfahrt.

»Lebe wohl, mein Bruder. Die Pumayas werden dir weiterhelfen. Sie erwarten euch, wenn die Sonne zum zweiten Male über die Berge steigt.«

Die letzten Worte verhallten fast in dem Rauschen der Strömung, die unsern Einbaum bereits erfaßt hatte. Mit großer Geschicklichkeit steuerte das junge Mädchen den schweren Kahn an das jenseitige

Ufer, wo wir im Schatten dichter Baumriesen fast geräuschlos dahinglitten. Schon nach einer Viertelstunde war keine Spur einer menschlichen Ansiedlung mehr zu erkennen. Die Gegend wurde hüglig. Dann traten rötliche Porphyrfelsen an das Ufer. Eine finstere Schlucht, in der das Wasser seine schäumenden Spritzer über das ganze Fahrzeug warf, verschlang uns. Die Finsternis wurde so undurchdringlich, als ob wir in einem Tunnel dahinrasten. Hochauf bäumte sich das Boot, um gleich darauf wieder tief in die Flut zu tauchen, diesmal das Heck beängstigend in die Höhe reckend. Wir befanden uns in einer jener Stromschnellen, die durch das Zusammendrängen des Felsmassivs entstanden waren. Mit absoluter Sicherheit schoß der Bug bald in bedrohlichster Nähe eines aus dem Wasser ragenden Blockes vorbei, bald tauchte er mitten in das weiß leuchtende Brodeln eines kreisenden Strudels. Wenn wir mit rascher klopfenden Pulsen an einem sich schwarz auftürmenden Blocke zu zerschellen erwarteten, sauste der Einbaum schon in ruhigeres Wasser.

Beängstigende Minuten waren es, die wir verlebten, bis endlich der Mond seine Silberbänder über die Wipfel des Waldes legte. Das Mädchen steuerte den Kahn wieder auf die rechte Seite und sprang an das Ufer. Eine Sekunde blieb sie zögernd stehen, als ob sie etwas sagen wollte. Es mochte ihr aber wohl einfallen, daß wir ihrer Sprache nicht mächtig waren – sie wandte sich um und verschwand in den Büschen. Ein anmutiges Nicken war der einzige Abschiedsgruß.

So wollten wir uns aber doch nicht von ihr trennen. Eine Belohnung für ihre Lotsendienste mußte sie zum Andenken an die Fremden mit sich nehmen. Felipe lief ihr nach. Nach wenigen Minuten brachte er das Mädchen auch zurück. Auf ihrem breiten Gesicht lag ein Ausdruck banger Erwartung. Sie zitterte leicht und glaubte wohl irgendeine Strafe zu erhalten. Wie aber leuchtete ihr Antlitz glücklich auf, als wir eine Reihe roter und blauer Glasperlen aus dem Gepäck nahmen und ihr um den Hals hingen. Das war ein Schatz, würdig einer Häuptlingsfrau. Als wir dieser Gabe auch noch eine Handvoll peruanischer Silbermünzen hinzufügten, kannte die Freude keine Grenzen. Sie warf sich ins Gras und begann wie ein Kind mit den Herrlichkeiten zu spielen und das Mondlicht über die blinkenden Münzen

gleiten zu lassen. Plötzlich fiel ihr der Rückweg ein. Sie sprang auf und versuchte, die Münzen in ihrer kleinen Hand zu verbergen. Einen andern Ort der Aufbewahrung hatte sie ja nicht, da sie nur mit einem schmalen Bastgürtel bekleidet war. Lachend half ich ihr aus der Verlegenheit. Ich leerte des Doktors Tabaksbeutel und band ihr den mit einem Bindfaden um den Hals. In diesem Brustbeutel konnte sie ihre Kostbarkeiten verbergen.

Diesmal war der Abschied herzlicher. Das Mädchen legte jedem von uns beide Arme um den Hals und drückte ihre Stirn auf unser Kinn. Das war der Abschiedsgruß. Dann verschwand sie im Walde.

Dreizehntes Kapitel

»Jibarros!«

Unsere Führerin in Gefahr! – Auf der Fährte der Jibarros. – Wir befreien meinen Blutsbruder. – Ein lebensgefährliches Mißverständnis.

Jetzt mußten wir aber erst mal gründlich ausschlafen. Wir befestigten unser Kanu am Ufer und legten uns zwischen die weichen Matten. Felipe hatte die erste Wache und benutzte sie, um für unser Frühstück zu angeln. Als ich ihn ablöste, bearbeitete er gerade einen schweren lachsartigen Fisch.

Das Südliche Kreuz stand fast aufrecht, und der frische Wind verkündete den nahenden Morgen, als ich dürres Holz zusammentrug und ein Feuer anfachte. Ich bog mich zum Wasser herunter, um den Kaffeekessel zu füllen. Dabei ließ ich den Blick flußauf, flußab schweifen. Das wunderbare Farbenspiel der im Mond- und Sternenlicht glitzernden, sich überstürzenden Wellen fesselte meine Aufmerksamkeit. Ein großer Fisch warf aufspringend einen sprühenden Regen über die glänzende Fläche...

Plötzlich sah ich etwas Seltsames: Ein dunkler Punkt trieb langsam von der Mitte her auf das diesseitige Ufer zu. Dort verschwand er im Dunkel des Buschwerks, das den Fluß einfaßte. – Hallo, was war denn das? Ich griff zur Büchse, kroch hinter einen Strauch und wartete. Kein Laut war hörbar. Die fast unnatürliche Stille, die dem Erwachen des Waldlebens unmittelbar vorhergeht, wurde durch nichts unterbrochen. – In meinen Gedanken verarbeitete ich das Gesehene, um daraus Schlüsse zu ziehen. Umsonst. Nichts paßte auf die Erscheinung.

Da tönte der Weckruf des zierlichen bunten Vogels aus den Wipfeln der Palmen: »Dios de ti! Dios de ti!« »Gott mit dir!« Und der Wald erwachte. In demselben Augenblick berührte eine Hand meine Schulter. Das Indianermädchen stand vor mir! Lautlos war sie mit der Strömung herabgetrieben. Ihr schlanker Körper zitterte vor Kälte, aus dem langen, rabenschwarzen Haar troff das Wasser, und ihr Gesicht zeigte einen Ausdruck banger Furcht.

»Was ist los, Kind, weshalb kommst du zu uns zurück?« rief ich erstaunt aus, hing ihr das Pumafell um und zog sie zum Feuer. Gleichzeitig weckte ich die Gefährten.

Die Indianerin mochte den Sinn der Frage erraten haben. Sie antwortete in übersprudelndem Wortschwall, aus dem ich aber nur das ominöse Wort »Jibarros« verstand. An den Fingern zeigte sie die Zahl drei.

Ich übersetzte das damit, daß drei Männer des Jibarrosstammes in der Nähe seien. Sie mußten zwischen unserm Lager und dem Dorf herumstreifen, da sonst das Mädchen zu den Ihrigen geflüchtet wäre.

Durch entsprechende Zeichen stellten wir dann auch fest, daß unsere Annahme richtig sein mußte. –

Ich wußte nicht, warum mir die Aussicht auf ein Zusammentreffen mit den Jibarros plötzlich so sehr gegen den Strich ging. Gestern, während der Erzählung meines »Blutsbruders«, hatte ich sofort den Entschluß gefaßt, den Stamm nun erst recht aufzusuchen. Jetzt bot sich mir die beste Gelegenheit, und nun zögerte ich. – Meinen beiden Gefährten erging es ähnlich. War es der Gedanke an die Gefahr, die dem Mädchen drohte, wenn es mit den Feinden ihres Stammes zusammentraf, oder war es die Fügung der unsichtbaren Macht, die mich schon oft in meinen Unternehmungen beeinflußt hatte, ich weiß es nicht! Jedenfalls hatte ich die Pflicht, das Mädchen sicher nach Hause zu geleiten. Daß damit ein Kampf verbunden sein würde, war mehr als wahrscheinlich.

Während wir unsere Gedanken in knappen Worten austauschten, flog der Blick der Indianerin angstvoll von einem zum andern. Sie suchte in unsern Mienen zu lesen, was sie nicht verstehen konnte. Erst als sie sah, daß wir unsere Waffen hervorholten und einer gründlichen Prüfung unterzogen, wurde ihr Blick vertrauensvoller. Sie begriff, daß wir uns zu ihrem Schütze rüsteten.

Nun schmeckte ihr auch das Morgenmahl. Die in der Asche gebratenen Fische waren ausgezeichnet, das mitgenommene Fleisch zart und wohlschmeckend. Wir nahmen, wie immer, sobald es unsicher war, wann wir wieder würden essen können, eine besonders ausgiebige Mahlzeit zu uns. Darauf steckten wir uns noch jeder einen Streifen gedörrten Fleisches ein. Dieses in Streifen geschnittene und an der Sonne gedörrte Fleisch ist ein äußerst praktisches Nahrungsmittel. Es nimmt wenig Platz ein, verdirbt nicht und ist sehr ausgiebig. Man schneidet aus den fingerbreiten Streifen ein daumenlanges Stück ab und steckt es in den Mund. Während des Kauens quillt es auf. Es wird immer dicker. Nach zwei Stunden hat man meistens den Saft ausgesogen und kann die Fasern, die nicht zu zerbeißen sind, wegwerfen. Während der langen Zeit des Kauens hat man das Gefühl, als ob man äße, und der hungrige Magen glaubt ebenfalls an den Betrug. Manches liebe Mal habe ich ihn so angeführt.

Wir versteckten das Boot und folgten nun mit der Büchse in der Hand und entsichertem Revolver dem voranschreitenden Mädchen. Anfangs führte der Weg durch die fast baumlose Wiese, die an felsigem Gelände aufhörte. Hier legte unsere Führerin die Hand auf den Mund und gebot damit Schweigen. Leise glitt der geschmeidige Körper über die Steine. Einer Eidechse gleich schlängelte er sich durch das weitläufige Pflanzengewirr, immer ängstlich bemüht, jedes Geräusch zu vermeiden. – Wir folgten ihr in einer Entfernung von etwa zehn Schritten. Das Mädchen selbst hatte es so angeordnet, denn sie sah wohl ein, daß wir ihr in der Kunst des lautlosen Anschleichens nicht nachkommen konnten.

So schlichen wir etwa eine Stunde lang im Gänsemarsch durch das Land, bis plötzlich die Führerin haltmachte und uns heranwinkte. In einer Entfernung von etwa hundert Meter lagen sorglos um ein Feuer vier Indianer. Sie waren mit Keulen, Bogen und Pfeilen bewaffnet. An ihrer Bemalung erkannte das Mädchen die Jibarros. Und wie sie diese fürchtete, zeigte die aschgraue Farbe ihres Gesichtes und der bebende Körper.

Wir blickten mit gemischten Gefühlen auf die malerische Gruppe. Drei Männer hatte uns das Mädchen gemeldet. Jetzt lagen hier vier, und die Tatsache, daß sie trotz des schon längst angebrochenen Tages noch ruhig um das Feuer hockten, bewies, daß noch mehrere erwartet wurden.

In einem Schlupfwinkel, durch Büsche gegen das Lager der Jibarros gedeckt, berieten wir, was zu unternehmen sei. Wir waren uns darüber einig, daß wir unserseits die Feindseligkeiten nicht eröffnen wollten. Waren wir doch noch nicht einmal sicher, ob uns die Indianer überhaupt Schwierigkeiten in den Weg legten, wenn wir uns offen im Walde zeigten. Jedenfalls wollten wir abwarten, was die Jibarros beginnen würden. Wir legten uns ruhig zu Boden und warteten. Jeder lugte nach einer andern Richtung aus, während das Mädchen, auf den Knien liegend, ängstlich auf jedes Geräusch horchte.

So vergingen zwei Stunden. Die Caupolicanerin schnellte unruhig von Minute zu Minute in die Höhe. Sie schmiegte sich schutzsuchend an uns, um dann mit einem Ruck wieder aufzuspringen. Ihr Gebaren machte zuletzt auch uns nervös, und so beschlossen wir, wenn die nächste Viertelstunde keine Veränderung der Lage brachte, die Jibarros in weitem Umkreise zu umgehen und das Mädchen zu ihrem Dorf zurückzugeleiten.

Da gellte ein Schrei durch den Wald. Mit schrillem Geheul sprangen die Wilden auf und eilten der Gegend zu, aus der der Ruf erschallte. Zwei Indianer wurden dort sichtbar. Jeder trug eine schwere Last: – Menschen! Kaum hatte unsere Freundin diese Gefangenen erblickt, da entrang sich ihrer Brust ein so wilder Laut, daß wir erschreckt aufsprangen. Mit weit aufgerissenen Augen deutete sie auf die Gruppe der Jibarros, die bei dem unerwarteten Ausruf überrascht stehenblieben und ihre Waffen fertig machten. Bevor wir sie daran hindern konnten, hatte das Mädchen den nächsten Stein erklommen. Mit einer Stimme, aus der Verzweiflung und Herzensangst klangen, schrie sie den Gefangenen einige Worte zu und setzte dann zum Sprung an, um sich den Feinden entgegenzuwerfen.

Felipe griff rasch zu und hielt sie fest. Wir hatten an den Gefangenen die Bemalung, besonders aber die Ohrringe der Caupolicanes erkannt und waren fest entschlossen, sie zu retten. Das waren wir ihnen schuldig.

»Vorwärts, Doktor, jetzt müssen wir uns sehen lassen! Sobald die ersten Pfeile fliegen, schießen wir die vier Wilden ab. Felipe, halte das Mädchen fest! Es hindert uns nur.«

Wir brachen einen grünen Zweig ab und näherten uns der Gruppe. Beim Anblick der wohl kaum je gesehenen weißen Männer ließen die Jibarros vor Erstaunen die Waffen sinken und versuchten zu fliehen, indem sie die Gefangenen an den Haaren über den Boden schleiften. Diese unerhörte Grausamkeit brachte unser Blut zum Sieden.

»Halt!« donnerten wir den Wilden zu, und als der Ruf unbeachtet verhallte, knieten wir beide nieder und feuerten auf die Wüteriche. Der eine der Jibarros ließ seine Beute fahren und taumelte seitwärts in das Gras. Der andere war unverletzt geblieben. Als er sah, daß ihm die Gefangenen zu entrinnen drohten, ließ auch er seinen Mann liegen. Er sprang zurück und hob die schwere Keule zum tödlichen Schlag. Es war seine letzte Bewegung. Im Abschuß sank er mit gurgelndem Laut vornüber. Die Keule flog in weitem Bogen davon.

Wir liefen nun in großen Sprüngen auf die Gefangenen zu, nachdem wir die Büchsenläufe mit Rehposten geladen hatten. Ein unterdrückter Schrei ließ uns den Mann aufsuchen, der als erster gefallen war. Dessen Gefangener warf sich heftig hin und her und schien von großen Schmerzen gepeinigt. Als wir die Stelle erreichten, bot sich uns ein grauenhafter Anblick. Der durch einen Hüftschuß schwerverwundete Jibarro lag neben seinem Opfer und versuchte, ihm mit den Zähnen das Fleisch aus dem Leibe zu reißen. Große klaffende Wunden an den Lenden des Gefangenen zeugten von dem gierigen Blutdurst des Wilden, der eben schmatzend das Blut von dem Hautfetzen sog, den er seinem Opfer vom Körper gerissen hatte.

Der Doktor, der ihn zuerst erreichte, faßte den Unmenschen bei den Haaren und schleifte ihn fort von seinem unglücklichen Gefangenen. In diesem Augenblick schwirrten vier Pfeile durch die Luft. Drei verfehlten ihr Ziel. Der vierte bohrte sich tief in den Kopf des Jibarro! Er war von den eigenen Leuten getötet worden.

Die zweite Salve wollten wir nicht erst abwarten. Als ich die gefiederten Geschosse kommen sah, hatte ich mich zu Boden geworfen. Unmittelbar darauf krachte mein Schuß, der ein fürchterliches Echo auslöste. Die in den Büschen versteckten Jibarros waren von den zwölf Rehposten wohl alle mehr oder weniger getroffen worden, ich sah sie hinkend und kriechend in den Büschen verschwinden. Der Doktor nahm die Verfolgung auf, während ich mich zu dem Gefangenen beugte, der regungslos auf dem Gesicht lag.

Felipe hatte das Mädchen losgelassen, als die vier letzten Jibarros im Walde verschwanden. Sie kam jetzt über den Boden geflogen und warf sich neben dem Gefangenen ins Gras. Als sie ihn so bewegungslos liegen sah, hielt sie ihn wohl für tot. Sie stieß herzzerbrechende Klagen aus und wollte nicht von dem Manne weichen, bis ich ihr endlich begreiflich machen konnte, daß der Gefangene noch lebe. Ich reichte ihr mein Messer und bedeutete ihr, seine Fesseln zu durchschneiden. Dann drehten wir den Körper behutsam in die Rückenlage. Und nun entfuhr mir ein Schrei des Erstaunens. Der Gefangene war mein »Blutsbruder«.

Nur langsam kehrte ihm das Bewußtsein zurück. Die furchtbaren Wunden und der große Blutverlust hatten ihn so geschwächt, daß ihn eine Ohnmacht übermannte. Mit Gewalt trennte ich das Mädchen von ihm und wies sie zu dem andern Gefangenen, den Felipe inzwischen von seinen Fesseln befreit hatte. Auch dieser Mann trug unzählige Wunden am ganzen Leibe, die er teils im Kampfe bei der Gefangennahme, teils durch das Schleifen über den Boden davongetragen hatte. – Als er mit Felipes Unterstützung sich neben uns ins Gras setzte, drang der Knall von drei Revolverschüssen zu uns herüber. – Der Doktor sorgte für unsere Sicherheit.

Nun galt es vor allen Dingen die Verwundeten zu verbinden und für ihren Rücktransport zu sorgen. Dazu brauchten wir die Maultiere. Das Mädchen mußte sie holen, und um ihr das verständlich zu machen, nahm ich ein Blatt Papier und zeichnete ihr die Tiere auf. Mit Pantomimen begleitete ich meine Bitte um Herbeischaffung dieser Vierfüßler.

Aber sie schüttelte nur heftig den Kopf. Dann zog sie mich zu den nächsten Bäumen, kniete nieder, brach vier Halme ab, die sie der Länge und Breite nach übereinanderlegte, und bedeckte das Gestell mit einem Blatt. Aha! Bahren sollten wir machen. Als ich nickte, ging ein glückliches Leuchten über ihre Züge. Leichtfüßig sprang sie zu dem Verwundeten zurück, während Felipe und ich das notwendige Material für die Bahren zusammensuchten.

Der Doktor brachte die Nachricht von dem endgültigen Abzug der Wilden mit. Er hatte sie am Fluß eingeholt und war sofort von den Pfeilen der zwei Unverletzten empfangen worden. Zwei andere Männer waren verwundet und unfähig zu gehen. Sie wurden beim Erscheinen meines Gefährten von ihren eigenen Stammesbrüdern durch Pfeilschüsse in den Kopf getötet. Empört über diese Grausamkeit hatte der Doktor nun auch diese beiden abgeschossen. Später erfuhren wir, daß die Jibarros ihre Verwundeten töten, um sie den Martern der Feinde zu entziehen. Der Stamm hat seinerseits die Gewohnheit, die gefangenen Feinde auf die grausamste Art hinzurichten. Die beliebteste Quälerei ist das Abziehen der Haut von dem lebendigen Körper. Übersteht der Unglückliche diese Prozedur, dann wird er nachher am Feuer langsam geröstet. Von Europäern wußten die Jibarros wenig. Einige Reisende weißer Rasse, die in ihr Gebiet eindrangen, verschwanden spurlos. Farbige kommen eher durch, doch wird ihnen hohes Lösegeld abverlangt.

Der Zustand der befreiten Gefangenen zwang uns, ihre Überführung ins Dorf so schnell wie möglich zu bewerkstelligen. Bei beiden zeigten sich Fiebererscheinungen. Zwar übernahm es das Mädchen, heilende Kräuter aus dem Walde zu holen. Sie war aber so hastig und unruhig dabei, daß sie endlich das Mißfallen der Verwundeten erregte. Kurz entschlossen hoben wir daher die Männer auf die Bahren und setzten uns in eine Art Geschwindschritt. Ein längeres Verweilen in dieser Nachbarschaft konnte uns allen gefährlich werden.

Über eine Stunde waren wir mit unserer Last durch die glühende Hitze gewandert. Die Sonne versengte uns fast die Haut, und unsere Arme wurden von der Last beinahe aus den Achseln gerissen. Felipe, der mit dem Mädchen die erste Bahre trug, begann zu taumeln. Er stieß einen Schrei aus und stürzte zu Boden. Als wir erstaunt hinzusprangen, fanden wir sein linkes Bein stark angeschwollen, und auf den blaugrauen Lippen standen weiße Schaumperlen. – Er stammelte das Wort »Culebra« und versank dann in eine Art Starrkrampf.

»Richtig!« rief der Doktor, nachdem er das Bein untersucht und eine winzige Wunde gefunden hatte. »Eine Schlange hat ihn gebissen. Wenn ich nur wüßte, welcher Gattung sie angehörte, damit...«

Er vollendete den Satz nicht. Das Indianermädchen hatte kaum die Ursache des Unfalles erkannt, als sie wie ein Wiesel den nächsten Baum hinaufturnte. Dort in den Gabelungen der Äste wuchsen herrliche Schmarotzerpflanzen. Mit kräftigem Griff riß sie die Wurzeln dieser Parasiten aus der Rinde, stopfte sich damit den Mund voll, sauste den Stamm wieder hinunter und eilte zu dem Verunglückten. Sich zu ihm niederbeugend, öffnete sie mit den Händen den Mund des leise Stöhnenden und spuckte ihm den Saft des ausgekauten Gewächses in den Mund, wobei sie ängstlich darauf achtete, daß diese Arznei auch geschluckt wurde. Das ausgekaute, dunkelbraune Fleisch der Pflanze preßte sie hierauf fest auf die Wunde, die der Doktor inzwischen durch einen tiefen Schnitt erweitert hatte.

Wie der Wind flog sie dann nochmals über die Wiese. Diesmal war es die Frucht eines Baumes, die ausgekaut ihren Saft zur Heilung des Kranken hergeben mußte. Auch der Brei dieser Frucht diente, mit dem ersteren zusammengemischt, als lindernder Umschlag, der um das geschwollene Bein befestigt werden sollte.

Mitten in dieser Arbeit gellten aus den Büschen vor uns wilde Schreie. Eine Schar buntbemalter Indianer, die Keule wurfbereit um den Kopf wirbelnd, kam auf uns zu. Noch trennte uns eine dichte Hecke von den etwa zweihundert Meter entfernten Wilden, und schon lagen wir mit der Büchse im Anschlag, als die junge Indianerin wiederum als Retterin auftrat. Sie sprang flüchtig über die neben uns stehende Bahre hinweg auf die freie Steppe und ließ dort den Ruf der Caupolicanes erschallen. Freudengeheul antwortete ihr – es waren Krieger ihres Stammes! Mit einem Seufzer der Erleichterung legten wir die Büchsen zur Seite und setzten die Arbeit bei unserm Kranken fort.

Da krachte die Hecke unter dem Gewicht eines Schwarmes wutschäumender Indianer. Ein gräßlicher Schrei durchzitterte die Luft, und bevor wir noch wußten, was das alles zu bedeuten hatte, waren wir mit Bastseilen umschnürt und über den Boden davongeschleift. Dornen zerfetzten unsere Kleider. Hart schlug der Kopf auf den ausgedörrten rissigen Boden...

Da flog wie eine Tigerin, der man ihr Junges raubt, die Indianerin in die tobende Meute. Mit kreischender Stimme riß sie den Kriegern das Seil ans den Händen und sank tränenüberströmt neben uns zu Boden. Der Doktor blutete stark aus einer Wunde am Hinterkopf. Mein Rücken war ein einziges Wundmal. Sprudelnd, sich überstürzend, flossen hastig hervorgestoßene Worte aus dem Munde der jungen Wilden. Offenbar wollte sie ihre Stammesgenossen entschuldigen, und uns blieb ja auch nichts weiter übrig, als gute Miene zum bösen Spiel zu machen.

Mein Blutsbruder war durch den wilden Kriegsruf seiner Leute erwacht und wurde Zeuge der uns zugefügten Behandlung. Trotz heftiger Schmerzen war er von seiner Bahre aufgesprungen und wütete nun förmlich gegen die verblüfften Stammesgenossen. – Ich mußte mich ins Mittel legen und dem Häuptlingssohn begreiflich machen, daß wir das Mißverständnis begriffen und nicht weiter krumm nahmen, bevor er sich beruhigte. – Natürlich kamen, jetzt auch die Krieger zu uns und suchten durch bittende Gebärden ihr Unrecht wieder gutzumachen.

Felipe hatte den ganzen Tumult verschlafen. Die Schwellung an seinem Körper war zurückgegangen, und ein tiefer Schlaf hatte sich des Kranken bemächtigt. Ein Krieger nach dem andern näherte sich dem Lager und betrachtete mit Kennermiene den sachgemäßen Verband. Jeder glaubte durch eine Geste ausdrücken zu müssen, daß nun jede Gefahr beseitigt sei.

Nicht so gut ging es den beiden Caupolicanes. Besonders meinen »Bruder« hatte das Wundfieber heftig gepackt. Es schien allen indianischen Heilmitteln trotzen zu wollen. Wir hätten mit unsern Arzneien vielleicht helfend eingreifen können, aber die lagen in unserm Boot. Sie jetzt, bei sinkendem Tag, herbeizuschaffen, schien selbst dem mutigen Mädchen zu gewagt. – Aber auch unsere Wunden begannen zu brennen. Sie waren stark verunreinigt und mußten sofort gewaschen werden. Wenn erst einmal die zahllosen Insekten über die blutrünstigen Stellen herfielen, konnten unangenehme Eiterungen entstehen.

Wir ließen unsere Wünsche nach einem kühlenden Bade und darauffolgenden Verband den Kriegern übersetzen. Diese schüttelten jedoch entsetzt den Kopf und sprachen heftig auf uns ein. Sie wollten uns von diesem Vorhaben abbringen, denn – »wie der Mond jetzt stünde, dürfe man nachts weder an einen Fluß noch an eine Quelle gehen!«

»Gibt es denn hier in der Nähe eine Quelle?« ließ ich fragen. Allgemeine Bejahung. In nicht zu großer Entfernung floß ein Bach dem Chilive zu. Natürlich drangen wir darauf, daß man uns dorthin führen solle. Entsetztes Schweigen. Unruhige Blicke flogen hin und her.

Da rief mein »Blutsbruder« das Mädchen. Sie wechselten einige Worte miteinander, und nun kam der Befehl, uns in allem zu gehorchen. Wie eine Mauer traten die dreißig Mann (ich glaube, es waren eher mehr) vor uns hin und schickten sich an, uns zu begleiten. In den Blicken der Männer aber lag ein Abschied vom Leben! So hatte der Häuptling seine Leute in der Gewalt! – Eine derartige Eskorte lag jedoch nicht in unserer Absicht. Im Gegenteil, je weniger Zuschauer wir hatten, desto lieber war es uns. Wir weißen Männer können manchmal beim Verbinden und Reinigen schmerzhafter Wunden nicht so steinerne Mienen bewahren wie ein Indianer. Und leicht hätten wir deren Achtung verscherzt. Wir begnügten uns damit, daß man uns den Weg zeigte und dafür sorgte, daß uns etwa umherschleichende Jibarros nicht den Leib mit Pfeilen spickten.

Als wir zu den übrigen zurückkehrten, loderte ein gewaltiges Feuer auf der Steppe. Auf Spießen und in der Asche brieten Hühner und Vierfüßler unbekannter Art, die bereits verlockend dufteten. Man hatte nur auf unsere Rückkehr gewartet, um mit dem Essen zu beginnen, und diesmal galt uns die Ehre des ersten Bissens. Das Mädchen holte sich aus der Asche eine durchgebratene Ente, riß sie in drei Teile und reichte mir und dem Doktor je ein Stück. Natürlich ließ unser gewaltiger Hunger kein langes Besinnen zu. Auch die Wilden warteten mit schlecht verhehlter Ungeduld auf unser Zubeißen,

denn sie durften erst anfangen, nachdem wir den ersten Bissen verschlungen hatten. Und das dauerte keine Minute!

In der nächsten Viertelstunde wurde die Ruhe nur durch das Schmatzen der heißhungrigen Indianer unterbrochen. Worte fielen nicht.

Nach eingenommenem Mahl kreisten ein paar Kürbisflaschen mit einer süßlichen Flüssigkeit. Dann verschwanden etwa zwanzig Mann im Dunkel der Nacht, während wir uns in der Nähe unseres Dolmetschers zur Ruhe niederlegten.

Der junge Häuptling war gesprächig geworden. Ich bat ihn, uns jetzt endlich zu erzählen, wie das alles gekommen sei, und wie ihn die Jibarros in ihre Gewalt bekommen hätten. Er berichtete: »Als ich euch mit dem Kanu in Sicherheit vor den Nachstellungen meines Vaters wußte, ging ich zum Ende des Dorfes, wo ich meinen Freund auf dem Wachtposten zu finden hoffte. Dort, wo der Wald beginnt, und das hohe Schilf im leichten Nachtwind rauscht, glaubte ich einen unterdrückten Ruf zu vernehmen. Ich blieb lauschend stehen. Da ich des Rauschens wegen nichts unterscheiden konnte, legte ich mich auf den Boden. Man kann dann die Geräusche besser unterscheiden. Kaum hatte ich mich ausgestreckt, da wurde ich gepackt und blitzschnell gefesselt. Meinen Kriegsschrei erstickte der Knebel. Dann wurde ich aufgehoben und in raschem Lauf davongetragen. Noch wußte ich nicht, mit wem ich es zu tun hatte. Erst als man mich ins freie Land brachte, erkannte ich die Jibarros. Ich versuchte, mich zu befreien, doch war alle Mühe vergebens. Die Hunde wissen einen überrumpelten Feind zu fesseln! – Man warf mich in ein Kanu, das am Ufer versteckt lag. Aus den Reden der Männer entnahm ich, daß sie euch hatten vorbeifahren sehen. Auch das Mädchen hatten sie erkannt und sehr richtig geschlossen, daß sie zu Fuß zurückkehren würde. Sie sollte im Walde abgefangen werden.

Was ich bei diesen Worten empfand, vermag ich nicht zu beschreiben. Ihr kennt die Martern, denen die Gefangenen der Jibarros ausgesetzt sind. Und der Gedanke, daß meine zarte Blume, mein Glück, ahnungslos einem derartigen Tode entgegengehen sollte, machte mich rasend. Wie wahnsinnig zerrte ich an meinen Fesseln. Ich rieb mir die Arme wund, um mich zu befreien – umsonst! Je mehr ich meine

Kräfte anspannte, desto mehr grinsten die Halunken. Sie mochten wohl erkennen, daß mir das Mädchen nahestand. Um so ausführlicher wurde die Beschreibung alles dessen, was man meiner teuren Blume anzutun beabsichtigte. – Auf einmal teilten sich die Büsche, und zwei Jibarros schleiften meinen Freund an den Haaren über den Boden. Auch er war gefesselt wie ich. Hastig warfen sie auch ihn in das Kanu. Dann stießen sie in die Mitte des Stromes. Dort, wo der erste Felsen aus der Ebene wächst, berührten wir das Ufer wieder. Wir wurden auf das Land gebracht und in das Gebüsch geschleift. Zwei der Burschen blieben bei uns. Die andern folgten euch mit dem Kanu. Sie wollten euch abfangen, während andere Krieger, die irgendwo versteckt liegen sollten, die Jagd auf mein Mädchen aufzunehmen hatten. Das weitere wißt ihr.«

Mein Blutsbruder erging sich nun in den wärmsten Worten über unser schnelles Eingreifen und seine Errettung aus den Händen seiner Feinde. Er kam auch auf den Überfall durch die Seinigen zurück, die in dem Glauben waren, daß wir Weißen in ihr Dorf eingebrochen seien und die Männer mitgeschleppt hätten. Die Jibarros hatten nämlich in dem Wachthaus, aus dem sie den Freund herausholten, eine alte Frau gefunden und sie einfach niedergeschlagen. Diese war am Morgen erwacht und hatte Lärm geschlagen, wobei sie die Vermutung äußerte, daß die verschwundenen Fremdlinge den Überfall ausgeführt haben müßten.

Felipe schlief die ganze Nacht und in den hellen Morgen. Als er endlich erwachte, fühlte er sich wieder wohl. Die Behandlung durch die Arznei der Wilden hatte ihn rascher geheilt, als wir Europäer es je fertiggebracht haben würden. Die Caupolicanleute rüsteten zum Aufbruch in ihr Dorf. Und wir? Unschlüssig standen wir an der Bahre des jungen Häuptlings, um ihm zum Abschied die Hand zu drücken. Er forderte uns natürlich auf, ihn zu begleiten und, solange es uns gefiele, seine Gastfreundschaft zu genießen. Doch damit war uns nicht gedient. Unser Ziel lag dem seinen gerade entgegengesetzt. Und wenn wir auch auf unserer Reise flußabwärts Gefahr liefen, mit den Jibarros zusammenzutreffen, so ließ sich das eben nicht vermeiden.

Der Häuptling, noch mehr das junge Mädchen baten uns dringend, doch den Wasserweg zu vermeiden und uns über Land zu den Pumayas zu begeben, die von unserer Ankunft benachrichtigt seien. Zur Sicherheit erbot sich der junge Mann, noch einen Läufer seines Stammes zu den Pumayas zu entsenden, damit sie uns entgegenkämen und so unsere Reise sicherstellten. Diesen dringenden Bitten mußten wir nachgeben. Dann erst brach die Truppe auf und zog ihrer Heimat zu. Wir aber lenkten unsere Schritte dem Versteck zu, in dem unser ganzes Hab und Gut in einem ausgehöhlten Baumstamm verborgen lag.

Vierzehntes Kapitel

Wir wagen den Wasserweg

Strandung im Wasserfall. – Wir machen einen Gefangenen. – Ein braunes Mädel und zwei leere Konservenbüchsen.

Mitternacht war vorüber. Die silberne Mondsichel schimmerte matt über einem wogenden Nebelmeer. Aus den sumpfigen Wiesen am linken Ufer des Chilive zogen sich lange Schwaden. Sie stiegen kerzengerade empor, knickten in dem scharfen Luftzug, der von den fernen Bergriesen herüberwehte, zusammen und lagerten sich müde auf die undurchdringliche weiße Schicht. Immer höher wuchs die feuchte Mauer in den Äther. Immer weiter rückte sie gegen den Fluß vor.

»In solchen Nächten wagt sich kein Wilder auf den Fluß!« Felipe brach das lange Schweigen, das unserer Aussprache, ob wir das Wagnis unternehmen wollten oder nicht, gefolgt war. – Wir standen vor der Wahl: ein viele Tagereisen langer, beschwerlicher Fußmarsch durch ein von feindseligen Indianern durchschwärmtes Land, mit einem schweren Tragsack auf dem Rücken, oder die Kanufahrt auf dem rasch fließenden Strom, mitten durch das Gebiet der Jibarros. In vierundzwanzig Stunden konnten wir unter den Pumayas schlafen.

»Wagen wir es!« rief ich schließlich. »Der Nebel wird uns schützen. Hier können wir nicht bleiben. Die frischen Spuren, das noch glimmende Feuer, das wir kurz vor Sonnenuntergang bei den Felsen fanden, sagen uns deutlich genug, daß wir den Tag hier nicht erwarten dürfen.«

»Denn mit Gott!« brummte der Doktor. Er stemmte sich mit seinem ganzen Gewicht gegen den Baum und rollte ihn mit unserer Unterstützung in den Fluß. In Erinnerung an ähnliche Fahrten in der Südsee hatte ich die Bordwände unseres Einbaumes derart mit Zweigen bestreckt, daß ein oberflächlicher Beobachter sich vielleicht täuschen ließ. Und da wir bei Tagesanbruch irgendwo im ruhigen Wasser den Tag über bis zum nächsten Mondaufgang rasten wollten, konnte es das Glück vielleicht geben, daß unsere List gelang.

Man glaubt ja gern, man könne erreichen, was man sehnlichst erhofft.

In der Mitte des Chilive faßte uns eine heftige Strömung, die unser Fahrzeug pfeilschnell durch das Wasser jagte. Wir lagen auf den Knien, durch Bordwand und Büsche gegen Sicht von außen gedeckt. Ich steuerte. Felipe lag vorn im Ausguck und meldete die auftauchenden Hindernisse. So ging die Fahrt flott vonstatten. Wir durcheilten dichte schwarze Wälder, schossen durch beängstigend hohe Felsentore und tauchten wieder in Nebelwände ein.

Aus dem Felsenmeer im Osten hob sich der goldene Sonnenball. Weiter riß uns die starke Strömung. Die weiße Schutzmauer geriet in wogende Wallung. Wird sie erst das Land oder erst das Ufer freilegen?

Da drang ein donnerndes Geräusch vom rechten Ufer herüber. Die tanzenden Nebelmassen wälzten sich wie kochender Schaum über das Land. Wie von Milliarden Diamanten durchsetzt, funkelte eine schneeige Wolke über dem Fluß. Und mit dem Tosen wuchs der feine Wasserdunst, der sich über unsern Körper legte.

»Doktor! Ein Wasserfall!« schrie ich gellend durch den Lärm.

Dr. Perez schoß bei diesem Schreckensruf so schnell in die Höhe, daß auf ein Haar das Kanu sein Gleichgewicht verloren hätte. »Wo? Um Gottes willen, stoppt das Boot!« rief er.

»Nicht im Fluß! Zur Rechten!« brüllte Felipe. Und schon donnerte ein Regenguß auf uns hernie-

der, der unser Boot sofort bis zum Rand füllte. Wie ein leichter Span wirbelte das Fahrzeug in der kochenden Flut. Dann ein Ruck, ein Knirschen, und unter dem donnernden Gebrüll des stürzenden Wassers krochen wir, halb ertrunken, auf eine vorspringende Felszacke.

Wir waren regelrecht gestrandet. Gestrandet in dem Becken eines von rechts sich in den Chilive ergießenden Wasserfalles. Unser Kanu hatte sich in die von den wirbelnden Wassern gegen das Ufer geschleuderten Sandmassen eingewühlt, und nur dadurch waren wir aus dem Strudel gerettet worden.

Es dauerte eine geraume Weile, bis wir die Sprache wiederfanden. Stumm, geistesabwesend, den Kopf von dem wirbelnden Tanz des Einbaumes benommen, unwillkürlich auf ein Nachlassen des ohrenbetäubenden Lärmes wartend, kauerten wir auf dem felsigen Vorsprung. Unsere Blicke kreuzten sich. Sie flogen von den gespannten Mienen des Gefährten zu dem schwankenden Fahrzeug, das allein unsere Rettung aus diesem Hexenkessel ermöglichte. Jeder erwog bei sich, wie der schwere Baum flottzumachen wäre ....

Ich kroch dicht an den neben mir liegenden Doktor und brüllte ihm meine Vorschläge ins Ohr. »Wir müssen den Kahn retten, sonst versandet er! Felipe muß ins Wasser und den Baum quer zu legen versuchen. Wir helfen ihm von dieser Seite. Dann heraus mit dem Gepäck, sonst fürchte ich für die Haltbarkeit der wasserdichten Überzüge. – Vor den Wilden, falls sie sich hier aufhalten, sind wir durch den dichten Wasservorhang gedeckt, und jedes Geräusch geht in dem Tosen verloren.«

Während Dr. Perez Felipe verständigte, sprang ich in die schäumende Flut. Vorsichtig watete ich durch die metertiefe Rinne, die das in dünnen Fäden an den Felswänden hernieder rieselnde Wasser zwischen Wand und Sandbank gegraben hatte. Mehr als einmal drohte mich der wirbelnde Sog niederzuziehen, doch erreichte ich endlich das Hinterteil des Kanus, das ziemlich hoch auf dem Sande lag.

Meine erste Sorge galt den Waffen. Gottlob, sie lagen noch dort, wo ich sie, zum sofortigen Gebrauch bereit, befestigt hatte. Zwar waren die Läufe der Büchsen bis zum Rande vollgelaufen, die Revolver saßen aber in ihren dichten Umhüllungen.

Nachdem ich mit des Doktors Hilfe unser gesamtes Gepäck auf die Sandbank gebracht, war das Heben des Fahrzeuges leicht. Schon nach einer halben Stunde schwamm es in der Rinne. Wir vertauschten alsbald unsern harten Felsensitz mit dem Kanu und begannen dann, Vorbereitungen zu unserer Befreiung aus dem nassen Gefängnis zu treffen. Dazu mußten wir vor allen Dingen unsere Umgebung kennenlernen. Der Doktor und Felipe erkletterten, der eine von rechts, der andere von links, die Randfelsen um das vor uns liegende Gelände, auf unsere Sicherheit hin zu erkunden. Ich selbst bemühte mich inzwischen, die Waffen instand zu setzen und für die Zusammenstellung eines tüchtigen Mahles zu sorgen. Das war eine schwere Aufgabe. Nur das, was in wasserdichten Säckchen, Schweinsblasen oder Blechbüchsen aufbewahrt wurde, konnte noch gebraucht werden. Allerdings schwammen in der Rinne prächtige Fische. Sie zu fangen hatte aber keinen Zweck, weil keine Möglichkeit war, sie zuzubereiten. Mit der Munition hatte ich mehr Glück. Nur wenige Patronen waren verdorben. Immerhin war der Verlust derselben äußerst schmerzlich in einer Gegend, in der an eine Ergänzung nicht zu denken war.

Der Doktor kam zuerst zurück. Seine Meldung lautete wenig tröstlich. Der Wasserfall entsprang einem stufenförmig über unsern Köpfen aufgebauten Felsenriesen, dessen Gipfel sich in den Wolken verlor. Auf dem jenseitigen Flußufer, in etwa einem Kilometer Entfernung, lag das Dorf eines Indianerstammes. An Stelle der Hütten begnügten sich diese Eingeborenen mit offenen, aus Zweigen hergestellten Ranchos. Ein Zeichen für ihr Nomadentum. In geringem Abstand vom Wasserfall, flußaufwärts, waren einige Männer beim Fischfang mittels Wurfspeeren. Sie benutzten dazu Kanus, die durch eine Art Anker auf einer Stelle festgehalten wurden.

»Wahrscheinlich sind diese Wilden keine Jibarros«, schloß Dr. Perez, »denn soviel ich mich erinnere, sollen letztere seßhaft sein und daher in Hütten wohnen. Ein Besuch bei den Leuten scheint mir indessen nicht ratsam, solange uns noch ein Weg bleibt, ungesehen weiterzukommen.«

»Ganz meiner Meinung, lieber Doktor. Es wäre aber möglich, daß wir uns bereits im Gebiet der Pumayas befinden. Dann hätte es keinen Zweck, uns zu verbergen. Der Stamm soll uns ja freundschaftlich gesinnt sein.«

»Quien sabe! Doch dort kommt Felipe. Ich sehe seine Beine in dem Spalt baumeln – dort – links von dem hellen Zacken«, brüllte der Doktor.

»Alle Wetter! Das ist Felipe nicht!« rief ich, sprang über Bord und watete auf die Stelle zu, an der ein Paar braune Beine sich sichtlich um einen Stützpunkt bemühten. – Als sie eben festen Halt gefunden hatten, fiel uns ein Speer vor die Füße, dem eine Matte folgte. Unmittelbar darauf hielten wir einen Indianer in den Händen, der vor abergläubischem Entsetzen zusammenklappte und einen lauten Schreckensruf ausstieß. Zum Glück konnte der Schrei nicht gehört werden.

»Grüß' Gott, Braunfell!« rief ich dem zitternden Mann zu, indes der Doktor daran ging, ihm die Arme an den Körper zu schnüren. »Es tut mir leid, daß wir dich nicht höflicher empfangen können. Bist du ein Sohn der Jibarros oder der Pumayas?«

Von der ganzen Rede verstand der völlig nackte Wilde natürlich nur die beiden Stammesbezeichnungen. Er antwortete jedoch nicht sofort, sondern sah sich erst forschend um. Beim Anblick des Kanus dämmerte es ihm doch wohl, daß er nicht etwa Geister, sondern leibhaftige Menschen, wenn auch von einer andern Rasse, vor sich habe. Sein Gesicht nahm eine geringschätzende Miene an. Dann drückte er durch Handbewegungen seine Verachtung über die genannten beiden Stamme aus.

»Wer bist du denn sonst? Leben hier noch andere Wilde? Bist du ein Caupolican?« fragte ich, mit dem Finger auf seine Brust deutend.

Auch diese Frage wurde mit einer wegwerfenden Handbewegung abgetan. Der junge Mensch begann aber zu sprechen und rief uns mit lauter Stimme eine Anzahl abgehackter Worte zu, in denen der Name »Canilos« einige Male vorkam. – Ich erinnerte mich, von dem Stamm schon gehört zu haben.

»Also du bist ein Canilos?«

Er nickte so heftig, daß es aussah, als müsse ihm der Kopf davonfliegen.

Wir überlegten noch, was wir mit dem Gefangenen beginnen sollten, als Felipe aus dem Wasser auftauchte.

»Hallo, wen habt ihr denn da?« fragte er erstaunt. Er ging auf den Mann zu und betrachtete aufmerksam seine Bemalung.

»Von der Sorte liegen auf dieser Seite sechzehn Männer und fünf Frauen. Drüben laufen noch mehrere umher. Alle sind mit Speeren, Keulen und Bogen bewaffnet. Was mich am meisten wunderte – ich schlich mich ziemlich nahe an die Gruppe heran – ist aber, daß die Indianer Christen sein müssen, denn sie schienen zu beten und machten dabei das Zeichen des Kreuzes. Nur stimmt damit die Kleidung nicht. Die Missionare werden es nie erlauben, daß die Frauen nackt umherlaufen.«

Bei den Worten »cristianos« horchte der Wilde auf. Unverzüglich machten wir nun die Probe und sagten ihm das Vaterunser erst auf spanisch, dann auf lateinisch vor. Das verstand er nicht. Felipe holte nun aus seinem nassen Hemd ein kleines Kruzifix und zeigte es dem Wilden. Er betrachtete aufmerksam die Darstellung, dann beugte er das Knie und versuchte seine Hände zu falten.

»Ein Canilos ist das«, rief Felipe, als ich von meinem Untersuchungsverhör berichtete, »von denen hat mir das Indianermädchen etwas erzählt – aber was nun? – hm – ja, daß sie den Jibarros an Falschheit ebenbürtig sind.«

»Aber jetzt wollen wir vor allen Dingen essen und dabei beraten, was wir mit dem Braunfell anfangen«, erwiderte ich. »Was hast du da draußen entdeckt?«

»Nur diese Gesellschaft – und ich denke, wir schenken den Brüdern nicht allzu großes Vertrauen. – Da iß«, unterbrach er sich, indem er dem Canilo ein Stück dürres Fleisch in den Mund schob. »Du wirst auch Hunger haben, und ich vermute stark, daß du heute noch eine lange Reise machen mußt.«

»Wieso – was meinst du damit?«

»Daß wir den Mann als Geisel mitnehmen. Wenn die Burschen uns feindlich gegenübertreten, zeigen wir ihnen ihren Stammesbruder. Sie werden sich dann besinnen, uns anzugreifen.«

»Hm, der Gedanke ist nicht schlecht. Suche nun aber zuerst aus dem Menschen herauszubringen, wo die Jibarros und wo die Pumayas wohnen. Wir können es von dem am besten erfahren.«

Da wir das Tageslicht für die Ausfahrt aus unserm Gefängnis benutzen mußten, hatten Dr. Perez und ich alle Hände voll zu tun, um den Kahn wieder instand zu setzen. Das Gepäck wurde besonders sorgfältig verstaut und durch Felle und Matten vor dem zu erwartenden Sturzbad nach Möglichkeit gesichert.

Felipe glaubte von unserem Gefangenen verstanden zu haben, daß wir erst beim Zusammenfluß von zwei Strömen sowohl auf Jibarros als auf Pumayas stoßen würden. Die größere Gefahr drohe uns jedoch von den Canilos, die den jungen Mann wahrscheinlich bereits vermißten. Die Wilden konnten uns ganz bequem die Schädel einschlagen, wenn sie sich dort am Ufer aufstellten, wo es für uns den einzigen Weg zum Ausbruch aus unserm Gefängnis gab. Und daß sie das tun würden, sobald sie uns aufgespürt hatten, darauf konnten wir schwören.

Demnach mußten wir sofort aufbrechen. Wir machten uns reisefertig und luden den jungen Wilden in das Boot. Kaum merkte er jedoch, daß er mit uns fahren sollte, als er sich so wild herumwarf, daß der Baum beinahe kenterte. Vergebens bemühten wir uns, dem Indianer begreiflich zu machen, daß ihm kein Leid geschehe. Er gebärdete sich wie ein Wahnsinniger und schrie und tobte, als ob er schon das Messer an der Kehle hätte.

»Es hilft nichts, wir müssen den Kerl hierlassen«, rief ich endlich. »Er glaubt sicher, wir brächten ihn zu den Jibarros, und die scheint er ebenso zu fürchten wie – na, wie wir. Felipe, wirf ihn über Bord und setze ihn auf den Felsblock. Seine Kumpane werden ihn schon holen.«

Nunmehr schoben wir den Kahn vorsichtig am Ufer, entlang. Kurz vor dem Durchbruch durch den nassen Vorhang trieben ihn unsere vereinten Kräfte zu schnellster Fahrt – ein prasselnder Regen, dann schwammen wir in blendendem Sonnenschein in ruhigem Schaukeln der Mitte des Chilive zu.

Sofort bemerkten uns die Indianer. Ein einziger Schrei des Erstaunens durchzitterte die Luft. Man sah in dem Gebaren der Menschen den abergläubischen Schrecken, den ihnen das plötzlich auftauchende Fahrzeug einflößte. Die auf dem Fluß vor und hinter uns ankernden Kähne lösten sich und strebten eiligst dem Ufer zu, während jene Männer, die noch zu weit vom Land entfernt waren, einfach ins Wasser sprangen und ans Ufer schwammen. Erst als wir die Personen kaum noch erkennen konnten, wagten sich die Canilos wieder auf den Fluß.

Fünfzehntes Kapitel

Auf der schwimmenden Insel

Eiersuppe. – Affenbesuch. – Wenig Kochgeschirr und viel Essen. – Ruhe vor dem Sturm.

Als die Sonne ihre Strahlen schräg auf den Wasserspiegel senkte und blendenden Glanz über den Fluß breitete, sichteten wir mitten in dem wohl kilometerbreiten Bett eine kleine Insel. Das war ein ideales Nachtlager für uns.

Mit einem Gefühl der Befreiung aus hartem Frondienst begrüßten wir das Knacken, mit dem sich unser Fahrzeug, vom Strom getrieben, tief in den buschbesetzten Rand der Insel einbohrte. Felipe betrat als erster das Land und begann, die Umgebung zu erkunden. Schon nach wenigen Schritten hörten wir seinen Ruf. Gleich darauf erschien er wieder mit einigen Enteneiern.

»Kommen Sie, amigos, helfen Sie mir sammeln«, rief er, »hier ist Nest an Nest. Wenn erst die Vögel zurückkehren, finden wir auch Fleisch für einige Tage.«

Vergessen war die Müdigkeit. Der nur unvollkommen befriedigte Magen verlangte sein Recht. Ei auf Ei wurde aus den Nestern genommen. In einer mit Wasser gefüllten Dose prüften wir jedes einzelne Stück auf seine Frische, und bald rundete sich der Vorrat im Boot.

Mit Zunder und Feuerstein brachten wir in kurzer Zeit ein lustiges Feuer zum Flammen, an dem jeder auf seine Art geschäftig hantierte. Unsere »Universalkochtöpfe« lieferten uns bald hart- und weichgekochte Eier. Felipe braute sich mit Hilfe einer Handvoll gestoßener Maiskörner eine dicke Eiersuppe. Mindestens zwanzig Eier wurden mit wenig Wasser und einer tüchtigen Handvoll Mais in den Topf geschlagen. Als die Masse zu einer dicken gelben Brühe zusammengerührt war, kam eine ausgiebige Prise spanischer Pfeffer und etwas Salz hinzu, und die Suppe war fertig.

Noch während des Essens stellte sich ein Schwarm Enten ein. Die Vögel umkreisten die Insel anfangs mit scheuem Geschrei. Bald aber kamen sie herbei und hockten sich mit einigen scheltenden Lauten auf ihre Nester. Bei seinem Rundgang um die kleine Insel war Felipe auch auf eine Affenfamilie gestoßen. Sie bestand aus einem alten Paar und zwei Jungen. Wie diese Tiere hierher gelangt sein konnten, verursachte uns beiden manches Kopfzerbrechen. Des Rätsels Lösung fand sich später. An jenem ersten Abend zwang wohl das Mitteilungsbedürfnis unsere Nachbarn zu einem Annäherungsversuch. Das alte Weibchen kam behutsam in unsere Nähe und begann eine längere Rede, in der uns vermutlich eine rührende Leidensgeschichte erzählt wurde. Wenigstens machte die alte Dame dabei ein Gesicht, das weniger hartgesottene Gesellen zu Tränen gerührt hätte. Bei uns kam sie aber nicht auf ihre Rechnung. Die Äffin schnitt derartig komische Grimassen, daß wir laut herauslachen mußten. Während dieser ganzen Unterhaltung saß der Herr Gemahl auf einem etwas höher gelegenen Ast und unterstützte die Rede seiner Gattin durch gelegentliche Zwischenrufe. Die Jungen beschäftigten sich unterdessen mit der Säuberung des Körpers durch die uns allen bekannten Bewegungen. – Wie wir es in Europa gelernt haben, so fertigte ich auch hier die Bittsteller ab. Ich reichte der alten Schachtel einen noch ganz durchweichten Maiskolben, den sie nach langem Zureden aus meiner Hand nahm. Die Frucht war ihr aber sichtlich unbekannt. Sie roch daran, prüfte mit Zunge und Zähnen den Geschmack, verzog mißbilligend die Nase und ließ es geschehen, daß Gemahl und Kinder die seltene Gabe in das Innere der Insel entführten. Bald verschwand auch sie. Wir wähnten uns in diesem Versteck in Sicherheit. Alles Leben auf der Insel deutete darauf hin, daß Menschen sie nicht aufzusuchen pflegten. Immerhin durften wir uns nicht alle zu gleicher Zeit dem Schlafe hingeben. Da aber jeder von uns vor Müdigkeit beinahe umfiel, losten wir die vier Wachen aus. Mich traf die erste. Es war ein fürchterlicher Kampf mit dem Schlaf, den ich bis zehn Uhr auszufechten hatte. Felipe löste mich schlaftrunken ab. Er vertrieb sich die Zeit bis zum Aufgang des Mondes damit, daß er sämtlichen Enten hinter den nächstgelegenen

Büschen die Hälse umdrehte und sie rupfte. Diese Arbeit mußte der Doktor fortsetzen, als er um ein Uhr geweckt wurde. Auch auf mich trafen noch etwa ein halbes Dutzend Vögel, mit deren Entfiederung ich die Zeit bis vier Uhr ausfüllte. Dann hätte ich noch zwei Stunden schlafen dürfen. Ich zog es aber vor, den im Mondlicht rasch vorüberfließenden Strom zu betrachten, auf dessen ruhiger Fläche sich zarte, duftige Nebel bildeten, die über jedem Strudel in drehende Bewegung gerieten und sich so vom Wasserspiegel loslösten, um in den Morgenhimmel emporzusteigen. Dort trieb sie eine leise Brise der dunklen, gewaltigen Gebirgskette zu, die uns den Weg zum Ziel drohend zu versperren schien.

Als dann das emporsteigende Tagesgestirn die höchsten Firnspitzen vergoldete, wich auch von dem Spiegel des Chilive die Nacht. Der muntere Weckvogel ließ sein »Dios de ti!« erschallen, und nun regte sich das Leben im fernen Urwald und auf dem Fluß. Scharen hungriger Wasservögel ließen sich auf den Strom nieder und begannen ihre Jagd. Die Enten auf unserer Insel, immer noch zahlreich genug, erhoben sich zum Fluge in die moorigen Glasflächen des linken Ufers, während droben im weißen Äther ein Raubvogelpaar seine Kreise zog.

Heute war Ruhetag. Unsere Kleider und manches Gepäckstück mußten getrocknet werden. Unsere Körper verlangten Ruhe und Erholung. Beinahe wäre unser »Staatsanzug«, der bedenkliche Neigung zum »schimmeln« zeigte, bei der Gelegenheit in unrechte Hände gekommen. Denn als der Doktor die einzelnen Stücke an den Bäumen aufgehängt hatte, erschien der Affe plötzlich aus einem Wipfel und streckte begehrlich den Arm nach der europäischen Herrlichkeit aus. Wir konnten jedoch mit dem besten Willen seine Wünsche nicht erfüllen und mußten uns mit dem Affen die halbe Stunde lang, die die Anzüge zum Trocknen brauchten, herumärgern. Bequemer war es mit den übrigen Kleidungsstücken. Wir zogen sie naß an und trockneten sie am Körper.

Nach dem Frühstück verschönerten wir uns gegenseitig. Einer schnitt dem andern Haare und Bart. Der Äffin, die der Prozedur mit prüfendem Blick zuschaute, schienen wir zu gefallen. Ihr Gemahl schmollte noch mit uns. Oder fürchtete er, daß seine gestrenge Gemahlin auch seinen spärlich behaarten Schädel in eine ähnliche Behandlung nehmen könnte?

Dann kam das seit vielen Tagen vernachlässigte Tagebuch an die Reihe. Es mußte nachgetragen werden. Bei unsern ereignisreichen Fahrten dauerte eine solche Arbeit recht lange. Anläßlich dieser Forscherpflicht mußte ich mit dem Doktor einen Streit ausfechten. Er war mit seinen Eintragungen weit im Januar, und nach meinem Kalender schrieben wir den 21. Dezember. Später stellte es sich heraus, daß ich mich um neununddreißig Tage geirrt hatte! Auf so langen Reisen in unzivilisierten Ländern kommen derartige Irrtümer häufig vor, da man oft monatelang gar keine Gelegenheit findet, die Daten zu vergleichen. Mit dem Stellen der Uhr kann man sich nach dem Stand der Sonne richten. Kennt man den ungefähren geographischen Punkt, so ist die Zeit leicht gefunden.

Dem Mittagessen sahen wir beiden naturalistas mit gespannter Erwartung entgegen. Felipe hantierte geheimnisvoll um die Feuerstelle und schlich mit einem Gesicht umher, als ob er die größte Überraschung für uns vorbereite. In der Tat konnten wir einen Ausdruck der Bewunderung nicht unterdrücken, als wir feierlich »zu Tisch«, in diesem Falle an die Bordwand, gerufen wurden. Es gab Schildkrötensuppe, gerösteten Fisch, Spiegeleier und gebratene Enten. Letztere waren auf Waldläuferart zubereitet worden. Man nimmt die Eingeweide heraus, schneidet Kopf und Füße ab und wickelt den Rumpf des Vogels in eine dicke Lehmschicht. Diesen Klumpen wirft man in die glühende Asche. Nach etwa einer Stunde ist der Lehm hart gebrannt und wird rissig. Nun schlägt man den Klumpen entzwei. Haut und Federn sitzen im Lehm, und das weiße Fleisch liegt gar vor uns. Die so zubereiteten Vögel sind bei weitem schmackhafter als die am Spieß gebratenen. Denn so geschickt man auch im Laufe der Zeit in der Bratkunst wird, es bleibt doch immer eine primitive Geschichte. Originell ist, daß bei solchen »Diners« in der Wildnis nur zwei Geschirrstücke vorhanden sind. Ein Blechteller und ein Blechtopf. Ersterer dient auch als Bratpfanne; in dem Topf kocht man alles, was sonst noch vorkommt, und das ist oft sehr vielgestaltig.

Während Felipe sich mit der Zurichtung der noch vorhandenen vielen Enten beschäftigte – er legte

Lehmklumpen auf Vorrat ein –, untersuchte ich mit dem Doktor die Insel. Sie beherbergte außer den Affen und Enten noch ein Huhn der Gattung Pauxis. Auch dessen Anwesenheit konnten wir uns nicht erklären, bis ich endlich herausfand, daß unsere Insel gar nicht mit dem Grunde des Stromes verwachsen war. Die ganze Fläche war irgendwo vom Ufer losgerissen und von der Gewalt des Flusses entführt worden, bis sie endlich hier auf einer Sandbank strandete. Zweifellos lag der Zeitpunkt der Strandung schon einige Zeit zurück, denn sonst hätten die Enten ihre Brutplätze nicht hierher verlegt. Die Entdeckung war wertvoll für uns, denn die schwimmende Insel sicherte uns einen ruhigen Unterschlupf für einige Tage und war im Falle eines feindlichen Angriffs leicht zu verteidigen. Spuren irgendeines menschlichen Besuches fanden sich auch nicht. Übrigens schwimmen derartige Zeugen verheerender Naturgewalten in all den mächtigen Strömen der Tropenländer herum. Sie sind durchaus keine seltenen Erscheinungen, und der Eingeborene, an dessen Dorf oder Kanu sie vorübertreiben, widmet ihnen kaum einen Blick. Für unser Ruhebedürfnis war der Ort wie geschaffen.

Felipe mußte die Felle gerben. Der weiße Puma war schon steinhart geworden, und es lag die Gefahr nahe, daß das Fell ganz verderben würde. Der Doktor fischte, und ich flickte Kleider, stopfte Strümpfe und bemühte mich, mittels eines Streifens ungegerbter Haut aus den Überbleibseln einer ledernen Fußbekleidung einen Gegenstand zusammenzustellen, der eine entfernte Ähnlichkeit mit einem Stiefel haben sollte.

Nach dem Mittagsmahl schlug der Doktor Alarm. Weit hinter uns, stromaufwärts, wurden Indianer am Ufer sichtbar. Sie hatten Kanus bei sich und schienen zu fischen. Durch das Fernglas zählte ich fünf Männer in drei Einbäumen. Von unserer Anwesenheit hatten sie offenbar keine Ahnung, denn sie führten keine Waffen und tummelten sich sorglos im Fluß. Zum Glück hatte Felipe unser Feuer bereits gelöscht, sonst hätte uns der Rauch verraten. Natürlich behielten wir die Männer im Auge. Von Minute zu Minute erwarteten wir Anhaltspunkte zu finden, ob die Indianer in der Nähe ihren Wohnort hatten, oder ob sie zu den Canilos gehörten, die anscheinend nomadisierend im Lande umherstreifen. Wir warteten vergeblich. Erst spät am Nachmittag rüsteten sich die Leute zum Aufbruch. Sie sprangen in ihre Kanus, die sie in die Mitte des Stromes ruderten. Dann hockten sie sich auf den Boden des Fahrzeuges und ließen sich treiben. Auf kaum zehn Meter Entfernung führte sie der Strom an unserer Insel vorüber, die sie keines Blickes würdigten. Aus unserm Versteck konnten wir die Wilden genau erkennen. Breit gedrückte, häßliche Gesichter, kupferbraune, sehnige Körper fielen uns sofort auf. Keine Spur von Bemalung ließ die Stammeszugehörigkeit erkennen.

»Nun, Don Fernando, was beginnen wir jetzt?« fragte der Doktor, als die Kanus hinter der nächsten Biegung verschwunden waren.

»Nichts!« gab ich zur Antwort. »Ich denke, wir bleiben noch einen oder zwei Tage hier und segeln dann bei Nacht und Nebel ab. Gar so weit wird doch der ›große Strom‹, den uns die Caupolican-Indianer beschrieben, nicht mehr entfernt sein. Wir benutzen unsere Ruhezeit, um unserm Kahn wieder ein unverdächtiges Äußere zu geben, und fertigten uns ein paar Ersatzruder an. Auch einen Mast möchte ich einsetzen. Wer weiß, ob uns die Abendbrise nicht noch einmal nützlich werden kann. Wenn der in den Chilive einmündende Fluß der Rio Manu ist, dann möchte ich den stromaufwärts befahren. Wir können dann leicht an den Cayalifluß kommen, der mit dem Maranhon in Verbindung sieht ....«

»Halt – stopp!« rief der Doktor. »Gar so leicht geht das doch nicht! Wir wollen lieber nicht weiter als über den nächsten Tag verfügen. Vorerst haben wir mal mit den Jibarros zu rechnen. Kommen wir glücklich an denen vorbei, dann reden wir weiter. Außerdem habe ich auch keine Lust, allzu weit über die brasilianische Grenze zu gehen. Meine Aufgaben beschränken sich auf Peru.«

»Leider weiß ich das. Ich wäre aber gern noch länger in Ihrer Gesellschaft gereist.«

»Wie gesagt, lassen wir diese Fragen einstweilen unerledigt. Wer weiß, was uns das Schicksal vorbehalten hat. Sind wir erst glücklich bei den Pumayas angekommen, dann reden wir weiter.«

Sechzehntes Kapitel

Die Todesfahrt

Die Jibarros spüren uns auf. – »Feuer!« – Die Kanusperre. – Das Gewitter greift ein. – Wir treiben!

Zwei Tage später, an einem schwülen Tage, dessen Morgendämmerung schon einen bösen Verlauf vorhersehen ließ, brach in den Vormittagsstunden ein fürchterliches Gewitter aus, das den Chilive in wenigen Minuten bis auf den Grund aufwühlte. Blitz auf Blitz schoß aus den tintenschwarzen, tiefhängenden Wolken, und ein Sturm fegte über die Erde, als sei das Jüngste Gericht angebrochen. Unser Einbaum war beim ersten Anprall der Wogen voll Wasser geschlagen. Hätte uns das Unwetter auf dem Strom erfaßt, so wäre keiner von uns gerettet worden.

Wir zogen das Fahrzeug auf die Insel und drehten es um. Gleichzeitig bereiteten wir uns auf das Schlimmste vor. Unsere wertvollsten Sachen: Gold, Paß, Kreditbrief, Uhr und vor allem einige Kugeln bargen wir in dem wasserdichten Gürtel, der uns nie verließ. – Diese Gürtel bestehen aus einem langen Darm, der mit Stoff umhüllt ist. Sie sind leicht und verursachen keinerlei Beschwerden am Körper. Um die Brust legten wir die Büchsen. So standen wir in dem fürchterlichen Unwetter über eine Stunde auf einem Fleck. Unsere Insel hob und senkte sich. Ein Wanken und Krachen ging durch das Erdreich, und jedesmal, wenn ein dahertreibender Baumstamm gegen die untere Ecke stieß, erwarteten wir, daß sie auseinanderreißen würde.

Zwei leere Kanus sahen wir in dem tosenden Wirbel der Strömung vorübertreiben. Eben machte ich eine Bemerkung über die Unmöglichkeit, sich aus dem tollen Strudel durch Schwimmen zu retten, als vier Männer aus dem Wasser auftauchten und prustend und sich schüttelnd auf die Insel sprangen. Noch verbarg uns das dichte Gebüsch. Wir hatten daher Muße, uns die narbenbedeckten Körper der Indianer genau zu betrachten. In der nächsten Minute jedoch entdeckte der scharfe Sinn des einen Wilden unsere Anwesenheit. Er bog die Büsche auseinander und stieß einen lauten Ruf der Überraschung aus, in den seine Gefährten einstimmten. Mißlaunig gemacht durch den strömenden Regen, fand keiner von uns ein Wort des Willkommens. Wir blickten uns stumm in die Augen, und jeder erwartete von dem andern die erste Anrede. Der Zustand währte wohl eine Minute. Dann rief einer der Wilden seinen Gefährten ein paar Worte zu. Sie betrachteten uns noch einmal mit einem umfassenden Blick, prüften auch wohl das umgestürzte Kanu und verschwanden kopfüber im Wasser. Erst in weiter Entfernung tauchten die Köpfe wieder auf.

»Das sind Jibarros«, sagte Felipe. »Ich erkannte sie an dem Zeichen unter dem Auge. Genau dasselbe wiesen auch die Toten auf.«

»Nun, dann werden wir die Bande bald auf dem Halse haben. Die vier werden natürlich das Dorf alarmieren und uns beim Vorüberfahren einen warmen Empfang bereiten lassen.«

»Dann aber wollen wir nicht mit den Kugeln sparen, Don Fernando«, sagte der Doktor. »Es geht um unser Leben, und das geringste Mitleid kostet uns die Haut – und die brauche ich noch sehr nötig.«

»Ich lade Rehposten in beide Läufe«, erwiderte ich. »Die groben Schrote wirken bei Massenangriffen besser und machen auch einen nachhaltigeren Eindruck. Die Kugel wirft nur einen um. Die Rehposten jedoch günstigen Falles zwölf.«

So schnell, wie es gekommen, war das Unwetter auch vorübergebraust. Bald brannte die glühende Sonne in gewohnter Kraft und hüllte uns in eine Wolke von Wasserdampf. – Wir machten das Kanu flott. Um es vor dem Kentern zu schützen, bediente ich mich der Vorrichtung, die ich bei den Wilden der Südsee bewundert hatte. Ich befestigte zu beiden Seiten des Bootes, in einem Abstand von etwa einem Meter, einen Baumstamm. Dieser war durch Querstangen mit der Bordwand verbunden und sicherte dem Fahrzeug selbst bei hohem Wellenschlag eine gewisse Stabilität. Die Gefahr des Kenterns war durch diese Ausleger beseitigt, und sie ermöglichten uns außerdem ein sicheres Zielen.

Die Arbeit kostete viel Schweiß in der drückenden Hitze. Wir ließen sie uns indessen nicht verdrießen, denn nun durfte auch nicht das kleinste außer acht gelassen werden. Die Fahrt, die wir jetzt antraten, konnte die gefährlichste werden, die wir je gemacht. Wenn uns auch die Feuerwaffen eine gewisse Überlegenheit über die Wilden sicherten, so sind doch »viele Hunde des Hasen Tod«. Und die Jibarros sollten sehr zahlreich sein.

Wir klopften einen Lehmklumpen auf und verzehrten den kalten Entenbraten. Die Hitze lag drückend auf dem Wasser, und der Horizont hatte sich in eine grüngraue Dunstschicht eingebettet. Ich legte meinen Tropenhut über mich auf das heckenartige Buschwerk und beugte mich nieder, um meinen Becher mit Wasser zu füllen. Plötzlich vernahmen wir einen hohlen Klang. Mein Hut fiel von dem Busch herunter und blieb zu meinen Füßen liegen – er war von einem gefiederten Pfeil durchbohrt!

»Alle Wetter«, rief ich und warf mich zu Boden. »Kommt herunter von eurem Sitz und nehmt die Büchse – die Wilden sind da.«

Kaum war das Wort gesprochen, da gellte ein wilder Schrei über die Insel. Von der Spitze her sprangen Indianer auf uns zu. In der Rechten die schwere Keule schwingend, stürzten sie mit wutverzerrten Zügen durch das Unterholz, während vom Wasser her eine Anzahl Pfeile über unsere Köpfe schwirrte.

»Feuer!« schrie der Doktor.

Sechs Schüsse sandten das tödliche Blei in den Haufen der Angreifer, die wie vom Blitz getroffen zu Boden stürzten. Ein Geheul der Wut oder des Schreckens über den unerwarteten Empfang wälzte sich aus todwunden Kehlen und pflanzte sich über das Wasser fort. – Dort lag nunmehr die größere Gefahr für uns. Ich überließ es Felipe, die Insel von den Wilden zu säubern, und eilte mit dem Doktor der Stelle zu, wo wir die Kanus der Wilden vermuteten.

Sie flohen bereits. Acht Einbäume hingen aneinandergekoppelt im Strom. Noch warf sie der Strudel im Kreise herum – da pfiff unser Schrothagel über die Köpfe der Insassen und warf noch manchen Krieger kampfunfähig in die Boote zurück.

»Die sind fertig!« rief ich aus, als ich mich überzeugt hatte, daß kein Wilder mehr auf der Insel war. »An die Viertelstunde will ich denken, solange ich lebe. Die braunen Räuber lassen uns jetzt sicher in Ruhe.«

»Quien sabe!« erwiderte Felipe achselzuckend. »Hoffentlich finden sie die Genossen nicht, die ihnen der Fluß jetzt zuträgt, sonst stehe ich für nichts.«

»Was wollen sie denn machen ....«

»Nun, weiter nichts, als uns das Fell abziehen«, fiel mir der Doktor trocken in die Rede. »Jetzt sind sie gewarnt. Einen offenen Angriff wagen die Jibarros nicht mehr. Sie werden uns aber auch nicht mehr aus den Augen lassen und uns bei der ersten günstigen Gelegenheit überfallen. Dann möchte ich Sie bitten, Don Fernando, mich sofort zu erschießen, damit ich die Marter nicht auszuhalten habe.«

»Dieselbe Bitte habe auch ich, Don Fernando«, warf Felipe ein.

»Es ist allerdings eine fatale Situation, in der wir uns befinden, aber darum brauchen wir noch nicht zu verzweifeln. Noch ist Rettung ....«

»Ich möchte wissen, wo?« unterbrach mich hastig der Doktor. »Stromabwärts kommt kein Fisch ungesehen durch. Die beiden Ufer sind scharf bewacht. Gegen den Strom können wir nicht fahren, also?«

»Also – machen wir mal zuerst das Boot klar! Herrgott, es gibt ja kein anderes Mittel als den Kampf. Und ehe ich mich ruhig abschlachten lasse, mache ich doch wenigstens den Versuch zum Durchbruch. Entern können sie uns wegen der Ausleger so leicht nicht, und auf alles, was sich in Schußnähe zeigen wird, feuern wir, ohne erst die gefiederten Grüße abzuwarten.«

»Nun ja, machen wir denn das Boot klar und – aber, um Gottes willen, was ist denn das?« unterbrach sich der Doktor, indem er schreckensstarr flußabwärts deutete.

Dort lag wie eine Mauer Kanu an Kanu quer über dem Strom. Wohl an die hundert Einbäume krochen langsam heran. Kein Mensch war in den Booten sichtbar. Sie wurden wahrscheinlich schwimmend vorwärts gedrängt. Nur die Stelle der stärksten Strömung war unbesetzt.

Ich nahm das Fernglas und suchte die Wasserfläche ab. Richtig! Neben jedem Kanu bewegte sich ein schwarzer Punkt im Wasser. Ein herrliches Ziel für einen Kugelschuß! Ich schätzte die Entfernung auf etwa zweihundert Meter und forderte den Doktor auf, seine Kunst zu zeigen, sobald er den Punkt genau wahrnähme.

Drei Schüsse mit einem Treffer hatte ich gefeuert, da begann es zu regnen, mit solcher Gewalt, daß die Flut hoch aufspritzte. Zugleich zerfetzte ein grüner Blitz das Firmament. Der Wasserspiegel kräuselte seine kurzen Wellen mit weißen Köpfchen, die wie kleine Papierfetzen davonflogen. Krachend wälzte sich der tosende Donner vom Gebirge herab ....

In die Kanusperre kam Leben. Zwei, drei schlugen voll und sanken. Die Schwimmer hoben den nackten Leib aus dem Wasser – um durch unsere Kugeln zurückgeworfen zu werden. In Unordnung löste sich die Flottille auf und war unsern Augen durch den Regenvorhang bald entzogen.

Der Himmel wurde schwarz. Tiefe Nacht lagerte sich auf die Erde. Am Firmament bildeten sich ringsum Feueressen aus den zahllosen, ohne jede Unterbrechung herniederfahrenden hellen Blitzen. Ein Getöse brauste durch die Luft, das jede Verständigung unmöglich machte. Ein echtes Tropengewitter!

Die rasende Windsbraut schleuderte wahre Wasserberge über die Insel. Entwurzelte Riesenstämme tauchten urplötzlich vor uns auf und schoben sich hoch hinauf in die splitternden Büsche des Eilandes. Bei dem grellen Licht der Entladungen konnten wir das kochende Flußbett bis an die Ufer übersehen. Hier tauchte ein Kadaver aus den Fluten, dort trieben ganze Baumgruppen vorbei. Eine schlanke Königspalme schwamm kerzengerade daher.

Ein gewaltiger Ruck ging durch die Insel. Die Palme, die unter dem Wasserspiegel ihr Erdreich mit sich führte, hatte unsere rechte Seite mit großer Gewalt getroffen. Sie blieb an uns hängen und neigte die schöne Krone tief hinunter in die zerrissenen Äste »unserer« Bäume.

Auf einmal glitt mit rasender Schnelligkeit eine lange Waldpartie an uns vorüber. In das Tosen des mit unverminderter Heftigkeit wehenden Sturmes mischte sich das dumpfe Rauschen von Urwaldriesen ....

»Doktor, ich glaube, wir treiben!« rief ich, indem ich die Gefährten unter den schützenden Fellen hervorholte. »Sehen Sie nur den Wald an – und dort die Felsen! Wir treiben wahrhaftig, und zwar mit großer Geschwindigkeit. Großer Gott, das ist das Ende!«

Das Wetter wütete über dem Fluß und warf gewaltige Wassermassen gegen die ungeschützten Ufer, hier große Fetzen aus den Rändern reißend, dort mit alles vernichtender Gewalt über Ebene und Steppe fegend. Was sich in den Weg stellte, mußte fallen oder folgen.

Mit gemischten Gefühlen sahen wir unserer rasenden Fahrt zu. Oft stieß unser Inselfleck hart auf den Boden auf. Schäumend brauste dann die Flut über uns hin und drückte uns bis an die Brust ins Wasser. Die nächste Woge riß uns wieder los und warf uns in tollen Kreisbewegungen in die Hauptströmung. Wir bemerkten das an der Leichtigkeit, mit der wir dahinjagten.

Auf einmal kam mir ein Gedanke. Auf der Heckseite unseres Inselfahrzeugs hing ein breitwipfliger Palmbaum, dessen Krone schäumend das Wasser durchfurchte. Wenn ich mit dem steuern könnte! Ich zog mich bis zu der sperrigen Wurzel entlang und lehnte mich mit aller Kraft gegen den Stamm, um ihm und damit dem ganzen Erdstück einen andern Kurs zu geben. Das flammende Wetterleuchten ließ mich den Fluß auf eine weite Strecke hin erkennen.

Mühsam zwängten wir uns gegen den wütenden Sturm zu dem Palmbaum hinüber. Tastend suchten wir das Wurzelwerk, an dessen kräftigsten Ausläufer wir den Indianer gefesselt hatten. Ein leuchtender Blitz fuhr über das Firmament. Aber unsern Gefangenen suchten wir vergebens. Der hing, von Freundeshand befreit, längst an einem andern Ausläufer unseres lebendigen Fahrzeuges und suchte des verhaßten Weißen habhaft zu werden.

Die aufgehende Sonne beleuchtete eine endlose Wasserfläche. In schnellem Lauf trieben wir, inmitten eines Chaos von Trümmern, einer fernen Küste zu. Hinter uns und zu beiden Seiten deuteten dunkle Linien festes Land an, sonst hätte man sich in der offenen See wähnen können.

Nachdem wir uns überzeugt hatten, daß kein Feind mehr auf der Insel verborgen sein konnte, stellten wir uns die Frage: »Wo sind wir?« Die Antwort darauf wußte natürlich keiner von uns. Die Annahme lag nahe, daß wir den Chilivefluß verlassen hatten und auf der Bahn irgendeines größeren Stromes dahintrieben. Das bewies auch der Kurs, der gestern abend nordöstlich und nun südlich lag. Noch erschwerte der nasse Nebel einen Ausblick auf die Kordillerenkette. Auch die Wasser des Flusses erlaubten keinen Schluß, da alles in einer gelben Schlammfarbe zusammenlief.

Solange das nach oben unsichtige Wetter anhielt, konnten wir nichts anderes tun, als unsern Magen stärken und dann die Insel von den toten Körpern befreien. Als wir das Dickicht soweit zusammengehauen hatten, daß wir die Leichen loslösen konnten, drehte der Strom den Kopf des einen Mannes nach oben. Er trug das Zeichen der Jibarros!

In den Vormittagsstunden verlangsamte sich die Fahrt. Die Strömung nahm an Ausdehnung zu, und wir durften nicht mehr daran zweifeln, daß wir das Gebiet der Jibarros und der Pumayas längst hinter uns hatten. Die Karte zeigte in dem ganzen, von uns durchfahrenen Gebiet weiße Lücken mit punktierten Linien (in der Forschersprache: unbekanntes Land). Nach dem Einfluß des ebenfalls von Westen kommenden Stromes Inambari heißt der große Flußlauf Rio Madre de Dios, und in dessen Oberlauf mußten wir uns befinden.

Mehr und mehr verengte sich das Flußbett: Von Westen nahmen wir einen kleinen Nebenfluß auf, dessen Wasserdruck uns an das linke östliche Ufer versetzte. Dort liefen wir mit unserer Insel, angesichts der Einmündung eines sehr breiten Stromes, auf eine Sandbank und blieben etwa fünfzig Meter vom Lande entfernt sitzen. Die Ufer sandten ihre undurchdringlichen Urwälder bis dicht an den ruhigen Wasserspiegel, und mit dem Glas konnten wir deutlich erkennen, daß sich auf dem weißen Sand viele Krokodile sonnten.

Mittags leuchtete von allen Seiten die prachtvolle Kette gewaltiger Gebirge herüber. Zwei Schneeriesen verhüllten ihre Kuppen noch in Wolken, über dem Kranz der andern Berge spielte das gleißende Sonnenlicht. Bei der Fülle der von allen Himmelsrichtungen emporstrebenden Gebirgsmassen konnten wir uns noch weniger über unsern ungefähren Stand orientieren als vorher.

Da rief Felipe, der sich mit der Freilegung der Seitenwände beschäftigt hatte: »Hallo, da treibt ein Boot!«

Sofort sprangen wir an seine Seite. Ich hob das Glas und sah nun am rechten Ufer des großen, in unsern Strom einmündenden Flusses ein Boot, ein richtiges Kielboot, das mit einer Anzahl bekleideter Männer besetzt war und in unsern Fluß einzulaufen im Begriff stand.

»Gott sei Dank! Dort sind Menschen!« schrie der Doktor überglücklich. »Jetzt hat alle Not ein Ende. Felipe, gib ihnen ein Zeichen!«

»Na, Doktor, ob wir nicht vom Regen in die Traufe kommen, läßt sich noch nicht beurteilen. Es gibt auch bekleidete Indianer, die oft gefährlicher sind als die unbekleideten Braunfelle.«

»Nein, nein, Don Fernando, rauben Sie mir die Hoffnung nicht. Sagen Sie mir, daß wir endlich unter Menschen, in eine Stadt kommen. Gott, wie sehne ich mich danach.«

Mehr noch als die Worte selbst drückte der Ton eine so fieberhafte Angst aus, daß ich stutzig würde. Aufmerksam sah ich in die weit aufgerissenen Augen meines Kameraden, dessen Blicke unruhig hin und her flackerten. Kein Zweifel: hier drohte ein völliger Nervenzusammenbruch – schließlich kein Wunder nach all den Schrecknissen unserer letzten Fahrt.

Ich riß mich zusammen, um mir nichts merken zu lassen, und sagte in beruhigendem Ton: »Gewiß kommen wir wieder in eine Stadt, Don Pio. Vielleicht schon bald. Felipe soll mal ans Ufer rudern und auskundschaften, ob wir unsern Weg nun vielleicht gefahrloser auf dem Lande fortsetzen können. Warten wir aber erst einmal ab, ob das Boot nicht in unsere Nähe kommt.«

Diese Hoffnung erfüllte sich nicht. Es entfernte sich mehr und mehr. Seufzend ließ der Doktor den Kopf sinken und vergrub sein Gesicht in beide Hände.

»Los, Felipe! Sieh zu, daß du uns gute Nachricht bringen kannst, und bald!«

Damit schritt ich zu unserm Einbaum und half Felipe, ihn zu Wasser zu bringen. Fast waren wir damit zustande gekommen, als Felipe plötzlich ausglitt und mit einem unterdrückten Stöhnen zusammenknickte. Er versuchte, sich schnell wieder aufzurichten, sank aber kraftlos zusammen.

»Ich glaube, Don Fernando, ich habe mir den Fuß gebrochen oder sonst so was«, und er fügte einen kräftigen Fluch hinzu.

Schnell nahm ich mein Jagdmesser und schnitt ihm den Stiefel auf. Gebrochen war der Fuß nicht, aber eine böse Verstauchung machte den armen Jungen in diesem ungelegensten Augenblick vollkommen kampfunfähig.

Ich erwies ihm schnell alle zweckmäßige Hilfe. Bald saß er mit einem dicken Verband und mit einem Gesichtsausdruck von bejammernswürdiger Kläglichkeit auf dem Boden und sah ingrimmig zu, wie wir beide den Einbaum fertig machten. Um den Doktor zu beruhigen, aber auch weil der Aufenthalt auf der Insel immer gefährlicher wurde, wollte jetzt ich mich auf den Weg machen.

Dr. Perez war wie ausgewechselt. Am liebsten hätte er mich begleitet. Aber da wir weder Felipe im Stich lassen noch aufs Geratewohl unser Gepäck mitschleppen konnten, blieb er auf energisches Zureden gutwillig zurück.

Ich selbst hatte mich in der Erwartung, auf Menschen zu treffen, so zivilisiert als möglich zurechtgemacht, wobei ich freilich für europäische Begriffe noch verdächtig genug aussehen mochte.

Zwei Stunden nach Mittag war ich reisefertig. Ich hing die Büchse um und drückte meinen Kameraden die Hand.

»Also Kopf hoch, Doktor. Ich denke, das Schlimmste ist überstanden. Vielleicht liegen Sie morgen abend schon in einem richtiggehenden Bett. Inzwischen passen Sie aber gut auf Felipe auf. Und du, mein Junge, hältst dich ruhig, damit du wieder in Ordnung kommst. Du weißt, wie nötig wir dich brauchen!«

Damit stieg ich in den Einbaum und stieß ab. »Abends bin ich sicher zurück!« rief ich noch hinüber.

Siebzehntes Kapitel

Von den Gefährten getrennt

Unüberwindliche Hindernisse. – Die Insel ist verschwunden! – Bei den Goldgräbern. – In den Ringen der Riesenschlange. – Letzter Abschied. – In Galveston.

Kurz vor der Einmündung des Flusses erreichte ich das Ufer. Nachdem ich das Kanu auf den Strand gezogen und gesichert hatte, rief ich einen lauten Gruß hinüber zur Insel, der durch lebhaftes Tücherschwenken erwidert wurde.

Ich sprang an das Ufer hinauf und durchquerte eine mit großen roten Glockenblumen bestandene Wiese, die mich in den Wald führte.

Auf einer kleinen Anhöhe fand ich Spuren einer Feuerstelle. Die Art der Anlage war nicht indianisch. Es mußten zivilisierte Menschen hier gewesen sein, und diese Annahme fand ich bestätigt, als ich bald nachher die Reste eines Lederriemens zwischen den Steinen entdeckte, an denen eine Schnalle hing. Die hätte kein Indianer liegenlassen. So sehr ich aber die Umgebung, des Platzes nach menschlichen Fährten absuchte, einen weiteren Anhaltspunkt sah ich nicht.

Ich setzte meinen Marsch fort. Wieder kam ich in Wald. Diesmal aber in einen so stark mit Unterholz vermischten Baumbestand, daß ich mir Bahn mit dem Messer schlagen mußte. Dabei kam ich natürlich nur langsam vorwärts. In meiner Arbeit hinderten mich auch die zahlreichen Tigerschlangen, die auf den oberen Zweigen der Büsche auf Beute lauerten, und die mir immer erst zu Gesicht kamen, wenn mein Hieb ihren Ast traf. Manch flinken Luftsprung machte ich dabei, um dem Biß zu entgehen.

Plötzlich drang ein Laut an mein Ohr, der mir das Herz schneller schlagen ließ. Das langgezogene Iah eines Esels! Wo der ist, da sind auch Menschen, denn wild kommt der Esel hier nicht vor! Der Gedanke spornte mich zu neuen Kraftanstrengungen an. Ich hieb mit einer wahren Wut in die hindernden Büsche. Bald wurde der Wald lichter. Ein breiter, klarer Bach, in dem schöngezeichnete Fische hin und her flitzten, kreuzte meinen Weg. Ich durchwatete ihn, denn ich wollte unter allen Umständen den Esel und dessen Herrn finden.

Häuser oder Niederlassungen baut man dortzulande nur an Flüssen oder Wasserläufen. Der Esel mußte also leicht zu finden sein, wenn ich dem Bach folgte. Links oder rechts? Ich entschied mich für links und wanderte etwa eine halbe Stunde lang durch üppiges Grün unter dem Halbdunkel gewaltiger Baumriesen. Dann setzte ein schäumender Fall meinem Vordringen ein Ziel. Der Bach kam in Kaskaden von einem Berg herunter, dessen oberer Teil sich in einem Meer von üppigem Grün verlor. Affen und Papageien schienen, wie die Schlangen, in ganzen Kolonien ihr Heim in diesem Wald aufgeschlagen zu haben.

Als ich noch dastand und überlegte, ob ich nun dem Lauf abwärts folgen sollte, fiel mir das Halbdunkel des Waldes auf. Ich grub die Uhr aus meinem Gürtel: Halb vier! Die Sonne mußte also noch hoch am Himmel stehen. Da rauschte es plötzlich in den Wipfeln. Ein Prasseln, das den Lärm der stürzenden Wasser übertönte, ließ mich aufschauen. Dann fielen breite Tropfen. Ein flammender Blitz zuckte auf, und der folgende gewaltige Donnerschlag brachte mir die beginnende Regenzeit in Erinnerung.

Jetzt wanderten meine bangen Gedanken zur Insel hinüber. Würde sie standhalten? Ich sah im Geist die steigenden Fluten und hörte das Rauschen des Stromes. – Ich versuchte, die Sache nicht schwerer zu nehmen, als sie vielleicht war. Der Sturm hatte keinen besonderen Heftigkeitsgrad erreicht, und ein vorüberziehendes Wetter konnte den Wasserstand des Stromes nicht beeinflussen. Außerdem lag die Insel fast auf dem Sande, viel fester als droben im Gebiet der Canilos. Immerhin beschleunigte ich meinen Schritt, um zu meinen Kameraden zurückzukehren.

Wie es bei Tropengewittern gewöhnlich der Fall ist, entlud sich auch jetzt Blitz auf Blitz, und mancher alte Waldriese spürte den zuckenden Strahl des elektrischen Funkens an seinen Flanken.

Ich hatte den Rand des Baches verlassen, um im freieren Holz schneller ausschreiten zu können. Wirklich erreichte ich auch schon bald die Stelle meines Überganges. Aber wie sah der Bach jetzt aus? Eine brausende, schäumende Flut wälzte sich in wirbelndem Fluge dahin. War vor einer halben Stunde noch eine Uferhöhe von über zwei Meter vorhanden gewesen, so spülten die dahinjagenden Wasser jetzt über den Rand hinaus. An ein Überschreiten war an dieser Stelle nicht zu denken.

Ich besann mich nicht lange und folgte dem Bach, bis ich vor einer weiten Fläche haltmachen mußte. Hier hatte der in einigen hundert Meter Entfernung vorüberfließende große Fluß durch den Druck seiner Fluten dem Bach Widerstand entgegengestellt und ihn zum Überlaufen gebracht.

Da stand ich nun wieder einmal vor unüberwindbaren Hindernissen. Daß der Regen nachlassen würde, glaubte ich nicht. Erfahrungsgemäß dauern in den Kordilleren die Wetterstürze der Regenzeit bis vier Uhr morgens. Für die nächsten zwölf Stunden konnte ich also an keine Rückkehr zur Insel denken. Ich wollte den Kameraden aber doch ein Zeichen geben, das zugleich auch andere in der Nähe weilende Menschen aufmerksam machen konnte – ich feuerte dreimal in gleichen Zwischenräumen mein Gewehr ab. – Der Schall rollte in gewaltigem Echo durch den Wald und setzte dessen Bewohner in Angst und Schrecken. – Lange kam keine Antwort. Endlich hörte ich den Knall seiner Schüsse – doch schien mir die Richtung eine andere zu sein.

Der nun in regelmäßigen Schnüren herniederschießende Regen zwang mich, an ein Obdach zu denken. Ich schritt schleunigst zum Bau eines Rancho, denn einen andern Schutz durfte ich kaum erwarten. Beim Fällen der sechs notwendigen Pfosten erlebte ich manch unangenehmen Augenblick. Gleich der erste Stamm beherbergte einen Wespenschwarm. Der dritte war ein sogenannter Ameisenbaum. Die roten Plagegeister fielen über mich her, als wollten sie mich bei lebendigem Leibe fressen. Am sechsten Stamm schlug ich eine Scharte in mein Messer. – Als dann die vier Pfosten in dem weichen Erdreich festsaßen, und ich die beiden Dachbalken darüberlegte, fehlte es mir an Bindematerial. Die Lianen in der Nähe bestanden meist aus der Vanillenpflanze, die sich zum Binden nicht eignet. Erst nach vielem Suchen stieß ich auf das Richtige. Rinde und Blätter zum Decken des so hervorgezauberten wändelosen Schuppens gab es genug. Sogar Palmenwedel für den Fußboden trieb ich in der Nähe auf. – Nach kaum einstündiger Arbeit war die »Villa« fertig, und ich konnte daran denken, meinen triefenden »Sonntagsanzug« auszuringen. Das damit notwendigerweise verbundene Luftbad tat mir sehr wohl.

Die Nacht verbrachte ich ausgestreckt auf dem Boden liegend. Ich erwachte, als gegen Morgen der Regen nachließ und die Raubtiere auf Beute auszogen. Aus allen Richtungen hörte ich den rauhen Laut. Leider kam mir keines zu Gesicht.

Nun meldete sich der Hunger. Im Vorbeigehen hatte ich mir gestern eine Anzahl der Bertholettiafrüchte eingesteckt. Bei uns kennt man diese hartschaligen, dreieckigen Früchte unter dem Namen »Paranüsse«. Sie waren mein Frühstück. Natürlich hielten sie nicht lange vor. Ehe ich aber meine Kleider nicht getrocknet hatte, konnte ich mir keinen Waldspaziergang leisten, und so wurde es fast acht Uhr, bis ich in der Richtung auf die Insel aufbrach. Den in seinen vorherigen Zustand zurückgekehrten Bach hatte ich beim Morgenbad überschritten.

Eilig lief ich auf die Insel zu. Die gestern gebahnten Wege leisteten mir dabei gute Führerdienste. – Ohne Mühe erreichte ich die gestern entdeckte alte Feuerstelle. Nun trennten mich nur noch ein Waldstreifen und eine Wiese vom Fluß. Jetzt sandte ich einen lauten Jodler in den Wald. Er sollte den Gefährten mein Kommen anzeigen. Ich horchte – aber es kam keine Antwort. –

Als ich auf die Uferbank trat, erschrak ich. Vor mir wälzten sich in raschem Lauf die gelben, schlammigen Fluten des Stromes. Aber die Insel lag nicht mehr dort, wo ich sie gestern verlassen hatte. Auch mein Kanu fehlte! Anfangs traute ich meinen Augen nicht. Ich glaubte, einen andern Fluß vor mir zu haben. Aber die Umgebung ließ keinen Zweifel aufkommen. – Ich mußte mich mit der Tatsache abfinden: Die Insel und mein Kanu waren fort. Soweit das Auge reichte, hob sich nichts auf der öden Wasserwüste ab, was dem Verlorenen ähnlich sah. Zweifellos war das Eiland also doch vom Sturme losgerissen und trieb nun bereits viele Meilen weit den Strom hinab. Mit diesem Gedanken suchte ich meine bangen Ahnungen zu beschwichtigen. Ich gab auch die Möglichkeit zu, daß die Insel auseinandergebrochen sein konnte. Das Fehlen des Kanus, in dem sich die Gefährten wahrscheinlich gerettet hatten, unterstützte den Gedanken. Warum sie dann aber nicht zu mir sich durchschlugen? Darauf fand ich keine Antwort!

Eine Stunde lang stand ich ratlos am Strande und starrte auf das ewige Einerlei des vorüberschießenden schlammigen Wassers. Ich war allein. Mit unserm Stützpunkt verschwand meine gesamte Ausrüstung, meine wertvollen Aufzeichnungen, meine Sammelobjekte. Alles, was ich noch an Eigentum besaß, trug ich bei mir.

Und wo waren meine Kameraden, meine treuen Gefährten in Not und Gefahr? Lebten sie noch?

Auf alle diese Fragen fand ich keine Antwort. Die nackte Wirklichkeit drängte sich mir mit dem trostlosen Bewußtsein auf, daß ich nun allein und verlassen in einem Winkel der Welt stand, von dem ich nicht einmal wußte, zu welchem Staat man ihn rechnete. Waren die nächsten Menschen blutdürstige Indianer, oder würde ich Menschen finden, die mich freundlich aufnahmen ...?

Mit einem letzten Blick auf den stummen Fluß kehrte ich zunächst zu meinem Rancho zurück. Ich beschloß, mich bis zu der nächsten menschlichen Ansiedlung durchzuschlagen und dann auf einem Kanu dem Lauf des Flusses zu folgen, der mich von meinen Gefährten getrennt hatte.

Ich wanderte den ganzen Tag. Wiederum überfielen mich Regen und Gewitter im Walde, wiederum baute ich mir einen Rancho. Dann stieß ich endlich am folgenden Mittag auf einzelne Hütten, Mulatten gruben dort in den Gebirgsbächen nach den goldenen Körnern, die die Welt in Bewegung halten. Goldgräber, die sich in ungesunder, aufreibender Arbeit kaum so viel verdienen, daß sie das kärgliche Leben fristen können. Sie arbeiten hier für Rechnung der peruanischen Regierung, deren nächster Sitz die in zweitägiger Kahnfahrt zu erreichende Stadt Maldonado ist. Der Fluß, an dem sie hier ihre Arbeitsstätte haben, ist der Rio Piedras. Er mündet in den Rio Madre de Dios, in dessen Fluten meine armen Gefährten wahrscheinlich den Tod gefunden hatten.

Der spanisch sprechende Aufseher gab mir diese Aufschlüsse. Er lud mich ein, bei ihm zu rasten, bis das nächste Boot den Fluß hinabging.

Wann das sei?

» Quien sabe!« Von Zeit haben diese Menschen keinen Begriff. Die Sonne, die heute untergeht, scheint ja morgen wieder! Warum sich also beeilen?

Eine ganze Woche lang mußte ich mich in der kleinen Siedlung aufhalten. Ich fieberte vor Ungeduld, aber es gab keine andere Möglichkeit für mich. In den Hütten strotzte alles von Schmutz. Ich baute mir unweit der Landungsstelle am Fluß einen eigenen Rancho und verbrachte die Zeit mit Kletterpartien im Gebirge und mit Fischfang. Fische bildeten neben Früchten und Maniokkuchen meine einzige Nahrung. Wild gab es zwar genug, aber mein Schießvorrat ließ sich vor der Hand nicht ersetzen, und darum mußte ich haushälterisch mit Kugel und Schrot umgehen.

Eines Tages, als ich eben wieder auf Fischfang gehen wollte, kam mir vom Fluß her unser Aufseher entgegen. Er war offenbar völlig erschöpft und zitterte wie im Nachklang einer großen Erschütterung.

Besorgt fragte ich ihn, ob ihm etwas zugestoßen sei.

»Oh, nichts Besonderes«, antwortete er, etwas mühsam lächelnd. »Ich wollte Enten schießen und hatte dabei eine unangenehme Begegnung mit einer jungen Dame, die mir am liebsten die Rippen zerquetscht und mich hinuntergewürgt hätte – Wenn's Ihnen Spaß macht, will ich Ihnen die Sache erzählen.«

Er warf sich ins Gras und atmete ein paarmal tief auf.

»Ich hatte also drüben eine Ente geschossen, die in der Rinne niederfiel. Ich ging durch das Schilf, um sie zu holen. Als ich sie eben aufheben wollte, schoß eine Schlange hervor und packte die Ente an einem Flügel. Schnell griff ich zu und riß sie ihr aus dem Rachen, ohne an etwas Böses zu denken. Giftschlangen gibt es hier herum nicht, und die anderen fürchtete ich nicht.

Beim Niederbeugen setzte ich der Bestie den Fuß auf den Kopf – aber der Boden war feucht, gab nach, und sie konnte sich befreien.

Ich wollte nun meinen am Busch hängenden Bogen holen, um die Schlange zu töten. Da fühlte ich einen Schlag an meinem Bein, so, als ob man mir einen Strick darum geworfen hätte. Als ich nachsah, bemerkte ich, daß die Schlange ihren Schwanz um mein Bein geringelt hatte. Ich ließ nun die Ente fallen und hieb fest auf den Schwanz – ohne Erfolg. Der Ring zog sich fester. Mit dem rechten Fuß trat ich nun mit aller Kraft auf den schlüpfrigen Leib. Auch das half nichts. Und jetzt erst sah ich mit Schrecken, daß ich es mit einer etwa drei Meter langen Wasserschlange zu tun hatte.

Bisher fürchtete ich, wie gesagt, die Tiere nicht. Auch heute glaubte ich, mich ihrer schnell entledigen zu können. Immer wuchtiger schlug ich auf die Ringe, aber ich erreichte damit nur das Gegenteil. Die Schlange schnellte ihren Kopf in die Höhe, und nun stand ich ihr Aug' in Auge gegenüber.

Nun versuchte ich, sie im Nacken zu packen, aber sie wich meinem Griff gewandt aus, schoß vor und warf eine Schlinge um meinen Leib. Dann stand sie wieder vor meinem Gesicht. Nun schlug ich mit geballter Faust nach dem Kopf der Schlange – umsonst! Sie schlang ihren Leib nur noch fester um mich. Das Schwanzende lag nun um meine Hüfte. Der übrige Körper hatte sich doppelt um meine Brust und über meinen Magen gewunden. Alles das war in kaum einer Minute geschehen.

Nun ging die Schlange zum Angriff über. Obwohl ich ihren Nacken fest umspannt hielt, gelang es ihr, mir mit dem Kopf ein paar feste Hiebe auf den Mund zu versetzen, die mich noch jetzt stark schmerzen. Gleichzeitig spürte ich, wie sich der Druck um Brust und Magen immer mehr verstärkte. Das Atmen wurde mir schwer.

Jetzt versuchte ich, die Schlange von meinem Körper abzuwickeln. Sie hatte sich von der linken zur rechten Hüfte um meinen Leib geschlungen, und ein Teil ihres Körpers hing zwischen meinen Beinen. Von der rechten Hüfte lief die Umschlingung über den Rücken nach der linken Seite, und der Kopf war, unter meinem Arm hervorschießend, in einer Höhe mit meinem Gesicht.

Meine Bemühungen, das Reptil mit der einen Hand so weit nach hinten zu drängen, daß ich es mit der andern Hand fassen und abwickeln konnte, blieben fruchtlos. Umsonst strengte ich meine Kräfte an. Die Schlange war stärker als ich. – Jetzt wurde mir schwül zumute. Ich packte mit beiden Händen den Hals des Tieres und versuchte, ihm den Kopf abzubrechen. Aber ebensogut hätte ich ein Tau abdrehen können. – Inzwischen glitt der Hals in meinen Händen aufwärts, und die Schlange hatte nun ihren Kopf frei. Weit zurückgebogen sah sie mich mit wutfunkelnden Blicken an. Der Rachen war weit aufgerissen – die Ringe zogen sich fester. Als ich sie wieder fassen wollte, fühlte ich, daß meine Kräfte erlahmten. Ich konnte sie nicht mehr festhalten. Diese Erkenntnis lähmte mich für einige Sekunden. Dazu kam ein empfindlicher Schmerz. Das Schrecklichste aber war, daß die Verlängerung der Schlange immer mehr wuchs. Bald würde sie mich zum dritten Male umklammern ....

Mein Atem ging rascher. Deutlich fühlte ich, wie mir das Blut zum Kopf stieg. Hände und Arme wurden steif und schwollen an. Die Schmerzen wurden unerträglich. Meine Kräfte schwanden. Ein Schauer um den andern durchrieselte meinen Körper, um mich her verschwamm alles.

Inzwischen war die Schlange wohl um einen Meter gewachsen. Sie steckte ihren Kopf unter meinen rechten Arm und schob ihn über meine Schulter. Dann blies sie mich laut zischend an, was mir einen ungeheuren Schmerz verursachte. Jede Sekunde war eine Ewigkeit von Todesangst.

Mein Messer! Wie eine Eingebung des Himmels fuhr es mir durch den Kopf. Daß ich nicht früher daran gedacht hatte! Alles, was ich noch an Kraft besaß, raffte ich zusammen, um an meine Tasche zu gelangen. Ich riß und zerrte an den Nähten – Gottlob, sie gaben nach. – Noch einen Riß, und das Messer lag in meiner Hand. In fieberhafter Hast öffnete ich es. Dann setzte ich mit einer raschen Bewegung die scharfe Klinge auf die angespannte Haut des Reptils, zog sie quer durch den Leib, und in zwei Stücke zerschnitten, fiel die Schlange zu Boden. – Dann fiel ich neben sie ins Schilf und glaubte nun, ohnmächtig zu werden. So lag ich wohl eine halbe Stunde. Dann hörte ich Rascheln im Schilf, und im Glauben, eine zweite Schlange zu sehen, lief ich, so rasch mich meine Füße trugen...«

Ich ging mit dem Mann zu dem Schauplatz des Kampfes zurück und war ihm behilflich, die Haut des Tieres zu präparieren, die er zum Andenken an die kritischen Augenblicke aufbewahren wollte.

Hier konnte ich den ungemein seltenen Fall feststellen, daß eine – allerdings angegriffene – Schlange einen Menschen angegriffen hatte.

Endlich schlug die Stunde der Abreise. Viel zu spät für die mich nach meinen Gefährten treibende Unruhe.

Das Boot von Maldonado kam eines Abends an. Unter seinen Fahrgästen war der peruanische Finanzkontrolleur, der die Werkplätze am oberen Rio Piedras zweimal jährlich zu inspizieren hatte. Er hatte von Goldgewinnung nicht die leiseste Ahnung. Um das aber nicht merken zu lassen, blies er sich gewaltig auf und spielte den Herablassenden. Als der Mann mein Anliegen erfuhr, rümpfte er die Nase. Mit solchem »Pöbel« wolle er nicht fahren. Ich solle machen, daß ich weiterkomme.

Na warte, mein Junge!

Ich holte meinen peruanischen Regierungspaß hervor und hielt ihn ihm ohne ein weiteres Wort unter die Nase.

Beim Anblick des ihm wohlbekannten Formulars wandelte sich seine Haltung. Er nahm mir den Paß aus der Hand und las ihn langsam von oben bis unten. Als er den Inhalt begriffen hatte, wurde er höflich: »Verzeihung, caballero, daß ich Sie nicht sofort erkannte.« Und nun folgte der unvermeidliche Schwall der spanischen Höflichkeitsphrasen, die man kaum anhören, viel weniger niederschreiben kann. Nun stand auf einmal alles zu meiner Verfügung, sogar das Boot, und in diesem der Ehrenplatz unter dem Sonnendach.

Jetzt spielte ich den Herrn.

»Wir werden morgen früh mit Sonnenaufgang abfahren. Sobald wir in den Rio Madre eingelaufen sind, erkundigen wir uns nach dem Schicksal meiner Kameraden. Jede Hütte, jede Ansiedlung laufen wir an, und wenn die Reise acht Tage dauert.«

Der Bootsführer trat bei der Beschreibung der Insel und des Kanus auf mich zu und fragte: »Meint der Herr das Treibland, das vor dem Orkan unten an der Mündung des Piedras lag?«

»Ja, was weißt du davon?« fragte ich rasch.

»Ein Stück dieses Treiblandes sitzt bei den Riffen, die der Stadt den Namen geben, auf den Felsen. Der größere Teil aber wird wohl verloren sein, denn an den dortigen Riffen zerschellt alles, was im Fluß treibt. Ein Kanu ist nicht an der Stadt vorübergekommen, sonst müßten wir es wissen.«

»Glaubst du an die Möglichkeit einer Rettung, wenn die Leute wirklich an dem Riff gestrandet sein sollten?«

»Nein, Herr. Der Sturm hat den Fluß gewaltig aufgewühlt. Wenn die caballeros noch um fünf Uhr nachmittags an der alten Stelle lagen, dann werden sie in der Dunkelheit abgetrieben sein und sind in der Nacht auf das Riff gelaufen. Eine Rettung war dann ausgeschlossen.«

Ich starrte ihn an, unfähig, auch nur zu begreifen, was er da sagte. Pio Perez, mein tapferer Mitkämpfer im Dienst der Wissenschaft, Felipe, mit dem mich so manches Abenteuer auf Leben und Tod fast blutsbrüderlich verband – ich sollte sie nie wiedersehen? Sie sollten einen grauenvollen Untergang gefunden haben, während ich fern von ihnen war? Ich konnte es nicht glauben und drängte mit aller Energie auf möglichste Beschleunigung unserer Fahrt. Waren wir darum aus soviel Gefahr und beinah sicherem Tod zusammen errettet worden, um nun uns so fürchterlich trennen zu müssen? Nein, das war unmöglich! Und allem ungläubigen Kopfschütteln, allen Gegengründen zum Trotz bestand ich darauf, so schnell wie möglich die Nachforschungen aufzunehmen.

Am zweiten Tage mittags fuhren wir in den Madrefluß ein. Ich erkannte deutlich die Stelle, an der die Insel gelegen hatte. Jetzt schoß die gelbe Flut gleichmütig darüber hinweg. Vier Stunden später sah ich am linken Ufer eine indianische Ansiedlung. Der Bootsmann weigerte sich anfangs, dort zu landen, weil er den Wilden nicht traute. Ich ließ aber nicht locker und erklärte, ich würde allein ans Land und in die Ansiedlung gehen, wenn keiner der Leute – wir waren zehn Männer – den Mut hätte, mich zu begleiten. Vier Männer gingen aber doch mit, darunter einer, der auch die Sprache der Indianer verstand und als Dolmetscher fungierte.

Die Indianer waren ganz harmlose Menschen, die wohl nie daran gedacht hatten, einem Fremden irgendein Unrecht zuzufügen. Sie kamen an das Ufer, als sie sahen, daß wir auf den Strand zusteuerten, und boten uns Früchte und Maniokbrot. Von einem Kanu oder fremden Männern wußten sie nichts. – –

Also weiter, so schnell wie möglich!

Kurz vor Sonnenaufgang sahen wir das Riff vor uns. An dieser Stelle tritt das Gebirge bis dicht an den Fluß. Von der rechten Seite her zieht sich ein messerscharfer Felsrücken weit in den Strom hinein. Er ragt etwa einen Meter hoch über den Wasserspiegel und bildet ein sehr gefährliches Hindernis. Die scharfen Ränder dieses Rückens waren mit Trümmern aller Art bedeckt. In einem der wirren Haufen, fast genau in der Mitte, steckte eine aufrechtstehende Phönixpalme, in der ich ein Überbleibsel unserer Insel zu erkennen glaubte. Wenn sich die Insel losgerissen hatte, mußte sie hier zerschellt sein. Dann befand sich hier auch das Grab meiner unglücklichen Freunde.

Auf meinen Wunsch ruderten die Bootsleute bis dicht an die Unfallstelle. Ich nahm dort den Hut ab und sandte den Gefährten einen letzten wehmütigen Gruß in das nasse Grab, in dem ich sie vermuten mußte. –

Bei Morgengrauen erreichten wir das peruanische Grenzstädtchen Maldonado.

Der Kontrolleur, den sein schlechtes Gewissen wegen seiner früheren Grobheit treiben mochte, brachte mich sehr beflissen zum Bürgermeister Simoza, und versuchte mit großem Wortschwall zu schildern, wie er sich bemüht habe, mir behilflich zu sein.

Señor Simoza, der seine Pappenheimer gut zu kennen schien, winkte rasch ab, bat mich, sein Haus als das meine zu betrachten und ihm zu sagen, womit er mir behilflich sein könne. Auch seine Gattin und ihre Söhne und Töchter entfalteten alle südländisch-temperamentvolle Gastfreundschaft, die hier wirklich von Herzen zu kommen schien. Die guten Menschen versuchten alles Erdenkliche, um mich aus meinen trüben Gedanken zu reißen. So tief auch der Schmerz um die verlorenen Freunde war, so empfand ich diese Teilnahme der lieben Menschen doch dankbar, und die Zeit, die ich in der Familie Simoza verbrachte, wird mir stets eine freundliche Erinnerung bleiben.

Ich hatte hier, in den zwar nach europäischen recht bescheidenen, für meine Wildnisgewöhnung aber wahrhaft luxuriösen Umgebung reichlich Gelegenheit, mich körperlich zu erholen, die notwendigen Einkäufe zu machen und mich soweit wieder instand zu setzen, daß ich an meine Weiterreise denken konnte. Sie eilte einigermaßen, denn wir waren schon im Februar, und ich hätte eigentlich am 1. Januar meine Stellung an der Universität von Galveston antreten sollen.

Es gab einen schweren Abschied. Nun erst bemerkte ich, wie sehr die lieben Menschen vergessen hatten, daß ich nicht zur Familie gehörte. Mir selber wurde das Herz weich, und ich bemühte mich, es möglichst kurz zu machen.

Vor allem aber gab ich genau an, wo meine Gefährten mich würden erreichen können, denn daß sie wirklich nicht mehr leben sollten, vermochte ich nicht zu glauben.

Meine Tätigkeit an der Universität bestand in der Hauptsache im Ordnen und Bestimmen der vorhandenen mexikanischen und peruanischen Altertümer. Eine Arbeit, die mir um so mehr Freude machte, da ich die einzelnen Fundorte in jüngster Zeit noch selbst besucht hatte. Mit der Stellung war der Professorentitel verbunden.

Auf drei Jahre hatte ich mich verpflichtet – keine drei Monate hielt ich das Leben in der Stadt aus. Ein Brief eines befreundeten Forschers lud mich zur Teilnahme an einer Expedition ins Gebiet der Sundainseln ein. Drei Tage lang trug ich ihn, von Gewissensbissen geplagt, in der Tasche herum, hin und her gerissen zwischen Pflicht und Forschersehnsucht. Aber das hätte ich mir eigentlich sparen können. Wußte ich doch aus alter Erfahrung, welches die mächtigste Triebfeder all meines Denkens und Handelns war. Schließlich – was ich hier machte, das konnte ja doch wohl auch ein anderer erledigen, den Professorentitel wollte ich ihm gern dazu schenken, wenn ich nur aus den Steinwänden wieder in die freie Weite kam.

So stand ich denn am dritten Tage dem Rektor gegenüber. Er machte mir's leicht, das sei zu seiner Ehre dankbar gesagt. Mir fiel ein Stein vom Herzen, ich packte meine Sachen, und fort ging's – diesmal nach dem Fernen Osten!

Siebzehntes Kapitel

Von den Gefährten getrennt

Unüberwindliche Hindernisse. – Die Insel ist verschwunden! – Bei den Goldgräbern. – In den Ringen der Riesenschlange. – Letzter Abschied. – In Galveston.

Kurz vor der Einmündung des Flusses erreichte ich das Ufer. Nachdem ich das Kanu auf den Strand gezogen und gesichert hatte, rief ich einen lauten Gruß hinüber zur Insel, der durch lebhaftes Tücherschwenken erwidert wurde.

Ich sprang an das Ufer hinauf und durchquerte eine mit großen roten Glockenblumen bestandene Wiese, die mich in den Wald führte.

Auf einer kleinen Anhöhe fand ich Spuren einer Feuerstelle. Die Art der Anlage war nicht indianisch. Es mußten zivilisierte Menschen hier gewesen sein, und diese Annahme fand ich bestätigt, als ich bald nachher die Reste eines Lederriemens zwischen den Steinen entdeckte, an denen eine Schnalle hing. Die hätte kein Indianer liegenlassen. So sehr ich aber die Umgebung, des Platzes nach menschlichen Fährten absuchte, einen weiteren Anhaltspunkt sah ich nicht.

Ich setzte meinen Marsch fort. Wieder kam ich in Wald. Diesmal aber in einen so stark mit Unterholz vermischten Baumbestand, daß ich mir Bahn mit dem Messer schlagen mußte. Dabei kam ich natürlich nur langsam vorwärts. In meiner Arbeit hinderten mich auch die zahlreichen Tigerschlangen, die auf den oberen Zweigen der Büsche auf Beute lauerten, und die mir immer erst zu Gesicht kamen, wenn mein Hieb ihren Ast traf. Manch flinken Luftsprung machte ich dabei, um dem Biß zu entgehen.

Plötzlich drang ein Laut an mein Ohr, der mir das Herz schneller schlagen ließ. Das langgezogene Iah eines Esels! Wo der ist, da sind auch Menschen, denn wild kommt der Esel hier nicht vor! Der Gedanke spornte mich zu neuen Kraftanstrengungen an. Ich hieb mit einer wahren Wut in die hindernden Büsche. Bald wurde der Wald lichter. Ein breiter, klarer Bach, in dem schöngezeichnete Fische hin und her flitzten, kreuzte meinen Weg. Ich durchwatete ihn, denn ich wollte unter allen Umständen den Esel und dessen Herrn finden.

Häuser oder Niederlassungen baut man dortzulande nur an Flüssen oder Wasserläufen. Der Esel mußte also leicht zu finden sein, wenn ich dem Bach folgte. Links oder rechts? Ich entschied mich für links und wanderte etwa eine halbe Stunde lang durch üppiges Grün unter dem Halbdunkel gewaltiger Baumriesen. Dann setzte ein schäumender Fall meinem Vordringen ein Ziel. Der Bach kam in Kaskaden von einem Berg herunter, dessen oberer Teil sich in einem Meer von üppigem Grün verlor. Affen und Papageien schienen, wie die Schlangen, in ganzen Kolonien ihr Heim in diesem Wald aufgeschlagen zu haben.

Als ich noch dastand und überlegte, ob ich nun dem Lauf abwärts folgen sollte, fiel mir das Halbdunkel des Waldes auf. Ich grub die Uhr aus meinem Gürtel: Halb vier! Die Sonne mußte also noch hoch am Himmel stehen. Da rauschte es plötzlich in den Wipfeln. Ein Prasseln, das den Lärm der stürzenden Wasser übertönte, ließ mich aufschauen. Dann fielen breite Tropfen. Ein flammender Blitz zuckte auf, und der folgende gewaltige Donnerschlag brachte mir die beginnende Regenzeit in Erinnerung.

Jetzt wanderten meine bangen Gedanken zur Insel hinüber. Würde sie standhalten? Ich sah im Geist die steigenden Fluten und hörte das Rauschen des Stromes. – Ich versuchte, die Sache nicht schwerer zu nehmen, als sie vielleicht war. Der Sturm hatte keinen besonderen Heftigkeitsgrad erreicht, und ein vorüberziehendes Wetter konnte den Wasserstand des Stromes nicht beeinflussen. Außerdem lag die Insel fast auf dem Sande, viel fester als droben im Gebiet der Canilos. Immerhin beschleunigte ich meinen Schritt, um zu meinen Kameraden zurückzukehren.

Wie es bei Tropengewittern gewöhnlich der Fall ist, entlud sich auch jetzt Blitz auf Blitz, und mancher alte Waldriese spürte den zuckenden Strahl des elektrischen Funkens an seinen Flanken.

Ich hatte den Rand des Baches verlassen, um im freieren Holz schneller ausschreiten zu können. Wirklich erreichte ich auch schon bald die Stelle meines Überganges. Aber wie sah der Bach jetzt aus? Eine brausende, schäumende Flut wälzte sich in wirbelndem Fluge dahin. War vor einer halben Stunde noch eine Uferhöhe von über zwei Meter vorhanden gewesen, so spülten die dahinjagenden Wasser jetzt über den Rand hinaus. An ein Überschreiten war an dieser Stelle nicht zu denken.

Ich besann mich nicht lange und folgte dem Bach, bis ich vor einer weiten Fläche haltmachen mußte. Hier hatte der in einigen hundert Meter Entfernung vorüberfließende große Fluß durch den Druck seiner Fluten dem Bach Widerstand entgegengestellt und ihn zum Überlaufen gebracht.

Da stand ich nun wieder einmal vor unüberwindbaren Hindernissen. Daß der Regen nachlassen würde, glaubte ich nicht. Erfahrungsgemäß dauern in den Kordilleren die Wetterstürze der Regenzeit bis vier Uhr morgens. Für die nächsten zwölf Stunden konnte ich also an keine Rückkehr zur Insel denken. Ich wollte den Kameraden aber doch ein Zeichen geben, das zugleich auch andere in der Nähe weilende Menschen aufmerksam machen konnte – ich feuerte dreimal in gleichen Zwischenräumen mein Gewehr ab. – Der Schall rollte in gewaltigem Echo durch den Wald und setzte dessen Bewohner in Angst und Schrecken. – Lange kam keine Antwort. Endlich hörte ich den Knall seiner Schüsse – doch schien mir die Richtung eine andere zu sein.

Der nun in regelmäßigen Schnüren herniederschießende Regen zwang mich, an ein Obdach zu denken. Ich schritt schleunigst zum Bau eines Rancho, denn einen andern Schutz durfte ich kaum erwarten. Beim Fällen der sechs notwendigen Pfosten erlebte ich manch unangenehmen Augenblick. Gleich der erste Stamm beherbergte einen Wespenschwarm. Der dritte war ein sogenannter Ameisenbaum. Die roten Plagegeister fielen über mich her, als wollten sie mich bei lebendigem Leibe fressen. Am sechsten Stamm schlug ich eine Scharte in mein Messer. – Als dann die vier Pfosten in dem weichen Erdreich festsaßen, und ich die beiden Dachbalken darüberlegte, fehlte es mir an Bindematerial. Die Lianen in der Nähe bestanden meist aus der Vanillenpflanze, die sich zum Binden nicht eignet. Erst nach vielem Suchen stieß ich auf das Richtige. Rinde und Blätter zum Decken des so hervorgezauberten wändelosen Schuppens gab es genug. Sogar Palmenwedel für den Fußboden trieb ich in der Nähe auf. – Nach kaum einstündiger Arbeit war die »Villa« fertig, und ich konnte daran denken, meinen triefenden »Sonntagsanzug« auszuringen. Das damit notwendigerweise verbundene Luftbad tat mir sehr wohl.

Die Nacht verbrachte ich ausgestreckt auf dem Boden liegend. Ich erwachte, als gegen Morgen der Regen nachließ und die Raubtiere auf Beute auszogen. Aus allen Richtungen hörte ich den rauhen Laut. Leider kam mir keines zu Gesicht.

Nun meldete sich der Hunger. Im Vorbeigehen hatte ich mir gestern eine Anzahl der Bertholettiafrüchte eingesteckt. Bei uns kennt man diese hartschaligen, dreieckigen Früchte unter dem Namen »Paranüsse«. Sie waren mein Frühstück. Natürlich hielten sie nicht lange vor. Ehe ich aber meine Kleider nicht getrocknet hatte, konnte ich mir keinen Waldspaziergang leisten, und so wurde es fast acht Uhr, bis ich in der Richtung auf die Insel aufbrach. Den in seinen vorherigen Zustand zurückgekehrten Bach hatte ich beim Morgenbad überschritten.

Eilig lief ich auf die Insel zu. Die gestern gebahnten Wege leisteten mir dabei gute Führerdienste. – Ohne Mühe erreichte ich die gestern entdeckte alte Feuerstelle. Nun trennten mich nur noch ein Waldstreifen und eine Wiese vom Fluß. Jetzt sandte ich einen lauten Jodler in den Wald. Er sollte den Gefährten mein Kommen anzeigen. Ich horchte – aber es kam keine Antwort. – –

Als ich auf die Uferbank trat, erschrak ich. Vor mir wälzten sich in raschem Lauf die gelben, schlammigen Fluten des Stromes. Aber die Insel lag nicht mehr dort, wo ich sie gestern verlassen hatte. Auch mein Kanu fehlte! Anfangs traute ich meinen Augen nicht. Ich glaubte, einen andern Fluß vor mir zu haben. Aber die Umgebung ließ keinen Zweifel aufkommen. – Ich mußte mich mit der Tatsache abfinden: Die Insel und mein Kanu waren fort. Soweit das Auge reichte, hob sich nichts auf der öden Wasserwüste ab, was dem Verlorenen ähnlich sah. Zweifellos war das Eiland also doch vom Sturme losgerissen und trieb nun bereits viele Meilen weit den Strom hinab. Mit diesem Gedanken suchte ich meine bangen Ahnungen zu beschwichtigen. Ich gab auch die Möglichkeit zu, daß die Insel auseinandergebrochen sein konnte. Das Fehlen des Kanus, in dem sich die Gefährten wahrscheinlich gerettet hat-

ten, unterstützte den Gedanken. Warum sie dann aber nicht zu mir sich durchschlugen? Darauf fand ich keine Antwort!

Eine Stunde lang stand ich ratlos am Strande und starrte auf das ewige Einerlei des vorüberschießenden schlammigen Wassers. Ich war allein. Mit unserm Stützpunkt verschwand meine gesamte Ausrüstung, meine wertvollen Aufzeichnungen, meine Sammelobjekte. Alles, was ich noch an Eigentum besaß, trug ich bei mir.

Und wo waren meine Kameraden, meine treuen Gefährten in Not und Gefahr? Lebten sie noch?

Auf alle diese Fragen fand ich keine Antwort. Die nackte Wirklichkeit drängte sich mir mit dem trostlosen Bewußtsein auf, daß ich nun allein und verlassen in einem Winkel der Welt stand, von dem ich nicht einmal wußte, zu welchem Staat man ihn rechnete. Waren die nächsten Menschen blutdürstige Indianer, oder würde ich Menschen finden, die mich freundlich aufnahmen …?

Mit einem letzten Blick auf den stummen Fluß kehrte ich zunächst zu meinem Rancho zurück. Ich beschloß, mich bis zu der nächsten menschlichen Ansiedlung durchzuschlagen und dann auf einem Kanu dem Lauf des Flusses zu folgen, der mich von meinen Gefährten getrennt hatte.

Ich wanderte den ganzen Tag. Wiederum überfielen mich Regen und Gewitter im Walde, wiederum baute ich mir einen Rancho. Dann stieß ich endlich am folgenden Mittag auf einzelne Hütten, Mulatten gruben dort in den Gebirgsbächen nach den goldenen Körnern, die die Welt in Bewegung halten. Goldgräber, die sich in ungesunder, aufreibender Arbeit kaum so viel verdienen, daß sie das kärgliche Leben fristen können. Sie arbeiten hier für Rechnung der peruanischen Regierung, deren nächster Sitz die in zweitägiger Kahnfahrt zu erreichende Stadt Maldonado ist. Der Fluß, an dem sie hier ihre Arbeitsstätte haben, ist der Rio Piedras. Er mündet in den Rio Madre de Dios, in dessen Fluten meine armen Gefährten wahrscheinlich den Tod gefunden hatten.

Der spanisch sprechende Aufseher gab mir diese Aufschlüsse. Er lud mich ein, bei ihm zu rasten, bis das nächste Boot den Fluß hinabging.

Wann das sei?

» Quien sabe!« Von Zeit haben diese Menschen keinen Begriff. Die Sonne, die heute untergeht, scheint ja morgen wieder! Warum sich also beeilen?

Eine ganze Woche lang mußte ich mich in der kleinen Siedlung aufhalten. Ich fieberte vor Ungeduld, aber es gab keine andere Möglichkeit für mich. In den Hütten strotzte alles von Schmutz. Ich baute mir unweit der Landungsstelle am Fluß einen eigenen Rancho und verbrachte die Zeit mit Kletterpartien im Gebirge und mit Fischfang. Fische bildeten neben Früchten und Maniokkuchen meine einzige Nahrung. Wild gab es zwar genug, aber mein Schießvorrat ließ sich vor der Hand nicht ersetzen, und darum mußte ich haushälterisch mit Kugel und Schrot umgehen.

Eines Tages, als ich eben wieder auf Fischfang gehen wollte, kam mir vom Fluß her unser Aufseher entgegen. Er war offenbar völlig erschöpft und zitterte wie im Nachklang einer großen Erschütterung.

Besorgt fragte ich ihn, ob ihm etwas zugestoßen sei.

»Oh, nichts Besonderes«, antwortete er, etwas mühsam lächelnd. »Ich wollte Enten schießen und hatte dabei eine unangenehme Begegnung mit einer jungen Dame, die mir am liebsten die Rippen zerquetscht und mich hinuntergewürgt hätte – Wenn's Ihnen Spaß macht, will ich Ihnen die Sache erzählen.«

Er warf sich ins Gras und atmete ein paarmal tief auf.

»Ich hatte also drüben eine Ente geschossen, die in der Rinne niederfiel. Ich ging durch das Schilf, um sie zu holen. Als ich sie eben aufheben wollte, schoß eine Schlange hervor und packte die Ente an einem Flügel. Schnell griff ich zu und riß sie ihr aus dem Rachen, ohne an etwas Böses zu denken. Giftschlangen gibt es hier herum nicht, und die anderen fürchtete ich nicht.

Beim Niederbeugen setzte ich der Bestie den Fuß auf den Kopf – aber der Boden war feucht, gab nach, und sie konnte sich befreien.

Ich wollte nun meinen am Busch hängenden Bogen holen, um die Schlange zu töten. Da fühlte ich einen Schlag an meinem Bein, so, als ob man mir einen Strick darum geworfen hätte. Als ich nachsah, bemerkte ich, daß die Schlange ihren Schwanz um mein Bein geringelt hatte. Ich ließ nun die Ente fallen und hieb fest auf den Schwanz – ohne Erfolg. Der Ring zog sich fester. Mit dem rechten Fuß trat ich nun mit aller Kraft auf den schlüpfrigen Leib. Auch das half nichts. Und jetzt erst sah ich mit Schrecken, daß ich es mit einer etwa drei Meter langen Wasserschlange zu tun hatte.

Bisher fürchtete ich, wie gesagt, die Tiere nicht. Auch heute glaubte ich, mich ihrer schnell entledigen zu können. Immer wuchtiger schlug ich auf die Ringe, aber ich erreichte damit nur das Gegenteil. Die Schlange schnellte ihren Kopf in die Höhe, und nun stand ich ihr Aug' in Auge gegenüber.

Nun versuchte ich, sie im Nacken zu packen, aber sie wich meinem Griff gewandt aus, schoß vor und warf eine Schlinge um meinen Leib. Dann stand sie wieder vor meinem Gesicht. Nun schlug ich mit geballter Faust nach dem Kopf der Schlange – umsonst! Sie schlang ihren Leib nur noch fester um mich. Das Schwanzende lag nun um meine Hüfte. Der übrige Körper hatte sich doppelt um meine Brust und über meinen Magen gewunden. Alles das war in kaum einer Minute geschehen.

Nun ging die Schlange zum Angriff über. Obwohl ich ihren Nacken fest umspannt hielt, gelang es ihr, mir mit dem Kopf ein paar feste Hiebe auf den Mund zu versetzen, die mich noch jetzt stark schmerzen. Gleichzeitig spürte ich, wie sich der Druck um Brust und Magen immer mehr verstärkte. Das Atmen wurde mir schwer.

Jetzt versuchte ich, die Schlange von meinem Körper abzuwickeln. Sie hatte sich von der linken zur rechten Hüfte um meinen Leib geschlungen, und ein Teil ihres Körpers hing zwischen meinen Beinen. Von der rechten Hüfte lief die Umschlingung über den Rücken nach der linken Seite, und der Kopf war, unter meinem Arm hervorschießend, in einer Höhe mit meinem Gesicht.

Meine Bemühungen, das Reptil mit der einen Hand so weit nach hinten zu drängen, daß ich es mit der andern Hand fassen und abwickeln konnte, blieben fruchtlos. Umsonst strengte ich meine Kräfte an. Die Schlange war stärker als ich. – Jetzt wurde mir schwül zumute. Ich packte mit beiden Händen den Hals des Tieres und versuchte, ihm den Kopf abzubrechen. Aber ebensogut hätte ich ein Tau abdrehen können. – Inzwischen glitt der Hals in meinen Händen aufwärts, und die Schlange hatte nun ihren Kopf frei. Weit zurückgebogen sah sie mich mit wutfunkelnden Blicken an. Der Rachen war weit aufgerissen – die Ringe zogen sich fester. Als ich sie wieder fassen wollte, fühlte ich, daß meine Kräfte erlahmten. Ich konnte sie nicht mehr festhalten. Diese Erkenntnis lähmte mich für einige Sekunden. Dazu kam ein empfindlicher Schmerz. Das Schrecklichste aber war, daß die Verlängerung der Schlange immer mehr wuchs. Bald würde sie mich zum dritten Male umklammern ....

Mein Atem ging rascher. Deutlich fühlte ich, wie mir das Blut zum Kopf stieg. Hände und Arme wurden steif und schwollen an. Die Schmerzen wurden unerträglich. Meine Kräfte schwanden. Ein Schauer um den andern durchrieselte meinen Körper, um mich her verschwamm alles.

Inzwischen war die Schlange wohl um einen Meter gewachsen. Sie steckte ihren Kopf unter meinen rechten Arm und schob ihn über meine Schulter. Dann blies sie mich laut zischend an, was mir einen ungeheuren Schmerz verursachte. Jede Sekunde war eine Ewigkeit von Todesangst.

Mein Messer! Wie eine Eingebung des Himmels fuhr es mir durch den Kopf. Daß ich nicht früher daran gedacht hatte! Alles, was ich noch an Kraft besaß, raffte ich zusammen, um an meine Tasche zu gelangen. Ich riß und zerrte an den Nähten – Gottlob, sie gaben nach. – Noch einen Riß, und das Messer lag in meiner Hand. In fieberhafter Hast öffnete ich es. Dann setzte ich mit einer raschen Bewegung die scharfe Klinge auf die angespannte Haut des Reptils, zog sie quer durch den Leib, und in zwei Stücke zerschnitten, fiel die Schlange zu Boden. – Dann fiel ich neben sie ins Schilf und glaubte nun, ohnmächtig zu werden. So lag ich wohl eine halbe Stunde. Dann hörte ich Rascheln im Schilf, und im Glauben, eine zweite Schlange zu sehen, lief ich, so rasch mich meine Füße trugen...«

Ich ging mit dem Mann zu dem Schauplatz des Kampfes zurück und war ihm behilflich, die Haut des Tieres zu präparieren, die er zum Andenken an die kritischen Augenblicke aufbewahren wollte.

Hier konnte ich den ungemein seltenen Fall feststellen, daß eine – allerdings angegriffene – Schlange einen Menschen angegriffen hatte.

Endlich schlug die Stunde der Abreise. Viel zu spät für die mich nach meinen Gefährten treibende Unruhe.

Das Boot von Maldonado kam eines Abends an. Unter seinen Fahrgästen war der peruanische Finanzkontrolleur, der die Werkplätze am oberen Rio Piedras zweimal jährlich zu inspizieren hatte. Er hatte von Goldgewinnung nicht die leiseste Ahnung. Um das aber nicht merken zu lassen, blies er sich gewaltig auf und spielte den Herablassenden. Als der Mann mein Anliegen erfuhr, rümpfte er die Nase. Mit solchem »Pöbel« wolle er nicht fahren. Ich solle machen, daß ich weiterkomme.

Na warte, mein Junge!

Ich holte meinen peruanischen Regierungspaß hervor und hielt ihn ihm ohne ein weiteres Wort unter die Nase.

Beim Anblick des ihm wohlbekannten Formulars wandelte sich seine Haltung. Er nahm mir den Paß aus der Hand und las ihn langsam von oben bis unten. Als er den Inhalt begriffen hatte, wurde er höflich: »Verzeihung, caballero, daß ich Sie nicht sofort erkannte.« Und nun folgte der unvermeidliche Schwall der spanischen Höflichkeitsphrasen, die man kaum anhören, viel weniger niederschreiben kann. Nun stand auf einmal alles zu meiner Verfügung, sogar das Boot, und in diesem der Ehrenplatz unter dem Sonnendach.

Jetzt spielte ich den Herrn.

»Wir werden morgen früh mit Sonnenaufgang abfahren. Sobald wir in den Rio Madre eingelaufen sind, erkundigen wir uns nach dem Schicksal meiner Kameraden. Jede Hütte, jede Ansiedlung laufen wir an, und wenn die Reise acht Tage dauert.«

Der Bootsführer trat bei der Beschreibung der Insel und des Kanus auf mich zu und fragte: »Meint der Herr das Treibland, das vor dem Orkan unten an der Mündung des Piedras lag?«

»Ja, was weißt du davon?« fragte ich rasch.

»Ein Stück dieses Treiblandes sitzt bei den Riffen, die der Stadt den Namen geben, auf den Felsen. Der größere Teil aber wird wohl verloren sein, denn an den dortigen Riffen zerschellt alles, was im Fluß treibt. Ein Kanu ist nicht an der Stadt vorübergekommen, sonst müßten wir es wissen.«

»Glaubst du an die Möglichkeit einer Rettung, wenn die Leute wirklich dem dem Riff gestrandet sein sollten?«

»Nein, Herr. Der Sturm hat den Fluß gewaltig aufgewühlt. Wenn die caballeros noch um fünf Uhr nachmittags an der alten Stelle lagen, dann werden sie in der Dunkelheit abgetrieben sein und sind in der Nacht auf das Riff gelaufen. Eine Rettung war dann ausgeschlossen.«

Ich starrte ihn an, unfähig, auch nur zu begreifen, was er da sagte. Pio Perez, mein tapferer Mitkämpfer im Dienst der Wissenschaft, Felipe, mit dem mich so manches Abenteuer auf Leben und Tod fast blutsbrüderlich verband – ich sollte sie nie wiedersehen? Sie sollten einen grauenvollen Untergang gefunden haben, während ich fern von ihnen war? Ich konnte es nicht glauben und drängte mit aller Energie auf möglichste Beschleunigung unserer Fahrt. Waren wir darum aus soviel Gefahr und beinah sicherem Tod zusammen errettet worden, um nun uns so fürchterlich trennen zu müssen? Nein, das war unmöglich! Und allem ungläubigen Kopfschütteln, allen Gegengründen zum Trotz bestand ich darauf, so schnell wie möglich die Nachforschungen aufzunehmen.

Am zweiten Tage mittags fuhren wir in den Madrefluß ein. Ich erkannte deutlich die Stelle, an der die Insel gelegen hatte. Jetzt schoß die gelbe Flut gleichmütig darüber hinweg. Vier Stunden später sah ich am linken Ufer eine indianische Ansiedlung. Der Bootsmann weigerte sich anfangs, dort zu landen, weil er den Wilden nicht traute. Ich ließ aber nicht locker und erklärte, ich würde allein ans Land und in die Ansiedlung gehen, wenn keiner der Leute – wir waren zehn Männer – den Mut hätte, mich zu begleiten. Vier Männer gingen aber doch mit, darunter einer, der auch die Sprache der Indianer verstand und als Dolmetscher fungierte.

Die Indianer waren ganz harmlose Menschen, die wohl nie daran gedacht hatten, einem Fremden irgendein Unrecht zuzufügen. Sie kamen an das Ufer, als sie sahen, daß wir auf den Strand zusteuerten, und boten uns Früchte und Maniokbrot. Von einem Kanu oder fremden Männern wußten sie nichts. – –

Also weiter, so schnell wie möglich!

Kurz vor Sonnaufgang sahen wir das Riff vor uns. An dieser Stelle tritt das Gebirge bis dicht an den Fluß. Von der rechten Seite her zieht sich ein messerscharfer Felsrücken weit in den Strom hinein. Er ragt etwa einen Meter hoch über den Wasserspiegel und bildet ein sehr gefährliches Hindernis. Die scharfen Ränder dieses Rückens waren mit Trümmern aller Art bedeckt. In einem der wirren Haufen, fast genau in der Mitte, steckte eine aufrechtstehende Phönixpalme, in der ich ein Überbleibsel unserer Insel zu erkennen glaubte. Wenn sich die Insel losgerissen hatte, mußte sie hier zerschellt sein. Dann befand sich hier auch das Grab meiner unglücklichen Freunde.

Auf meinen Wunsch ruderten die Bootsleute bis dicht an die Unfallstelle. Ich nahm dort den Hut ab und sandte den Gefährten einen letzten wehmütigen Gruß in das nasse Grab, in dem ich sie vermuten mußte. –

Bei Morgengrauen erreichten wir das peruanische Grenzstädtchen Maldonado.

Der Kontrolleur, den sein schlechtes Gewissen wegen seiner früheren Grobheit treiben mochte, brachte mich sehr beflissen zum Bürgermeister Simoza, und versuchte mit großem Wortschwall zu schildern, wie er sich bemüht habe, mir behilflich zu sein.

Señor Simoza, der seine Pappenheimer gut zu kennen schien, winkte rasch ab, bat mich, sein Haus als das meine zu betrachten und ihm zu sagen, womit er mir behilflich sein könne. Auch seine Gattin und ihre Söhne und Töchter entfalteten alle südländisch temperamentvolle Gastfreundschaft, die hier wirklich von Herzen zu kommen schien. Die guten Menschen versuchten alles Erdenkliche, um mich aus meinen trüben Gedanken zu reißen. So tief auch der Schmerz um die verlorenen Freunde war, so empfand ich diese Teilnahme der lieben Menschen doch dankbar, und die Zeit, die ich in der Familie Simoza verbrachte, wird mir stets eine freundliche Erinnerung bleiben.

Ich hatte hier, in den zwar nach europäischen recht bescheidenen, für meine Wildnisgewöhnung aber wahrhaft luxuriösen Umgebung reichlich Gelegenheit, mich körperlich zu erholen, die notwendigen Einkäufe zu machen und mich soweit wieder instand zu setzen, daß ich an meine Weiterreise denken konnte. Sie eilte einigermaßen, denn wir waren schon im Februar, und ich hätte eigentlich am 1. Januar meine Stellung an der Universität von Galveston antreten sollen.

Es gab einen schweren Abschied. Nun erst bemerkte ich, wie sehr die lieben Menschen vergessen hatten, daß ich nicht zur Familie gehörte. Mir selber wurde das Herz weich, und ich bemühte mich, es möglichst kurz zu machen.

Vor allem aber gab ich genau an, wo meine Gefährten mich würden erreichen können, denn daß sie wirklich nicht mehr leben sollten, vermochte ich nicht zu glauben.

Meine Tätigkeit an der Universität bestand in der Hauptsache im Ordnen und Bestimmen der vorhandenen mexikanischen und peruanischen Altertümer. Eine Arbeit, die mir um so mehr Freude machte, da ich die einzelnen Fundorte in jüngster Zeit noch selbst besucht hatte. Mit der Stellung war der Professorentitel verbunden.

Auf drei Jahre hatte ich mich verpflichtet – keine drei Monate hielt ich das Leben in der Stadt aus. Ein Brief eines befreundeten Forschers lud mich zur Teilnahme an einer Expedition ins Gebiet der Sundainseln ein. Drei Tage lang trug ich ihn, von Gewissensbissen geplagt, in der Tasche herum, hin und her gerissen zwischen Pflicht und Forschersehnsucht. Aber das hätte ich mir eigentlich sparen können. Wußte ich doch aus alter Erfahrung, welches die mächtigste Triebfeder all meines Denkens und Handelns war. Schließlich – was ich hier machte, das konnte ja doch wohl auch ein anderer erledigen, den Professorentitel wollte ich ihm gern dazu schenken, wenn ich nur aus den Steinwänden wieder in die freie Weite kam.

So stand ich denn am dritten Tage dem Rektor gegenüber. Er machte mir's leicht, das sei zu seiner Ehre dankbar gesagt. Mir fiel ein Stein vom Herzen, ich packte meine Sachen, und fort ging's – diesmal nach dem Fernen Osten!

- Ende -

HISTORICAL DIAMOND Band 1

Der Attentäter
Roman von Karl Hans Strobl

HISTORICAL DIAMOND Band 2

Die Seelenverkäufer
Abenteuerroman von Kurt Faber

HISTORICAL DIAMOND Band 3

Jenseits des Äquators
Abenteuerroman von Ferdinand Emmerich

HISTORICAL DIAMOND Band 4

Der Feind aus dem Dunkel
Kriminalroman von Annie Hruschka

HISTORICAL DIAMOND Band 5

Der Tag der Vergeltung
Kriminalroman von Anna Katharine Green

HISTORICAL DIAMOND Band 6

Die Yacht der sieben Sünden
Kriminalroman von Paul Rosenhayn

HISTORICAL DIAMOND Band 7

Das Rätsel von Ravensbrok
Kriminalroman von Hans Hyan

HISTORICAL DIAMOND Band 8

Spreemann und Co
Historischer Berlin-Roman von Alice Berend

HISTORICAL DIAMOND Band 9

Die verlorene Welt
Abenteuerroman von Conan Doyle

HISTORICAL DIAMOND Band 10

Allan Quatermain und der Zauberer im Zululand
Abenteuerroman von Henry Rider Haggard

HISTORICAL DIAMOND Band 11

Attila - König der Hunnen
Historischer Roman von Felix Dahn

HISTORICAL DIAMOND Band 12

Lizzie Holmes und die Kristiana-Affäre
Kriminalroman von Sven Elvestad

HISTORICAL DIAMOND Band 13

Der Chinese
Ein Wachtmeister Studer - Krimi von Friedrich Glauser

HISTORICAL DIAMOND Band 14

Allan Quatermain und die heilige Blume
Abenteuerroman von Henry Rider Haggard

HISTORICAL DIAMOND Band 15

Bomben auf Monte Carlo
Roman von Fritz Reck-Malleczewen

HISTORICAL DIAMOND Band 16

Das Elfenbeinkind
Ein Allan Quatermain Abenteuerroman von Henry Rider Haggard

Weitere Bände in der Buchreihe „Historical Diamond"

Band 1: Der Attentäter – Roman von Karl Hans Strobl – € 5,99
Band 2: Die Seelenverkäufer – Abenteuerroman von Kurt Faber – € 5,99
Band 3: Jenseits des Äquators – Abenteuerroman von Ferdinand Emmerich – € 5,99
Band 4: Der Feind aus dem Dunkel – Kriminalroman von Annie Hruschka – € 5,99
Band 5: Der Tag der Vergeltung –
            Kriminalroman von Anna Katharine Green - € 5,99
Band 6: Die Yacht der sieben Sünden – Kriminalroman von Paul Rosenhayn - € 5,99
Band 7: Das Rätsel von Ravensbrok – Kriminalroman von Hans Hyan - € 4,99
Band 8: Spreemann und Co – Historischer Berlin-Roman von Alice Berend – € 6,99
Band 9: Die verlorene Welt – Abenteuerroman von Conan Doyle – € 6,99
Band 10: Allan Quatermain und der Zauberer im Zululand –
            Abenteuerroman von Henry Rider Haggard – € 5,99
Band 11: Attila – König der Hunnen – Historischer Roman von Felix Dahn – € 5,99
Band 12: Lizzie Holmes und die Kristiana-Affäre –
            Krimi von Sven Elvestad - € 5,99
Band 13: Der Chinese –
            Ein Wachtmeister Studer – Krimi von Friedrich Glauser - € 5,99
Band 14: Allan Quatermain und die heilige Blume –
            Abenteuerroman von Henry Rider Haggard – € 6,99
Band 15: Bomben auf Monte Carlo – Roman von Fritz Reck-Mallaczewen – € 4,99
Band 16: Das Elfenbeinkind –
            Ein Allan Quatermain Abenteuerroman von Henry Rider Haggard – € 6,99
Band 17: Quo Vadis – Historienroman von Nobelpreisträger Henryk Sienkiewicz - € 6,99
Band 18: Venus im Pelz – Novelle von Leopold von Sacher-Masoch – € 4,89
Band 19: Das Paradies der Damen – Roman von Emile Zola – € 6,99
Band 20: Der Geheimagent – Politthriller von Joseph Conrad – € 6,99

Naturwissenschaft, Physik und Astronomie

– **Äquivalenz von Information und Energie.** Von: K.-D. Sedlacek
– **Das Gesetz im Zufall:** Wie sich verborgene Gesetzlichkeit manifestiert. Von: Moritz Cantor u. K.-D. Sedlacek (Hrsg.)
– **Der Widerhall des Urknalls:** Spuren einer allumfassenden transzendenten Realität jenseits von Raum und Zeit. Von: K.-D. Sedlacek
– **Einsteins Relativitätstheorie ganz ohne Mathematik.** Spezielle und allgemeine Relativitätstheorie. Von: Prof. Dr. Paul Kirchberger u. K.-D. Sedlacek (Hrsg.)
– **Freizeitvergnügen Sternenhimmel mit bloßem Auge:** Wie man Sternbilder auffindet ohne Instrumente. Von: Prof. Dr. Paul Kirchberger u. K.-D. Sedlacek (Hrsg.)
– **Phänomen Naturgesetze:** Das Geheimnis hinter den Erscheinungen der Welt. Von: K.-D. Sedlacek
– **Supervereinigung:** Wie aus nichts alles entsteht. Von: K.-D. Sedlacek
– **Die Natur psycho-physikalischer Phänomene.** Erforschung telekinetischer Vorgänge. Von: Schrenck-Notzing, A. u. Klaus D Sedlacek (Hrsg.)
– **Giganten der Physik.** Die Top10-Physiker der Menschheitsgeschichte. Von: Klaus-Dieter Sedlacek (Hrsg.)
– **Der allmächtige Informatiker:** Das Mysterium des Universums. Von Sir James Jeans u. K.-D. Sedlacek (Hrsg.)
– **Der verborgene Mechanismus des Weltgeschehens:** Neue Erkenntnisse über die Gestalten biotechnischer Systeme der Welt. Von: Dr. h. c. Raoul Francé u. K.-D. Sedlacek
– **Der erdgeschichtliche Klimawandel:** Den wahren Ursachen von Klimaschwankungen auf der Spur. Von Wilhelm Bölsche u. K.-D. Sedlacek (Hrsg.)
– **Wege zur physikalischen Erkenntnis.** Meine wissenschaftlichen Selbstbiographie, Reden und Vorträge. Von **Max Planck** u. K.-D. Sedlacek (Hrsg.)

Chemie

– **Der Stein der Weisen:** Wie die Alchemie zur Chemie wurde. Von: Wilhelm Ostwald et. al. u. K.-D. Sedlacek (Hrsg.)
– **Durchblick Chemie:** Praktische Grundlagen und Einführung in die anorganische, organische und Biochemie. Von: Prof. Dr. Lassar-Cohn, Prof. Dr. W. Löb, K.-D. Sedlacek

Natur- und Philosophie

– **Die letzten Ursachen.** Das Buch der Naturerkenntnis. Von: K.-D. Sedlacek
– **Gebundener Wille:** Wie frei ist menschlicher Wille tatsächlich? Von: K.-D. Sedlacek, G.F. Lipps et. al.

– **Jenseits der Erscheinungen:** Erkennbarkeit und Realität der Quantennatur. Von: Prof. Dr. M. Schlick u. K.-D. Sedlacek (Hrsg.)
– **Kleines Wörterbuch der Natur-Philosophie:** 1200 Begriffe, die man kennen sollte, kurz und prägnant. Von: K.-D. Sedlacek
– **Naturphilosophie:** Das Wesen von Naturgesetzen und die Erklärung des Lebens. Von: Prof. Dr. M. Schlick u. K.-D. Sedlacek (Hrsg.)
– **Vereinbarkeit von Religion und Naturwissenschaft.** Von: Kurd Laßwitz u. K.-D. Sedlacek (Hrsg.)
– **Das Konzept des Guten.** Sinnliches Empfinden – Der Ursprung unserer Wertvorstellungen. Von: Klaus-Dieter Sedlacek (Hrsg.)
– **Ist echte Erkenntnis möglich?** Einführung in die Erkenntnistheorie. Von: Prof. Dr. Erich Becher u. K.-D. Sedlacek (Hrsg.)
– **Das individuelle Ich:** Was ist der Kern des Selbstbewusstseins? Von: Th. Lipps u. K.-D. Sedlacek (Hrsg.).
– **Persönlichkeit und Unsterblichkeit:** In welcher Form existiert ein Weiterleben nach dem zeitlichen Ende? Von: Wilhelm Ostwald u. K.-D. Sedlacek (Hrsg.)
– **Die idealistischen Grundwerte unserer Kultur.** Von Johannes M. Verweyen u. K.-D. Sedlacek (Hrsg.)

Bewusstsein

– **Leben nach dem Leben:** Befreiung des Bewusstseins von den Fesseln der Zeit. Von: K.-D. Sedlacek
– **Quantenbewusstsein.** Von: N. Wrobel u. K.-D. Sedlacek
– **Synthetisches Bewusstsein.** Von: K.-D. Sedlacek
– **Unsterbliches Bewusstsein:** Raumzeit-Phänomene, Beweise und Visionen. Von: K.-D. Sedlacek

Leben und Medizin

– **Leben aus Quantenstaub.** Von: N. Wrobel u. K.-D. Sedlacek,
– **Was ist Krankheit?** Von: N. Wrobel u. K.-D. Sedlacek
– **Bewusstsein und Unsterblichkeit.** Von: C. L. Schleich u. K.-D. Sedlacek (Hrsg.)
– **Die Lebenskraft:** Wie Enzyme, Bewusstsein und quantenbiologische Effekte das Leben regulieren. Von: K.-D. Sedlacek u. N. Wrobel,
– **Die verborgene Ordnung des Weltsystems.** Neue Erkenntnisse über die schöpferischen Kräfte der Natur. Von: Dr. h. c. Raoul Francé u. K.-D. Sedlacek (Hrsg.)

– **Homöopathie und Praxis:** Naturheilkundliche alternative Medizin für den mündigen Patienten. Von: Dr. med. J. Voorhoeve u. K.-D. Sedlacek (Hrsg.)

– Eine andere Sicht auf die Entstehung der sporadischen Form der Alzheimerkrankheit. Von Norbert Wrobel u. K.-D. Sedlacek (Hrsg.)

PSYCHOLOGIE

– Gestalt-Psychologie: Einführung in die neue Psychologie vom Begründer der Gestaltpsychologie. Von: Prof. Dr. Kurt Koffka u. K.-D. Sedlacek (Hrsg.)

– Die ersten Spuren psychischer Erscheinungen: Das psychische Leben von Mikroorganismen – Eine Studie in experimenteller Psychologie. Von Alfred Binet u. K.-D. Sedlacek (Übers.)

– Allgemeine moderne Psychologie: Systematische Einführung in die Wissenschaft psychischer Prozesse. Von August Messer u. K.-D. Sedlacek (Hrsg.).

– Strahlende Kräfte durch positives Denken: Die Wurzeln des Erfolgs und Wege zum Glück. Von Emil Peters u. K.-D. Sedlacek (Hrsg.)

BIOLOGIE

– Wie intelligent sind Pflanzen? Sensationelle Einblicke in die geheime Seite des pflanzlichen Wesens. Von Prof. Dr. phil. Adolf Wagner u. K.-D. Sedlacek

– Über Menschenaffen, Tierseele und Menschenseele: Intelligenzprüfungen an Hominiden. Von Wilhelm Bölsche et. al. und K.-D. Sedlacek (Hrsg.)

GESCHICHTE, VOR- U. FRÜHGESCHICHTE

– Die geheimnisvolle Kultur der alten Kelten. Von Druiden, Fürstensitzen und der Lebensart unserer frühgeschichtlichen Vorfahren. Von Georg Grupp u. K.-D. Sedlacek (Hrsg.)

– Der Alchemist Leonhard Thurneysser: Die Lebensgeschichte des Goldmachers von Berlin. Von Klaus-Dieter Sedlacek (Hrsg.)

– Es begann mit Feuerskraft. Das Werden des Menschen und seiner Kultur. Von Carl W. Neumann u. K.-D. Sedlacek (Hrsg.)

– Gefangen zwischen Eisschollen: Die dramatische Entdeckungsgeschichte der Antarktis. Von Klaus-Dieter Sedlacek (Hrsg.)

RATGEBER FREIZEIT U. REISE

– Kultur erleben mit den Wohnmobil in Frankreich: Vierzig kulturelle Highlights, Park- und Übernachtungspätze sowie Navigationskoordinaten. Von Klaus-Dieter Sedlacek

– Kochbuch für ganze Kerle: Kräftige und Feinschmeckergerichte für Freizeit und Camping. Von K.-D. Sedlacek (Hrsg.)

FORSCHUNGSREISEN U. ABENTEUER

– Meine erste Weltumseglung: Tagebuch einer epochalen Expedition. Von James Cook u. K.-D. Sedlacek (Hrsg.)

– Exotische Reise durch Persien: Abenteuerlicher Bericht aus einer fremdartigen Welt des 19ten Jahrhunderts. Von Pierre Loti u. K.-D. Sedlacek (Hrsg.)

– Mit der Beagle um die Welt: Bericht meiner Forschungsreise zum Galapagos-Archipel. Von Charles Darwin u. K.-D. Sedlacek (Hrsg.)

– Peking-Paris im Automobil: Die legendäre 16.000 km – Rallye 1907. Von Luigi Barzini u. K.-D. Sedlacek (Hrsg.)

– Mein Leben im Tropenparadies: Fünfundzwanzig Jahre in Ceylon – Erlebnisse und Abenteuer. Von John Hagenbeck u. K.-D. Sedlacek (Hrsg.)

FANTASTISCHE WELT
ROMANE UND ERZÄHLUNGEN

Bd. 1: **Parallelwelt-Universum und die Suche nach der Weltformel.** Von: K.-D. Sedlacek

Bd. 2: **Marskolonie Eos: und die verschwindende Realität.** Von: K.-D. Sedlacek

Bd. 3: **Korakar: Geheimnisvolles Leben unter ewigem Eis.** Von: K.-D. Sedlacek

Bd. 4: **Die Spur des Dschingis-Khan.** Von: Hans Dominik, K.-D. Sedlacek (Hrsg.)

Bd. 5: **Atlantis: Die Rückkehr der Götter.** Von: Moriz Hoernes, K.-D. Sedlacek (Hrsg.)

SONSTIGE ROMANE

– Prinz Otto oder Der Phönix und die Freiheit: Roman über Intrigen und Macht, Verrat, Hinterlist und wahre Liebe - vom Autor der 'Schatzinsel' und von 'Dr. Jekyll und Mr. Hyde'. Von: Robert Louis Stevenson, K.-D. Sedlacek (Hrsg.), Vito von Eichborn (Hrsg.)

– Herr der Welt. Von: Jules Verne u. K.-D. Sedlacek (Hrsg.)